U0735553

中国古代文学的发展研究

王艳妮 ◎ 著

吉林出版集团股份有限公司

图书在版编目（CIP）数据

中国古代文学的发展研究 / 王艳妮著 . 一 长春 ：
吉林出版集团股份有限公司，2021.7
　ISBN 978-7-5731-0521-9

Ⅰ．①中… Ⅱ．①王… Ⅲ. ①中国文学－古典文学研
究 Ⅳ．①I206.2

中国版本图书馆 CIP 数据核字 (2021) 第 214065 号

中国古代文学的发展研究

著　　者	王艳妮
责任编辑	滕　林
封面设计	林　吉
开　　本	787mm×1092mm　　1/16
字　　数	200 千
印　　张	9
版　　次	2021 年 12 月第 1 版
印　　次	2021 年 12 月第 1 次印刷
出版发行	吉林出版集团股份有限公司
电　　话	总编办：010-63109269
	发行部：010-63109269
印　　刷	北京宝莲鸿图科技有限公司

ISBN 978-7-5731-0521-9　　　　　　　　　　　定价：89.00 元

版权所有　侵权必究

前　言

  党的十九大以来，我国高度重视对传统文化的传承和弘扬，如何挖掘古代文学文化价值的当代价值也成为相关研究者重点关注的问题，并且部分研究者针对古代文学文化价值的当代价值进行了适当探究，为有效传承和弘扬传统文化、继承中华民族优秀文化精神创造了条件，所以，在对古代文学文化价值进行研究的过程中，十分有必要紧随时代潮流从当代价值角度进行分析，为古代文学文化在现代社会的传承和发展奠定基础。中国是四大文明古国之一，中国传统文学是世界上最古老的文学形式之一，具有极其重要的文化价值，在当代也具有较强的生命力。在新时期，为了传承优秀传统文化，更好地发挥中国古代文学文化价值，就要对古代文学文化价值的当代价值进行分析，借助当代阐释争取形成对古代文学的全新认识，促进优秀传统文化在当代社会的传承和发展。

  中国文学创作与欣赏讲究含蓄之美、言外之意、韵外之致，这就要求和提醒我们在接受"阐释"传承时应该以感悟、体验为主，改变唯理论"唯讲授"模式，留出时间让学生先阅读原作品，从古代文学的生动形象入手，引导作为生命主体的学生进入充满感性形象的世界与充分想象、联想的课堂情境中，不断体会古人对于人自身、对于外在自然、对于社会变迁的感悟、思索和实践，不断从前人的思想"情感"体验中汲取当代生存的力量和操守，逐渐养成对话前贤，体悟生命，完善自我的智慧和能力。教师要做的主要是适时提示"点拨"补充，将"感悟与体验"引向深入，而不是扮演一个"全知全能"的角色去代替学生阅读"感知和归纳"。

  回顾和总结古代文学教育的历史，梳理提炼其教育的特点和优势，我们发现古代文学教育强调"教化"而忽略了审美，这是对文学本质规律的严重违背，是其最大的败笔。所以，在继承和发扬文学教育优良传统的同时，更要吸取教训，使文学教育回归到文学本身，根据文学的本质特点和自身规律实施文学教育，这就是按照审美的规律，在审美的观照中领会各种文学作品的深刻内涵和对真善美的表扬，从而使文学鉴赏能力得到提高，思想得到升华，情感得到陶冶，人文素质得到提高。

  反观今天的古代文学教学，我们恰恰是在这些点上距离古代文学本身越来越远，越来越不符合文学教学的规律，这就要求我们重新审视古代文学及其教学特质，重新彰显古代文学对于人生修养提升，人格塑造完善的意义以及诵读体验等学习方式的意义，不断优化中国古代文学教学艺术，最终提高中国古代文学的教学水平与人才培养质量。

作　者

2021 年 3 月

目　录

第一章　中国古代文学的基本理论研究

第一节　古代文学史料与古代文学

研究中国古代文学，必须以史料为基础。史料的新发现，特别是地下文物史料的发现，丰富、拓展了文学史料，能够修正、补充甚至改变以前研究的结论，影响学术理念和研究方法，导致新的学科的形成，有助于文学史料的训诂。文学史料是文学史研究的基础，但不能把文学史料与文学史研究等同起来。历史的真相很难保存。现存的史料同历史实际相比，是局部的、片段的，存在着固有的偏向。人们在研究文学史时，不会停止在史料上，主观的介入是自然的，是不可避免的。史料是有限的，人们对史料的认识是无限的。某些新的理论和方法的出现和运用，往往能直接影响对某些史料的搜集和整理。在文学史研究中，我们应当承认和重视研究者主观的作用，正确地体悟分析和评价史料，同史料本身有同构性和统一性。不以史料为基础，就会轻易地陷入意图哲学和相对主义。

一、文学史料是文学研究的基础

中国古代文学研究是一个整体，是一个复杂的系统工程。就它的结构来看，大体可分为四个层次：

一是史料确认。史料确认限于史料本身，主要是查询史料的有无，确认史料的真伪和时代、作者等。史料确认属于实证研究。从研究方法上看，古代文学研究在这个层次上，与自然科学研究相同，唯客观，忌主观，使用的基本上是形式逻辑的方法。

二是体悟分析。文学史料，特别是作品史料蕴含着丰富深厚的思想感情。人生活在思想感情的世界里，每个人都有自己的思想感情。这就在很大程度上决定了人们对文学的研究，就总体而言，一般不会满足于，也不应当满足于史料确认这一层次，不会单纯地把文学现象看成一种史实，而往往是要超越这一层次，会自觉或不自觉地进入体悟分析层次，或审美体悟，或思考史料出现的原因，或探讨史料蕴含的思想感情，或总结某些规律。由于人们观点和方法等方面的不同，对同一文学史料，常常会有不同的体悟分析。体悟分析是文学研究中的重要层次。史料本身是没有生命的遗迹，自己不会言说。史料本身又常常是孤立的、分散的，彼此之间的联系往往是隐藏不露的。史料只有经过人们相继不断的体悟分析，才能使人们理解。在这一层次上，史料同体悟分析者之间是一种平等的关系。

三是价值评判。文学史料价值评判是在体悟分析的基础上，对史料做价值评判。价值评判的生发，是研究者不满足于对史料的体悟分析，而是把自己摆在高于史料的位置上，根据个人、集团、社会的认识和需要，制定价值评判标准，对自己所接触的文学史料的意义、作用、地位等做价值评判。就文学研究的整体而言，人们对于各种文学现象，总是会有这样那样的评价。文学现象很难回避在历史中被评价的命运，它们的意义正是在历史的评价过程中得到体现的。体悟分析层次和价值评判层次同史料确认层次不同，在这两个层次上，研究者的历史观、文学观和审美情趣等都介入了，都会起很大的作用。通常所说的文学研究具有主观性，主要体现在体悟分析和价值评判这两个层次上。史料之所以重要，是因为人们要体悟分析它，要评判它。从这一角度来看，没有人们的体悟分析和价值评判，史料也就失去了存在的意义。

四是表述。文学研究经由史料确认、体悟分析和价值评判三个层次之后，最终要靠表述来体现和传播。没有表述，对文学史料的确认、体悟分析和价值评判，都是无形的，不可能传达给读者。表述主要凭借的是语言文字，这是文学研究不可缺少的。语言文字表述，可以因时因人而异，应当允许和倡导各种表述风格。但有一点是共同的，也是最基本的，就是要清楚、顺畅，无文字障碍，要简练。成功的表述，往往是研究者好的品质和思想成熟的体现，不仅能把研究的成果表述清楚，还能引发人们的思考。

需要说明的是，上面所说的四个层次的划分是相对的。实际上在实践过程中，虽然各有侧重，但很难截然分开，也不可能完全是依次进行的。人们在确认史料时，选择哪些史料，确定史料的真伪，往往离不开体悟分析和价值评判。在做价值评判时也不可能离开史料确认和体悟分析。在表述过程中也总是伴随着对史料的确认、体悟分析和价值评判。

从学理和方法上来看，上述的四个层次尽管各有侧重和要求，不过有一点是一致的，也是十分重要的，就是各个层次都必须以史料为基础。在史料确认的层次上，要考察某些史料的存佚，辨别史料的真伪，一个关键是要依靠其他史料。在后三个层次上，尽管研究者主观介入了，但对于一个严肃的研究者来说，他的体悟分析、价值评判和表述，都不能是随意的，而是必须植根于史料，生发于史料，必须以真实的史料为基础，总是要受到史料自身的限制。不以真实史料为根基、不受史料限制的体悟分析、价值评判和表述，是无本之木，是无源之水，是虚假的。体悟分析、价值评判和表述要摒弃以各种形式臆造的文学史料。因此，文学史料对体悟分析、价值评判和表述有内在的钳制力。史料不等于历史本体，但史料源于历史本体。史料对体悟分析、价值评判和表述的制约，说到底，是历史本体对它们的制约。但历史本体是已经发生过的，是独立于人的意识之外的客观存在，研究者不可能直接接近它，把握它。研究者能够直面的是史料。所以，从文学研究的整体和系统来看，文学史料是文学研究的基础。

史料是文学研究的基础，还在于史学这一学科有其特殊性。王国维在《国学丛刊序》中论及科学与史学的区别时指出：

"凡记述事物而求其原因，定其理法者，谓之科学；求事物变迁之迹，而明其因果者谓之史学，……而欲求知识之真与道理之是，不可不知事物之所以存在之由，与其变迁之故，此史学之所有事也。"

王国维论史学的特点，特别强调史学重在探求"求事物变迁之迹"和"其变迁之故"，这是由于史学研究的对象是已经发生的事物及其原因。"事物变迁之迹"和"其变迁之故"，都是一定的时间的产物。而时间转瞬即逝，不可逆转，事物的产生和变迁都是一次性的，不可能重复，所以罗志田认为：

史学区别于其他学科的主要特色是时间性，而其研究的对象为已逝的往昔这一点决定了史料永远是基础。

整个史学是这样，作为史学的一个分支的古代文学史研究，也是这样。

科学研究的过程实际上是一个实事求是的过程。对于中国古代文学研究来说，"实事"指的就是史料。"文不虚生，论不虚作"，研究问题不能凭主观、想象，不能靠一时的热情，而要依据客观的事实。这一点，中外古今的许多伟人和著名学者，都有极为精辟的论述和卓有成效的实践。马克思说过："研究必须收集丰富的资料，分析它的不同的发展形式，探寻这些形式的内在联系，只有这项工作完成以后，现实的运动才能适当地叙述出来。"同马克思一样，恩格斯也特别强调掌握史料的重要性。他指出："即使只是在一个单独的历史实例上发展唯物主义的观点，也是一项要求多年冷静钻研的科学工作，因为很明显，在这里只说空话是无济于事的，只有靠大量的、批判地审查过的、充分地掌握了的历史资料，才能解决这样的任务。"马克思和恩格斯都十分重视在科学研究中掌握史料的重要性。他们的论述虽然不是针对研究古代文学而讲的，但是完全适用于研究古代文学。

重视史料，把史料作为研究的基础，在我国有优良的传统。这种传统在五四以后得到了进一步发扬。正如陆侃如师在1942年所说："五四运动时代提倡以科学方法整理国故，并且认为清代朴学方法含有科学精神，故二十年来文史研究于史料的考订，渐渐成为风气。"在这方面，许多前辈学者为我们做出了榜样。他们留下的大量名著，为我们提供了楷模。梁启超在《中国史叙论》中指出："研究历史要从事实出发。没有这一步工作，就谈不到科学的历史研究。"他又说："史料为史之组织细胞，史料不具或不确，则无复史之可言。"

为了论证史料的重要，梁启超在《中国历史研究法》的六章中，特设第四、五两章论述史料问题。鲁迅从1920年起在北京大学讲授中国小说史，这门课程具有开创性。他说：

中国之小说自来无史；有之，则先见于外国人所作之中国文学史中，而后中国人所作者中亦有之，然其量皆不及全书之什一，故于小说仍不详。

要开这门课，没有现成的史料，于是鲁迅就从搜集第一手史料开始。这一点，鲁迅在《小说旧闻钞·再版序言》一文中有具体的叙述：

《小说旧闻钞》者，实十余年前在北京大学讲中国小说史时，所集史料之一部。时方困瘁，无力买书，则假之中央图书馆，通俗图书馆，教育部图书室等，废寝辍食，锐意穷搜，时或得之，瞿然则喜。故凡所采掇，虽无异书，然以得之之难也，颇亦珍惜。

鲁迅从 1910 年前后开始搜集古小说史料到 1930 年《中国小说史略》再次修订出版，前后 20 年。在这 20 年当中，他一直关注搜集史料，使这部著作史料丰富、分析精辟，成为我国古代小说史的开山之作。

从上面摘引的有关论述和实践方面的史料不难发现，文学史料确实是文学研究的基础，同时也可以看到，研究文学，首先掌握史料是最根本的治学原则和方法。一个严谨的学者，都把首先掌握史料贯穿于自己的整个学术生涯当中。

对于研究者来说，文学史料是基础。而对读者来说，文学史料是认识文学史的基础。综观古往今来可以发现，有许多普通的人，往往通过多种途径和方式，知道一些文学的历史。他们知道的文学历史，不是空洞的教条，而是具有多少不等的史料。文学史研究论著，是供读者阅读的。从读者的阅读和接受的角度看，一般都重视那些史料丰富而确切的论著，特别是文学史方面的著作。郑振铎在 1932 年写的《插图本中国文学史·例言》中指出，当时"盛极一时"的文学史中，"即有一二独具新意者，亦每苦于材料的不充实"。有鉴于此，他写《插图本中国文学史》，特别留心收集新史料。《插图本中国文学史》"所包罗的材料，大约总有三分之一以上是他书所未述及的"。1932 年年底，《插图本中国文学史》出版后，引起了学术界的首肯。浦江清赞许郑振铎先前出版的该书"中世卷"史料丰富，尤其能使用敦煌史料，"不失为赶上时代之学者"，并预言"郑君于近代文学之戏曲小说两部分，得多见天壤间秘籍，材料所归，必成佳著无疑也"。与浦江清看法一致的还有赵景深。赵景深在《我要做一个勤恳的园丁》一文中，肯定《插图本中国文学史》"长处在于材料的新颖与广博"，"尤其是，他有小说和戏曲两方面最丰富的藏书。他如难得的插图，史传的卷次，都是别本所无的"。看来，《插图本中国文学史》问世以后，之所以得到首肯，一个重要原因是使用了许多新的丰富的史料。

随着社会的发展，人们对文学的历史会愈来愈感兴趣，希望用个人经历之外的文学历史来丰富自己的精神生活，来提高自己的认识和审美情趣。广大的读者希望阅读古代文学的研究著述是多种多样的，但有一点当是共同的，那就是这些论著应当以丰富的史料为基础。20 世纪 60 年代以来，上海中华书局和上海古籍出版社等前后出版的《中国古典文学基本知识丛书》之所以受到欢迎和重视，发行量也比较大，一个重要原因是这套丛书史料相当充实。这方面的经验值得我们总结和借鉴。

二、新发现大都基于新史料

从中国学术史来看，每次重要史料的被发现，往往会引发学术上大的震动，对后来产生深远的影响。王国维在《最近二三十年中国新发见之学问》一文中指出：

古来新学问起，大都由于新发见。有孔子壁中书出，而后有汉以来古文家之学；有赵宋古器出，而后有宋以来古器物、古文字之学。唯晋时汲冢竹简出土后，即继以永嘉之乱，故其结果不甚著。……然则中国纸上之学问赖于地下之学问者，固不自今日始矣。自汉以来，中国学问上之最大发现有三：一为孔子壁中书；二为汲冢书；三则今之殷墟甲骨文字，敦煌塞上及西域各处之汉晋木简，敦煌千佛洞之六朝及唐人写本书卷，内阁大库之元明以来书籍档册。此四者之一已足当孔壁、汲冢所出，而各地零星发见之金石书籍，与学术有大关系者，尚不与焉。故今日之时代可谓之"发见时代"，自来未有能比者也。

王国维上面所说的"新发见"指的是新发现的史料。孔子壁中书和汲冢书属于古代的发现，近代以来的"新发见"主要有殷墟甲骨文字、汉晋木简、敦煌千佛洞书卷和内阁大库保存的元明以来书籍档案。王国维之所以特别重视上述新发现的史料，是因为不同的史料有不同的蕴含。研究这些新史料，可以得出许多新的观点。王国维自己正是整理研究了上述的部分史料，在史学领域里建树卓越。

陈寅恪在《陈垣敦煌劫余录序》中也有和王国维近似的见解：

一时代之学术，必有其新材料与新问题。取用此材料，以研求问题，则为此时代学术之新潮流。治学之士，得预于此潮流者，谓之预流（借用佛教初果之名）。其未得预者，谓之未入流。此古今学术史之通义，非彼闭门造车之徒，所能同喻者也。

陈寅恪从时代学术潮流的视角，揭示了取用新史料、研究新问题是学术新潮流形成的标志。

王国维和陈寅恪上面的论述，虽是就学术发展的整体而言，但完全合于古代文学研究的实际。从古代文学研究的历史来看，史料的新发现，特别是地下文物史料的新发现，对古代文学研究产生了深远的影响，主要表现有以下五方面：

一、丰富拓展了文学史料。就已经出土的文物史料而言，有不少可以使我们清楚地看到一些古代文学现象及其产生的背景。在出土文献中，有许多属于战国秦汉时期的。在信阳长台关、长沙马王堆、临沂银雀山、定县八角廊、荆门郭店等发现的简帛书里，相当明确地显示了许多经书和子书比较原始的面貌，有不少同以往人们看到的传本不同。从中我们可以得到一些新的认识。以郭店竹简为例：1993 年冬在湖北荆门郭店发掘的一号楚墓，存有 800 多枚竹简，其中涉及了很多重要的学术问题。如先秦儒、道思想的流行区域、相互关系、前后嬗变；简本《老子》无"绝仁弃义"等语；儒家分派问题，特别是子思一派；儒家的一些思想精华，如"恒称其君之恶者可谓忠臣"，"友，君臣之道也"。这些都是新的重要的史料，有助于我们进一步认识先秦时期的文学及其产生的文化思想土壤。

以前人们研究古代文学家的生平经历，主要是根据流传下来的一些文献中的传记史料。这些史料有相当大的局限性，有不少存有疑窦，有待解决。近现代以来，随着许多新史料的发现，特别是不少碑刻和墓志的发现，为我们提供了一些前所未见的传记史料。西晋女诗人左棻的卒年，《晋书》卷 31 本传没有记载，后来的研究者做了一些推测，误差很大。1930 年河南郾城发现的《左棻墓志》明确记载，她于"永康元年三月十八日薨"。有了墓志，左棻的卒年完全可以定下来了。其他如唐代的大量的墓志的出土，提供了许多未见文集记载的唐代文人的传记史料，极大地推进了唐代文学的研究。周绍良主编的《唐代墓志汇编》，上海古籍出版社 1992 年出版后，很快成为唐代文学研究者的案头必备书。

新史料的发现，丰富了文学作品史料。这方面的事实很多。举一个关于《诗经》的例子：2000 年以来，上海博物馆陆续公布了馆藏的 1200 多枚战国竹简，其中有 31 枚是记载孔子向弟子讲《诗经》的。从 31 枚竹简中，可以发现：今本《诗经》分《国风》《小雅》《大雅》和《颂》，竹简中记孔子论诗，次序有颠倒。许多诗句用字和今本《诗经》不同。竹简记孔子论诗没有今本《诗经》小序中"刺""美"的内容。有六篇逸诗。在七枚记载诗曲的音调中，发现了 40 篇诗曲的篇名，其中有的是今本《诗经》所没有的逸诗。由此推断，《诗经》的篇数一定远远超过三百篇。还可以证明，孔子当年删诗之说，不一定可靠。有七枚竹简记载了古代唱诗时乐器伴奏的四声和九个音调。

二、修正、补充甚至改变了以前研究的结论，提出了新的重要的观点。这突出地表现在《诗经》、先秦诸子、辞赋、俗文学等方面。安徽阜阳曾出土了一批有关《诗经》的汉代竹简。胡平生和韩自强在《阜阳汉简诗经研究》中指出：从总体上看，阜阳汉简《诗经》，不属于鲁、齐、韩、毛四家中的任何一家，可能是未被《汉书·艺文志》著录的而实际在民间流传的另一家。这说明《诗经》在汉代的流传情况，不限于像文献记载的那样。

以前关于辞赋的研究，依据的史料主要是文献记载，有些结论缺乏确凿的证据，有些并不正确。而新的出土史料则弥补了文献的不足。汤炳正利用安徽阜阳汉简《离骚》《涉江》残句，否定了淮南王刘安作《离骚》的说法。对于俗赋，过去有不少研究者承认我国有俗赋，但追溯源头时多认为始于建安时，代表作是曹植的《鹞雀赋》。同时认为，从屈原和荀卿开始，赋就文人化、雅化了。1993 年在江苏连云港市东海县尹湾村发掘的六号汉墓的竹简中，有一篇《神乌赋》。此赋的发现，证明上述观点应当修正。《神乌赋》基本完整，是以四言为主的叙事体，语言通俗，用的是拟人手法，具有寓言的特点。经学者研究，推断这篇赋当作于西汉中后期，作者是一个身份较低的知识分子。《神乌赋》的发现，把我国古代俗赋的历史，上推了二百多年。同时证明，汉代有俗赋，汉代的辞赋应当是雅俗并行。《神乌赋》是文人受俗赋的影响而写成的。

关于其他俗文学的研究中新见解的提出，也常常是基于新史料的发现。敦煌俗文学史料的发现，就使我们对通俗小说和弹词等俗文学的产生有了新的认识。郑振铎早在《敦煌的俗文学》一文中就指出：敦煌俗文学史料，"将中古文学的一个绝大的秘密对我们公开了。他告诉我们，小说、弹词、宝卷以及好些民间小曲的来源。他使我们知道直到中近代的许多未为人所注意的杰作其产生的情形与来历究竟是怎样的"。"这个发现可使中国小说的研究，其观念为之一变。"

在戏曲研究方面，一些重要戏曲史料的相继发现，也推进了研究者对戏曲史的认识。1958 年在河南省偃师县酒流沟水库西岸发掘的一座宋墓中，有三块画像雕砖上雕有宋杂剧的演出图，刻画了五个人物。山西省蒲县河西村娲皇庙至今保存有宋杂剧角色的石刻，其中有乐伎、副末色、副净色、化生童子、引戏色、末泥色、装狐色等。以前，人们对宋杂剧的演出缺乏形象的了解。上面列举的戏曲文物的发现，使我们看到了宋杂剧的演出和角色行当的一些情况。关于南戏形成的时代，王国维说："南戏之渊源于宋，殆无可疑。至何时进步至此，则无可考。"因为没有证据，所以他在章节的安排上，把南戏一章安排在元杂剧之后。1920年，《永乐大典戏文三种》的发现，为南戏产生于宋代提供了有力的证据。

三、影响了学术理念和研究方法。一个突出的表现就是李学勤"走出疑古的时代"这一理念的提出。从我国古代的文献来看，的确存在着伪书。自明代以来，以胡应麟、姚际恒、崔述为代表的一些学者，开始大量怀疑古书，到清末，康有为也多疑古。五四之后，形成了以顾颉刚为代表的疑古学派。20世纪上半期，不少学者对先秦两汉文学的研究，程度不同地受到了疑古学派的影响。疑古学派有重要的贡献，但有时缺乏客观的依据，缺乏多元的思考，走入极端，阻碍了我们对古代文献的全面和正确的认识。实际上，古代史料存佚的情况，十分复杂。有些后人所谓的亡书、阙书和伪书，并不完全可靠。宋代郑樵《通志·校雠略》就有"亡书出于后世论""阙书备于后世论""亡书出于民间论"的见地。郑樵的说法是有根据的。随着20世纪70年代以来大量考古史料的发现，不少以前被认定是亡佚的、伪作的或晚出的，经考古史料的证明，并非亡佚、伪作或晚出。正是在这种氛围中，李学勤从学术理念上提出了应"走出疑古的时代"。他说：

今天的学术界，有些地方还没有从"疑古"的阶段脱离出来，不能摆脱一些旧的观点的束缚。在现在的条件下，我看走出"疑古"的时代，不但是必要的，而且也是可能的了。

"走出疑古的时代"这一学术理念提出以后，引起了学术界的重视和争论，有的赞同，有的反驳，至今还在讨论。对同一问题，有不同的看法，这是正常的。但有一点当是不争的事实，就是"走出疑古的时代"这一理念，是基于大量的考古史料的新发现而提出的。大量新史料的新发现，对研究方法也产生了一定的影响。郑良树和李零提出了"用古书年代学代替辨伪学"。这一主张的提出，也是鉴于出土了许多"真古书"。

关于新史料的发现的重大影响，饶宗颐在1998年12月香港举行的"传统文化与21世纪"学术研讨会上，特别予以强调。他指出：近20年的考古新发现，特别是大批竹简的出土和研究，有可能给21世纪的中国带来一场"自家的文艺复兴运动以代替上一世纪由西方冲击而起的新文化运动"。考古新发现的作用会不会像饶宗颐所预想的那样，可以讨论，但他十分强调新史料的发现的重大影响，这一点是值得我们重视的。

四、重要新史料的发现，往往导致了新的学科的形成。这里，仅举两方面的事例。一个是，我国19世纪末和20世纪初，随着甲骨文、简牍、敦煌石室史料的发现，逐渐形成了甲骨学、简牍学和敦煌学。另一个是从金石学到古器物学。学术界一般认为，金石学形成于宋代，在明清时期不断发展，但基本上没有超出金石的范围。到了清末民初，随着大量新史料的发现和各种出土文物的增多，对古代遗物的研究，已不是以前的金石学所能包容的了。于是，过去所说金石学增加了新的内涵，成为"广义的金石学"，即古器物学。

五、有助于文学史料的训诂。以前对文学史料的训诂，由于主要依据流传的典籍，结果有不少文字难以解释，或者解释不确，或者语源不清楚，而新的史料的发现，往往使一些文字得到了正确的解释。汤炳正利用新的出土文献,对《楚辞》的文字训诂多有创获。《汉书》卷30《艺文志》说:"小说家者流,盖出于稗官。"何时设有稗官,除《汉书·艺文志》有记载外,不见于其他文献。饶宗颐在《秦简中"稗官"及如淳称魏时谓"偶语为稗"说——论小说与稗官》一文中,根据新出土云梦秦简中"令与其稗官分如其事"一语,认为"《汉志》远有所本,稗官,秦时已有之"。这就把稗官一词的语源由东汉上溯到了秦代。

上面列举的五个方面,进一步印证了王国维和陈寅恪的精辟见解,说明文学史料的新发现对文学研究能够产生巨大的推进作用。

三、文学史料与文学史研究

文学史料虽然是文学史研究的基础,但我们又不能把文学史料与文学史研究等同起来。在这方面,过去国内外一些学者受实证科学的影响,曾提出并且强调史学就是史料学的观点。在国外,19世纪德国的史学名家兰克"认为重视史料,把史料分别摆出来就是历史。历史是超然物外的,不偏不倚的"。"历史要像过去发生的事一样。"在中国,傅斯年1928年在《历史语言研究所工作之旨趣》中说:

近代的历史学只是史料学。……我们反对疏通,我们只是把材料整理好,则事实自然明显了。一份材料出一分货,十分材料出十分货,没有材料便不出货。两件事实之间,隔着一大段,把它们联系起来的一切设想,自然有些也是多多少少可以容许的,但推论是危险的事……材料之内使它们发现无遗,材料之外我们一点也不越过去说。

此外,蔡元培在《明清史料·序言》中也提出了"史学本是史料学"的观点。兰克、傅斯年和蔡元培等提出的史学就是史料学的观点,呼吁把史学建立在史料的严密的考辨的基础上,有其针对性,强调研究历史要客观,有纠正轻视史料、拘于空疏游谈的作用,但从完整的史学科学体系来看,他们的观点不够全面。

在历史研究中,尽管史料是基础,十分重要,但史料不等于史学,史料学不能取代史学。历史本体是人类的活动。人类的活动是丰富多彩的,是活生生的,是一去不复返的,"所有稍微复杂一点的人类活动,都不可能加以重现或故意地使其重演"。这不仅表现在他人的活动上,即使个人的经历也是这样。歌德晚年为自己写传记,题目定为"诗与真"。他之所以用这样的题目,是因为"他知道对自己的过去已不可能再重复其真实,他所能做到的只是诗情的回忆"。另外,"历史学家绝对不可能直接观察到他所研究的事实"。从存传的史料来考虑,有其有限性和局限性。历史实际是丰富的。流传到今天的各个时代的各种史料,即使是很多的,也只是原生态史料的一部分,有很多原生态史料由于多种原因没有留下实物或记载。记载的史料远远少于没有记载和留下的大量空白。有些当时可能有记载,后来散失了。现存的史料即使是非常翔实的,但和历史实际相比,也是局部的、片面的、零碎的。从传下来的史料来分析,有些具有客观性、可靠性,这主要体现在个别史实上。除此之外,大量的史料不同程度地存在着固有的偏向。因为它们是记叙者把许多个别的史实加以组合，使其成为一种可以叙述、能够使人理解的史实。记叙者即使在现场，由于视角的限制，他所留心的和见到的也只能是事实的某些方面。对同一事件，耳闻目睹者有不同的记叙，就是证明。如果记叙者记叙得比较全面，那他记叙的内容肯定有许多是得之于他人。既然得之于他人，自然就有他人的眼光，不可能全是原貌。记叙者即使"直笔"，也会不同程度地渗透着自己的主观意识。既是记叙，记叙者就会有取舍，许多史料是记叙者用观点串联、整理出来的，其中夹杂有主观理念和某种权力的运作。还有即使记叙者不存爱憎，全面观照，客观记叙，那他所记叙的只能是古人外在的言行，未必能得古人内在的精神世界。现存的史料的非原始性、简约性以及主观的参与，决定了它们不可能完全是客观的、真实的。我们很难知道过去发生的真实的一切事实。史料的整体是这样，作为整体史料一部分的文学史料也是这样。因此把史料等同于史学，不仅否定了史学，而且在一定意义上，有碍于人们对历史真实的探讨。

由于史料的有限性、局限性、隐匿性，也由于人有感情、能思维、会想象，所以人们在研究历史时，不会停留在史料层面，主观介入是自然的，是不可避免的。这一点，陈寅恪在《冯友兰中国哲学史上册审查报告》一文中有所揭示：

吾人今日可依据之材料，仅为当时所遗存最小之一部，欲借此残余片段以窥测其全部结构，必须备艺术家欣赏古代绘画雕刻之眼光及精神，然后古人立说之用意与对象，始可以真了解。

陈寅恪上面这段话指出，鉴于我们研究历史依据的史料"仅为当时所遗存最小之一部"，所以我们"必须备艺术家欣赏古代绘画雕刻之眼光及精神"。这就明确地肯定了研究历史，不可能仅仅依靠实证科学的思维做纯客观的研究，还要依靠体悟和想象。有时还要从没有记载的空白处运思，去探索历史隐藏的深层意义。否定了主观的介入，实际上就否定了史学。另外，从未来之维的角度来思考，主观对史料的介入，不仅是必然的，而且是有益的。我们知道，史料是固定的、有限的，但史料永远摆在人们的面前，人们对史料的认识是变化的、无限的，永远处在过程中，没有终点。这从一个方面体现了人们想借助对史料的不断体认来谋求继续发展的希望。看来正是由于主观的不断介入，才使史学呈现出丰富性和具有永久的生命力。整个历史研究是这样，文学史研究更是如此。

古往今来有不少学者呼吁，研究历史应当客观，让史料说话。但只要我们对史学实践加以分析，不难发现，这种呼吁带有浓重的理想色彩，顶多具有某种纠偏的作用。唯史料是从，纯客观地对待史料，实际上是不存在的，也是不可取的。这一点，前面述及的曾经宣称"历史学就是史料学"的傅斯年，到后来在认识上也有很大的转变。"1947年傅斯年赴美医病，在纽黑文的耶鲁大学逗留近一年时间，他了解到科学实证主义在欧美已不再流行，而客观史学也是不可能达到的。……傅斯年似乎已迷途知返，计划回国后注重学术研究与社会现实的关联，撰写中国通史，编辑《社会学评论》，开办'傅斯年论坛'等。"还有，著名的中国古典文学史研究学者刘大杰，在20世纪30年代末撰写《中国文学发展史》上卷时，十分崇奉郎宋的意见。郎宋认为："写文学史的人，切勿以自我为中心，切勿给予自我的情感以绝对的价值，切勿使我的嗜好超越我的信仰。"应当尽力追求做"客观的真确的分析"。当他上卷完成后，他叙写在写作中，时刻把郎宋的三个"切勿"记在心中，但无奈"人类究竟是容易流于主观与情感的动物"，"所以在这一点上，我恐怕仍是失败了"。刘大杰切记郎宋提出的写文学史要力戒主观的介入，应做"客观的真确的分析"，但他最终却自认"失败"了。其实，他的"失败"是正常的，是不可避免的。说明在文学史研究中，纯客观的研究是不存在的。

史料不同于史学。史料是客观的、有限的，而"天下之理无穷"，人的认识是主观的、无限的，史学理论是无限的，是与时俱进的，对史料的解读、体悟和阐释是长久的。很早以来，许多学者都看到了二者的区别。李大钊在《史观》一文中指出：

实在的事实是一成不变的，而历史事实的知识是随时变动的；记录里的历史是印板的，解喻中的历史是生动的。历史观是史实的知识，是史实的解喻。所以历史观是随时变化的，是生动无已的，是含有进步性的。

李大钊所言，虽然指的是整个历史研究，但也完全符合文学史研究。文学史料本身是静止的。许多文学史料的意义不是确定无疑的，而是模糊的。意义的模糊是常态。史料自己不能表达自己的任何意义。而只有当人们介入时，其丰富的意义才能不断地被揭示出来。在文学史研究中，我们常常看到的现象是，对待同一史料，往往有各种各样的体悟和阐释。这表现在不同的时代上，也表现在同一时代的不同的读者身上，甚至也表现在同一个人前后的不同的体认上。纵观古代文学研究史不难发现，每个时代对同一文学现象的研究，尽管有继承的内容，但这只是一方面。另一方面是每个时代的研究者，一般都是依据自己所遭际的时代，所生活的境遇，所接受的学术思想和审美情趣，做出了不同于前一代的体悟分析、评价和表述，都在发现新的历史。陶渊明及其作品，在当时并没有受到重视，到齐梁时期，开始受到钟嵘等人的关注，但评价不高。至隋唐，特别是到了宋代，才得到了充分的肯定和高度评价。至于同一时期，一个文学史家的阐释被另一个文学史家所否定的事例，或者同一个人对某一史实前后不同的阐释，举不胜举。从上面列举的事实可以看到，在文学史研究中，研究者从来都不是被动的、消极的。研究者主观的作用在研究中占有重要的地位。所谓主观，指的主要是研究者的立场、知识结构、理念、审美情趣和研究方法等。具体主要体现在以下几点：价值观念。每一个研究者都有自己的价值观念，这常常体现在对许多文学现象的选择和评价上。理论范式不同。不管你自觉还是不自觉，研究文学史总是有自己事前设定的理论范式，"你的范式让你看见多少，你就只能看见多少"。文学研究的史料是客观的、不变的，但人们研究的范式是主观的、变化的。由于研究范式不同，对同一对象研究的结果，往往会有很大的差别。情感的差异。许多文学史研究者常常是带着自己复杂的情感去体悟文学史料的。

文学史研究，我们既应当看到史料是基础，文学研究要依靠史料，同时也应当注意史观的重要和史观对史料的影响。综观古代文学研究我们可以发现，有时有一些新发现的提出，并不是由于发现了新的史料，而是由于现实中提出了某些新问题，由于新的理论和方法的出现和运用。这些不仅影响了对已经搜集到的史料的阐释和评价，有时还直接影响了对某些史料的重视、搜集和整理。关于后者，举两个例子：一个是小说史料。我国古代的小说，源远流长，史料丰富，但由于封建正统思想的统治，在长期的封建社会里不被重视，"不能登大雅之堂"，所以许多小说作品被掩埋甚至被销毁。到了近代，由于政治改革的需要、西学的激荡，引发了文学史观的变化，不少有识之士看到了小说的重要，甚至把小说视为"文学之最上乘"。社会的变革，史观的变化，极大地提高了小说的地位，促进了人们对小说史料的搜集、整理和传播。另一个例子是近代文学。由于认识上的局限，在20世纪60年代之前，对近代文学不够重视。受这种观点的左右，在相当长的时间里，在中国文学史研究中对近代文学的研究相当单薄，与此相联系的是对近代文学史料有所轻忽。后来有不少学者看到了近代文学独特的重要价值，认识到它是由古代文学向现代文学转变的一个关键，具有承上启下、继往开来的重要意义。认识上的变化，使人们提高了对近代文学史料的重视程度，许多近代文学史料相继得到了发掘、整理和出版。上面所举的两个例子说明，文学史观的变化往往能够对文学史料的认识和实践产生很大的影响。

　　在文学史研究中，我们应当肯定和容许主观作用的存在。单就文学史料的整理来说，史料的选择和整理，都离不开一定观点的指导。何况文学史料不等于文学研究。文学研究不是文学史料的堆砌，而是表现研究者的观点，浸透着研究者的情趣。试想，如果一种文学史研究论著，只是堆砌罗列史料，没有自己的体悟发现，没有自己的观点，它有多大的意义？文学史研究之所以需要，之所以有生命，能够古今相通，主要是由于时代的需求，以及研究者主观的介入。实际上，文学史研究不存在是否容纳主观的问题，需要思考的是怎样不断地提高研究者的认识，思考主观的理论范式和思想感情等正确还是不正确，健康还是不健康，是陈词滥调还是有所创新？如果一种文学史研究论著，即使没有新的史料，而是用自己的观点对史料做出了新的、有益的阐释，就应当予以肯定。另外，文学史论著，不应当是单纯地复述史料和阐释史料，而应当提倡"有我"，提倡带感情的论述，提倡艺术化、文学化的表述。言之少情，行之不远。"言之无文，行之不远。"在这方面，国内外不少学者有鲜明的倡导。英国哲学家罗素说：

　　历史学家对他所叙述的事件和他所描述的人物应该怀有感情……要他不偏袒他著作中所叙述的冲突和斗争的某一方，则并无必要。

　　罗素是就整个历史叙述而言的。中国的杨周翰则特别就文学研究强调说：

　　研究文学仅仅采取一种所谓"科学""客观"的态度，也许能找出一些"规律"，但那是冷冰冰的。文学批评也应同文学创作一样，应当是有感染力的，能打动读者感情的。

　　缺乏感性和文采的表述，会弱化研究论著的传播和保存。中国古代有学综文史、史以文传的优良传统。我们应当继承这一优良传统。文学研究论著，应当把学术性和文学性融为一体。

　　在各种文学史研究论著中，我们不仅应当看到来自主观方面的不同的见解和表现的感情上的差异，同时还应当注意它们之间相互补充的作用。我们这样说，并不是丢弃了文学史研究的客观性，更不是不尊重文学史料。在文学史研究中，我们应当承认和重视研究者主观的作用，但这必须限制在一定的范围内，有一个底线。这个范围和底线就是史料。正确的史料体悟、阐释和评价，都是基于史料本身的，应是史料本身所含有的意义。体悟、阐释和评价同史料本身有同构性和同一性。不以史料为基础，就会容易陷入意图哲学、相对主义，怀疑主义和虚无主义也会乘虚而入。因此，研究必须以史料为基础，历史学家必须诚实。英国历史学家阿克顿在他的《历史研究讲演录》中强调说：

一个历史学家必须被当作一个证人；除非他的诚实能得到验证，否则是不能信任的。意大利的哲学家和历史学家克罗齐在他的著作《历史学的理论与实际》中认为：对一切历史的研究，都是我们当代精神的活动。同时，他又强调："谈什么没有凭据的历史就如确认一件事物缺乏得以存在的一个主要条件而又谈论其存在一样，都是瞎说。一切与凭据没有关系的历史是一种不能证实的历史。"

历史是有客观性的。历史上发生过的事情和进程是实在的，是绝对的，是不变的。史料作为一些遗迹，不可能重新恢复。不过人们通过长期的对各种历史遗迹的发掘、考证、鉴别和分析，能够大体上确定许多遗迹的轮廓。人们无法复原历史，却可以借助史料去逐渐接近实际的历史。而要达到这一目的，我们在重视主观作用的时候，必须坚持以史料为根基。"历史研究者从来不能无拘无束，历史是史学家的暴君，它自觉或不自觉地严禁史学家了解任何它没有透露的东西。"我们研究文学史，应当接受史料的制约，只能以历史上已经"透露的东西"为依据，否则，就很容易出现偏失。我国的史学界，在20世纪，受西方各种理论和方法的影响，史料工作在相当长的时期内不被重视。特别是从50年代开始，曾经风行过一种"以论带史"的观点。这种观点在当时的提出，旨在倡导用马克思主义原理指导历史研究，但由于理解的偏颇，有些人往往把史料工作简单地看成"烦琐的考证"而予以否定。受这种风气和观点的影响，有些研究者研究历史，不是从史实出发，不是以史料为依据，而是简单地基于某些政治上的需要，理论、逻辑先入为主，然后再去拼凑史料加以论证。这样得出的结论，往往是靠不住的。因为我们的需要和历史事实往往有很大的距离，我们所依据的理论和逻辑是前人总结出来的，是相对的，不一定具有普遍的意义。而历史是复杂的、生动的、具体的。我们要重视理论和逻辑，应当把它们作为重要的参照，但不能把它们当作教条，简单地拿来套用。

回顾古代文学研究的历史可以发现，对有些问题的阐释和结论，从古迄今，存在着很大的分歧和争论。这些分歧和争论，有的涉及了理论观点，但更多是与史料有关、与实证研究不足有关。可以预计，这些分歧和争论的最终解决，要依靠史料的发现和实证研究的深入。在没有发现新史料和实证研究难以深入的情况下，对于一些有争议的问题，与其继续争论，不如暂时搁置起来，有待新史料的发现。应踏踏实实地做好史料工作，真正把史料看成研究的基础，把史料工作看成一种科学工作。研究者全面地占有史料，考定史料，诚实地运用史料，同时注重提高理论水平，把客观性和主观性统一起来，从史料中引出禁得起考验的观点，仍是我们必须坚持的。重视文学史料和提高理论，使二者通融互补、相辅相成，这既是历史经验和教训的启示，也是当前需要引起关注的问题。新时期以来的古代文学研究，不论在文学史料方面，还是在文学研究方面，成就都很卓著。但仔细考察研究者的心态和学术导向以及评价标准，仍有诸多的不和谐现象。在长于文学研究者当中，有些人过分地强调史料的有限性和不可还原性，强调研究的当代意义，因此鄙薄史料工作。而在从事史料工作者当中，有的把史料抬到至高无上的地步，好像只有搜集史料、整理史料，做考证、注释、辑佚等史料工作才是真学问，而把文学研究视为"无根的游谈"。持这种观点的，最好能重温一下梁启超的告诫。梁启超在 20 世纪 20 年代初在《中国历史研究法》中强调了史料的重要，后来他在《中国历史研究法补编》中做了修正：

> 做小的考证和钩沉、辑佚、考古，就是避难就易，想侥幸成名，我认为这是病的形态。真的想治中国史，应该大刀阔斧，跟着以前大史家的做法，用心做出大部的整个的历史来，才可使中国史学有光明、发展的希望。我从前著《中国历史研究法》，不免看重了史料的搜集和别择，以致有许多人跟着往捷径去。我很忏悔。

梁启超上面这段话，在当时当有一定的针对性，今天看来有些偏激，有些武断，但从不能过分地看重史料这一角度来思考，不仅对整个史学，同时对文学史研究也有警示的作用。

另外有些人虽然在做史料工作，但由于受商品经济和消费主义的侵蚀，追求篇多，质量低下，为鄙薄史料者提供了口实。就当前的学术导向和评价标准来看，存在的主要问题是轻视史料工作，这表现在多年以来国家、地方基金项目的设定、评奖以及许多单位职称的评定、工作量的计算等多方面。上述现象的产生，有许多复杂的原因。其中有一点比较明显，就是在社会分工和知识爆炸带来的学科的过度细化，往往把人们弄得狭隘而容易偏激，缺少足够宽广的胸怀和视野，囿于专业和个体经验的限制，从事古代文学史料的研究者和从理论上研究古代文学的研究者，彼此缺乏沟通。实际上，重视史料和提高理论水平是古代文学研究的两条腿，离了哪一条腿也难以前进。文学史料工作和文学研究同样重要，同样有价值。在实际工作中，理想的应当是史料和理论相互融合。当然，也应当容许研究者根据自己的情况，有所偏爱，有所侧重，偏居一隅，盯住自己眼前的一片风景。但不应彼此相轻。我们需要的是打通无形中构筑起来的壁垒，互相尊重，互相支持，互相学习。

第二节　中国古代文学中的情感表达

现代的许多文学作品均是在古代文学的基础上融入作者自身的感受及思想而产生的。同时在古代文学漫长的发展过程中，作者写作时都是在特定的环境内对特定的事物突发感慨完成写作的。由此可见，在古代文学创作中，情景运用是十分重要的。下面就一起针对本节给出的论题对我国古代文学中的情景运用进行简单的分析与探讨。

一、什么是我国古代文学

一般来讲，古代文学包括了欧洲古代文学和中国古代文学两种，欧洲古代文学主要包括了罗马古代文学和希腊古代文学。而中国古代文学从时间来看可以大致分为秦汉文学、魏晋南北朝文学、唐代文学、宋辽金文学以及元明清文学。在所有的古代文学作品中，唐宋两代的文学作品最为人所熟知和运用。

二、古代文学的分类

古代文学始于先秦作家们的作品，例如，孔子的《论语》，墨子的《春秋》，孙子的《孙子兵法》，孟子的《孟子》，庄子的《南华经》《逍遥游》，荀子的《荀子》32 篇、《劝学》《天论》，韩非的《韩非子》《五蠹》《智子疑邻》《扁鹊见蔡桓公》，吕不韦的《吕氏春秋》，列子的《列子》，屈原的《九歌》《九章》《天问》等。随着古代文学史的发展及演变，至唐宋期间，古代文学主要以诗歌的形式表现于世，例如，李白、杜甫两人就被当时民间诗人称为"诗仙"和"诗圣"。由此不难看出，我国古代文学的发展处于昌盛时期。

三、我国古代文学作品的特点

我国古代文学作品以抒情为主，即使是叙述事实的文学作品，其中都不乏带有抒情的意味。例如，陆机所写的"遵四时以叹逝，瞻万物而思纷"中，对所处的情景进行了描写，并抒发出了作者当时的心情及感受。又如李白在《金乡送韦八之西京》中写道"狂风吹我心，西桂感阳树"，不仅描写了当时的情景，还抒发了作者对世界的认知方式。因此可以说，古代文学在写作时常常融入作者对一切事物的发自内心的感受，也就是说，由所看到的景物联想到一些潜在的环境感受，并以文字的形式表述出来。另外，古代文学中以感受来抒发情怀的文学创作方式深深地影响着现代文学创作方式。

四、我国古代文学中的情景运用

从古至今，文学创作者们在进行诗词歌赋的创作时都离不开对景物的描写，并且据对古代文学作品综合的考证发现，古代文学大师们在写景的同时都会在里面或多或少地融入一些自身的情感，从而使创做出的文学作品达到情景交融的境界。因此可以说，在古代文学作品创作中，作者们更注重"情随景变，景随情生"的写作方式。

（一）情随景变

所谓的情随景变主要指的是作者在写作时的情感以当时的景物为主要线索，并随着所看到的景物不同而产生情感上的变化。也就是说，由不同的景物可以联想到不同的事情，因而产生不同的情感。或者是作者对同一景物进行不同角度的观赏，也会产生不同的情感。

例如，柳宗元的《永州八记》中《小石潭记》，作者在对小石潭不见其影、只闻其声的环境下，偶然发现了角落里的一处小石潭，这里所流出的潭水十分清澈，且潭里的鱼游得十分畅快，犹如在空中一般。作者再向四周看去，发现小石潭四周均被树木所遮挡，且树木的剪影参差不齐，在阳光的照射下反射出缕缕的光芒，此情此景竟如生活在仙境一般。由此可见，作者当时的心情是十分舒畅的，也因此"似与游者相乐"一句应运而生。但作者反身观察这里的环境，竟然发现空无一人，且空气中凝结着一种寒冷的气息，因而作者由此联想到另一种情景，创做出了与前一句相反的情境。通过揣摩作者对小石潭情景的描写，并结合作者当时所处的环境，很容易体会出作者被流放的那种凄凉和郁郁寡欢的心情。由此可见，同样是小石潭的情景，作者的情感却因自身所联想到的环境不同而发生着变化。

（二）景随情生

景物是大自然给予人类的最好的礼物，也因大自然有了人类的存在才使其所创造出的景物更具灵动性。因此对于人类来讲，景物是具有生命力的，是活的群体。这也是景物因人的主观思想意识以及对景物的观察欣赏角度不同而产生不同审美效果的最根本的原因，也就是人们常说的景随情生。古代文学作者用不同的心情去看待同一个景物时，会因心情的不同而产生不同的心理活动，其景物也因作者不同的情绪被染上不同的感情色彩。例如，古代诗词中"海上生明月，天涯共此时"一句中的月亮代表了团圆，作者唐代诗人张九龄用这样一句词体现了自己当时的心情。又如宋代诗人苏轼的"但愿人长久，千里共婵娟"一句中也是体现了作者期盼团圆的美好愿望。又如杜甫在《春望》中所写的"感时花溅泪，恨别鸟惊心"也因作者的心情变化使景物蒙上了一层感情色彩。

综上所述，情景运用是古代文学作品中主要的表现形式，也是作者借景抒情的一种重要的写作手段。作者可以通过对景物的描写抒发自身的感情，也可以通过对景物的描写影射出当时的社会生存状态。同时，古代文学运用的情景模式成为现代文学创作的重要基础，对文学史的发展做出了巨大的贡献。

第三节　中国古代文学作品中的等待主题

中国古代诗词、文赋、戏剧文学中包含了大量的等待主题作品，体现了等待主题的爱情、政治理想与伦理信仰的期待与坚持。这些作品是古代社会思想背景下的一种集体无意识的体现，蕴含了丰富的美感与哲学内涵，是了解古人生活、思想活动、价值追求、生死信仰的重要途径。

等待是中国古代文学作品中的一种审美对象，是对作品中指代的等待主体期待、焦虑、渴盼、欣喜、失望等情绪的文字表达，既能让读者感受到一定的距离美学，又能增强作品的神秘色彩，让读者感受到一种静谧与朦胧之美。等待作为一种心理活动，也是中国古代文学作品的一种主题形式，这种主题有很强的统摄性，具有横向性、共时性，能够统摄多种题材与形式的作品，如思念、爱情、战争、述怀、赠友、述志、讽刺等富含精神内涵的作品，诗词、散文、小说、戏剧等作品形式均能表达这种主题，只要作品中传达出了等待这个精神内涵的主题，均在这一主题下，故而构成了一个庞大的丰富的母题系统。从纵向性、历时性来看，期待与守候是古代文学史中频繁出现的一种精神现象与人类行为，为文学作品营造出了一种等候性的情境模式和情感内涵。

一、等待主题在各种形式文学作品中的体现

（一）诗歌中的等待主题

古代诗歌是等待主题的集中体现，诗人们将心中的忧思、情愫、希冀等融入诗歌作品中，以此作为一种精神寄托。《诗经·东门之杨》中"东门之杨，其叶牂牂。昏以为期，明星煌煌"就传达了一种典型的等待情境，两人相约时，一人始终未至，而另一人一直等待至天亮。《楚辞·山鬼》"表独立兮山之上，云容容兮而在下。杳冥冥兮羌昼晦，东风飘兮神灵雨。留灵修兮憺忘归，岁既晏兮孰华予"，表现了山鬼于高山之巅怅惘地等待恋人归来的情景。白居易《问刘十九》"晚来天欲雪，能饮一杯无"，表现了对友人赴约的等待与期望之情。赵师秀《约客》"有约不来过夜半、闲敲棋子落灯花"，则是对诗人等待友人来访的表达，诗中传达了诗人在等待时的悠闲与舒适之情。

（二）词作中的等待主题

词自李白起，等待也成为一个重要主题，从《花间集》起，至宋元之际遗民的各种哀叹与痛惋之词作，均包含了丰富的等待主题作品。温庭筠《望江南》"梳洗罢，独倚望江楼。过尽千帆皆不是，斜晖脉脉水悠悠，肠断白蘋洲"，用短短的27个字，将一个等待中的女性形象、心境精简含蓄地表达出来，传达了一种等待的怨念，让人随之肠断。李白《菩萨蛮》"暝色入高楼，有人楼上愁。玉阶空伫立，宿鸟归飞急"，晏几道《虞美人》"曲阑干外天如水，昨夜还曾倚。初将明月比佳期，长向月圆时候、望人归"等都是文学史经典作品，借作者对女性形象的刻画与爱赏，也塑造了一类凭栏、登高、倚楼眺望等待的寂寥形象，这些形象也成为苏轼、辛弃疾这类豪放派作家的词作的主题之一。

（三）戏剧小说中的等待主题

古代戏剧小说等待主题的巅峰之作莫过于《红楼梦》中林黛玉对于自己爱情的执着与等待，等待外祖母能为自己的爱情做主，其中的渴盼、欣喜、甜蜜、伤心、绝望透过一幕幕的场景刻画表达出来；李纨对于儿子金榜题名的等待与期盼，其中包含的一个女人在古代的无奈、坚强、寂寞与惆怅都在漫长的等待中不断呈现。《寒窑记》里的王宝钏、《西厢记》中的崔莺莺、《白蛇传》中的白娘子等均是经典的等待形象。《水浒传》中的英雄们等待招安圣旨、《三国演义》中的诸葛亮等待他的明主。小说戏剧，通过大段的文字、时间

与空间跨度，展示了更多更为丰富的等待主题。

二、等待主题在文学作品思想主旨上的体现

（一）爱情的等待

古代文学作品的等待主题以女性为主，少女式的怀春等待与少妇式的闺怨等待都是古代女性社会地位的体现与生存意义的表达。《邶风·静女》"青青子衿，悠悠我心。纵我不往，子宁不嗣音？"表达了一个多情少女对于所等待男子爽约的不满与抱怨。《九歌·湘夫人》"帝子降兮北渚，目眇眇兮愁予。袅袅兮秋风，洞庭波兮木叶下。登白薠兮骋望，与佳期兮夕张"，传神表达了湘夫人久等湘君而不至的失落、失望、焦急心境。少妇等待中则多以闺怨式为主，其中包括了良人追逐功名舍家而去后离妇的苦苦等待，丈夫征战沙场在家苦待的征妇的等待，被抛弃后仍等待丈夫回心转意的弃妇的等待，这些作品中有"君即若见录，不久望君来"的坚定，有"愿为西南风，长逝入君怀"的期盼，但更多的是"可怜无定河边骨，犹是春闺梦里人"的绝望与"忽见陌头杨柳色，悔教夫婿觅封侯"的闺怨与悔恨。

（二）政治的等待

这种等待是以男性主体为主，是对更高人生价值追求、期待情景模式的等待，是对某种情境的矛盾情感的抒发与良好结局的期待。"玉在椟中求善价，钗于奁内待时飞"是这类等待类型的集中写照。文学作品中将君君关系与夫妻地位相比，将臣子的地位与妻妾相等，他们将对个人价值、功名成就、远大抱负的追求以一种等待的被动心态表述出来，传达了家国体制下一种畸形的君臣、上下关系。

（三）伦理的等待

少女"待字闺中"的期待转变身份的等待，嫁为人妇后对公婆、丈夫、儿女的侍奉与教养，成为她们获取夫家身份认同的主要方式，她们能做的只是默默付出并等待来自社会的认同与自身价值的实现。而我国很多作品中传达的一种善恶报应、正义审判与道德谴责的追求，则表现出了人们心理对于道德、信仰的依赖与希冀，是一种更深层次的等待，也是一种信仰。亲情作为古代文学作品内容的主要中心意旨之一，其游子思归、亲人期盼各种作品也是一种对于亲情等待的描写与讲述。

三、等待主题作品中的审美意趣

（一）时间审美

等待作品的作者将自己对于时间的体验与情感融入作品中，塑造独特的等待主题，其中的主观感情会让读者感受到时间维度的拉长，并使这种感受升华成审美意境。"西宫夜静百花香，欲卷珠帘春恨长。斜抱云和深见月，朦胧树色隐昭阳"，思妇的等待使春天的时间拉长，本该是充满希望的季节，却因等待而让人空生怨恨。"南山矸，白石烂，生不

逢尧与舜禅，短布单衣适至骭，从昏饭牛薄夜半，长夜漫漫何时旦？"臣子对于知人之君的等待体现在等待到山矸石烂的坚持，却又从长夜漫漫的词句中传达出了等待主体的焦急、煎熬。当长时间处于等待中时，时间中所包含的意境、情感也会变得与等待中体现出来的幽怨、漫长相对应。等待主体在等待中体会着等待时间、个人生命时间与客观时间的交错与飞逝，体会着个体生命时间的短暂与抗争。

（二）空间的隔绝与交错

"我住长江头，君住长江尾。日日思君不见君，共饮长江水。此水几时休，此恨何时已。只愿君心似我心，定不负相思意。"一首短短的等待之词，却交替了长江头尾的空间隔绝与交错，等待主体被隔绝在长江之头，即使有长江之水连接，仍然感受到空间的阻隔所带来的咫尺天涯之感，以及在这种隔绝中衍生出来的恨与坚定。

（三）距离与神秘美

等待中包含的时间与空间均营造了一种距离感，而在这种距离感中，等待主题以其单纯而执着的等待营造出了一种人性的、情感的、神秘的美感。"盈盈一水间，脉脉不得语"的无法交流之痛，在两人心意相通时，即使"相去万余里，故人心尚尔"，情感的互通能让天涯成为咫尺的距离。在空间的隔绝与交错中，感情也更为悠远、深刻、绵长，等待主体将其生命体验通过作品的字词体现出来，传达出来的是一种无言而又深刻的情感魅力。

四、等待主题作品中的哲学内涵

死亡与等待、宿命与人生是等待主题作品的两对主旨，等待是一个趋向死亡的过程，"兴尽悲来，识盈虚之有数"是古代文人对于死亡理解的典型表达，直面死亡，在漫长的人生等待中，感受各种情境的飞逝，迎接死亡的到来，其中包含了对于宿命与人生的思考。等待中的孤独感是一种人生的体现，是对于爱情、政治理想、人生知音的期盼与来自周围的隔绝所造成的痛苦，等待过程不结束，那么等待对象将永远缺席，等待主体也将会永远感受到一种孤独、希望与绝望交织的情感。而等待主体的执着除了坚持外，也是对于自身宿命的一种或消极或积极的追求。古代固然有灵魂说，但等待主题作品中传达出来的"生寄也，死归也"的坚持却更能显现出这种哲学内涵的深刻之处。

综上所述，这些作品的等待主题对于爱情、政治理想、伦理信仰的等待与追求，既成为文学作品的主旨内容，丰富了文学作品的内涵，又成为作者精神、情感的寄托与传达。这种等待体现出的作者自身的生活情境、现实理想成为其情怀抒发与怨闷排解的一个重要途径，也是作者们对于生命、时间的思考与抗争，是在自我意识缺乏的时代等待主体与作者的坚持和执着。

第四节　中国古代文学作品存在的意境特征

在中国几千年的发展历史中，出现了许多光辉耀眼的文化作品，这成为中华民族引以为傲的宝贵遗产，尤其是古代文学中存在的意境，大大提升了作品的文学和艺术价值。本节探讨了我国古代文学作品存在的意境特征问题，文章从阐述古代文学作品存在的意境概念入手，进一步分析了中国古代文学作品中的意境特征，最后研究了意境特征在中国古代文学作品中的体现。

中国的古代文学产生于几百甚至是几千年前，反映的是古老朝代的人事与情感，早已是过去的印象，但是至今没有被我们淘汰，反而备受宠爱与推崇，这就体现了古代文学作品不因时间流逝而消退的无穷魅力。正是意境的存在，使人们久久沉醉在文学里，被感动，被吸引。

一、古代文学作品存在的意境

（一）意境的概念

意境指的是在文学作品和自然景观中流露出的情趣和格调，意境的产生很大程度上是因为诗人在创作过程中结合亲身所处的自然环境背景，阐发个人的主观感受和思想，在主观和客观之间形成和谐状态，使之交相呼应，从而营造出一个美好的意境，这是创作者情感的寄托与想象的空间。谈到意境，自然需要考虑到创作过程中所应用的多种表现手法，用心体验。

（二）意境的形成

意境可以说是一种超越现实的审美状态，在文学创作中，把描写对象和作者的思维情感相结合，插上艺术与想象的翅膀，形成令人回味悠长的艺术世界。意境早在中国古代就成为文学探讨的重点，早在《周易》和《庄子》中就存在着意境，直到清朝，意境才达到成熟状态，以王国维的《人间词话》为典型特例，意境在此得到了理论化升华，并出现意境的高低之分。

二、中国古代文学作品中的意境特征

（1）在浩如烟海的文学宝库中，没有意境的文学作品是不能完全打动读者心灵的，而不同的作品，往往会塑造出不同类型的意境，就古诗词中的意境呈现来看，就包括几个大类。总的来说，在中国古代文学作品中，意境主要呈现出情景交融、虚实结合、韵味无穷的特征。这三个特征在意境的创作中，往往会呈现出完全不一样的分工，三者共同存在于古代文学作品中，形成良好的意境。

（2）情景交融型。情景交融的类型大多出现在对外界自然环境、生活中的花鸟景观有比较多的描述的诗词中，古人怀着一颗认真观察生活、热爱生活的心，往往能发现平凡世界中的妙处，通过对景物的描摹，自然触发自己内心的情感波涛，此时就会创造出情景交融的意境，具体表现在情中见景、景中藏情、情景并茂三方面。

（3）虚实相生。虚实相生的诗词中，往往会描绘许多新奇的事物、宏大的背景，天高地广，任诗人的思维尽情徜徉，所创作的作品中往往会有虚有实，所塑造的形象也是虚与实相结合的形象，这体现了意境创造的结构特征。

（4）韵味无穷。意境的塑造，只是为了使作品脱离枯燥的形象复制和单一的情感倾诉，上升到艺术审美层次，韵味就是创造意境的最高追求，体现其审美特征。

三、意境特征在中国古代文学作品中的体现

（一）情景交融

情景交融指的是创作者把感情和客观事物融合在一起，用景物激发遐思，得到启示，或者是作者在生出某种想法时联系到现实生活中的实物。具体说来，情景交融有几种表现形式，其一是景中藏情，对应的代表作有李白的《送孟浩然之广陵》，诗人在送好友离去的过程中，表达了依依不舍的情感，首联就点出了送别地和时令，其次紧跟着"孤帆远影碧空尽，唯见长江天际流"两句，用船影的因距离越来越远而渐渐消失，而江河渺茫，生动地刻画了一幅宏大的意境开阔的图画，以此体现了作者源源不断的离别之情。除此之外，还有情中见景和情景并茂两种表现方式，前者往往出现在作者直抒胸臆的情况下，通常都是诗人因为自身机遇和感想而想起了对应的场景，描写出该场景来寄托作者的情思。而情景并茂则是指诗人把景物描写和情感抒发二者相融合的表现方式，以此创造一种"景我相融"的意境高度，使诗人能够直观地从客观景物中得到情感共鸣。

（二）虚实结合

在文学作品中，任何景物的描画、行为的概述都是围绕一个集中的主题的，有时是因为情境的要求，更多情况则是借助虚实相生的方法来体现作品的意境，赋予诗句独特的内涵。虚实结合的方法，体现了我国古代文学作品塑造文学意境的重要特点。"春色满园关不住，一枝红杏出墙来"的前两句就是实际发生过、为作者亲身经历的故事，是实实在在的情景，即梯子上的青苔、紧紧闭上的柴扉小门，作者在失望之余兴起了返回的念头，但是紧接着，如这两句所说，作者在转身之际看到了探出墙头的一枝红杏花，这就引发了想象的内容，"院子里必定是百花争艳，所以才会有生机勃勃伸展到外面的一幕"。作者甚至赋予了院子和杏花动态的行为特征。这种对园内情况的推测和猜想，就是虚写部分，前后相连，形成了虚实结合。

（三）韵味无穷

如前文所说，韵味是文学作品创造意境的最高追求，体现了审美特征。韵味本身就是只可意会不可言传的奇妙事物，是作者希望表现出来却无法用语言完全表现出来的内容，这种韵味，只能依赖读者的细细品味和揣摩才能从字里行间提炼出来，以此发现作者所想，从而穿越时空和作者实现情感的共鸣。当然，读者在体会韵味的同时会鉴于不同读者差异化的认知和生活阅历，而体会到不同的内涵和味道。比如，《三国演义》首页词：滚滚长江东逝水，浪花淘尽英雄，是非成败转头空。青山依旧在，几度夕阳红，白发渔樵江渚上，惯看秋月春风。一壶浊酒喜相逢，古今多少事，都付笑谈中。《三国演义》是中国古代著名小说，这一开头词中的每一句都是对小说中的一个阶段或是一个整体的概括总结。描写出了《三国演义》故事中的人物的斗争，英雄的成败，世事变迁，有得有失，恢宏的气势等，将这一部恢宏巨制用区区几个字概括得淋漓尽致却又巧妙恰当，让人读起来就能够联想到其中的各个鲜活的人物形象，并感受到小说所展现出来的巨大的吸引力，令人回味无穷，意犹未尽。

综上所述，加强对我国古代文学作品存在的意境特征的探讨，意义重大。读者需要把握古代文学作品存在的意境的概念与形成过程，同时抓住中国古代文学作品中的意境特征，包括情景交融型、虚实结合、韵味无穷，并深入研究这些意境特征在中国古代文学作品中的体现，只有在把握了意境产生的原理的基础上，才能更深刻地认识意境的重要性，明确其价值。

第五节　中国古代文学理论"语录体"特点

一、中国古代文学理论"语录体"式表达的三个特点

所谓"语录体"，简单地说就是碎片式的判断、结论，与所谓格言、警句相类。比如，孔子"不耻下问""学而不厌，诲人不倦""有教无类"；朱熹"有则改之，无则加勉""活到老，学到老"等等。这种语录体式的表达，直到现在我们也经常使用。"为人民服务""妇女能顶半边天""虚心使人进步，骄傲使人落后""发展才是硬道理""作风建设永远在路上"，都是我们耳熟能详的"语录"。

我国古代文学理论在表达方式上有个显著特点，那就是"语录体"句式很多。比如，"质胜文则野，文胜质则史"（《论语》）、"诗缘情而绮靡，赋体物而浏亮"（陆机《文赋》）、"唯陈言之务去"（韩愈《答李翊书》）、"读书破万卷，下笔如有神"（杜甫《奉赠韦左丞丈二十二韵》）、"感人心者，莫先乎情"（白居易《与元九书》）、"诗之极致有一，曰入神"（严羽《沧浪诗话》）等等。

散、碎和多见于诗论著述是"语录体"最突出的特点。

（1）"散"主要是指对文学的观点、主张，大都零零星星地分散在不同文体的著述之中，而极少集中、系统地出现在专门的文学理论著作中。经书（如《庄子》）、史书（如《史记》）、语录（如《论语》）、序跋（如《诗品序》）、辞赋（如《文赋》）、笔记（如《世说新语》）、小说（如《红楼梦》第四十二回）、书信（如《与李生论诗书》），还有众多的诗词曲赋作品，都或多或少地蕴藏着论者的文学观点和主张。像《文心雕龙》那样专门阐述、探究文学理论的著作，在我国古代是相当少见的。我国古代文学理论，更多的还是结合论者个人的生活实际，通过对一本书、一段文、一首诗乃至只言片语的阐释，以体悟心得、随笔偶感的方式表达出来的。比如，《与元九书》，文体上是书信，文笔是散文化的，作者白居易的文艺主张虽然也有谈及，却并非专门而系统地论述，而是和其"人生意趣、创作甘苦、往事回忆熔于一炉"。

（2）"碎"主要是指文学理论的语言差不多都是片言只语，言简意赅，点到即止，"碎片化"特征明显，不像西方的文学理论，归纳演绎、逻辑推理、分析思辨，是恢宏详备、洋洋洒洒的大部头著作。

有人说，我国古代的文学理论好比零金碎玉，随处可见，俯拾即是，本身虽很有价值，但就是零散、碎小，缺乏理论分析，缺乏归纳总结，缺乏用逻辑的"经纬线"将它们贯通串联起来形成一个结构严谨的理论体系。这种说法不是没有道理。即便是我国第一部系统阐述文学理论的专著《文心雕龙》，其结构安排上也有不够严谨缜密的地方，如"明道""征圣"和"宗经"，本来是三位一体的系统思想（自荀子以来一直如此），按理是不该各立门户，分而论之的；但作者却没有顾及这一点，而是把它们分别论述了一番。而且，"在他的文体论中，为了求全，甚至把和文学关系很远的注疏、谱籍、簿录等文体也收容进来，显得有些芜杂琐碎"。

《文心雕龙》尚且如此，其他的非理论性著述就更不用说，文学理论的观点、主张既"散"又"碎"得更加明显了。

这样说，并不意味着我国古代的文学理论就比西方的落后。事实上，东西方文学理论各有特色，互有长短，好比中医和西医，是不能简单地以高低上下来评判彼此的。只要我们将我国古代文学理论中某一观点"引而伸之，正可成一庞然巨帙"，从而构建起与西方文学理论一样的体系大厦。至于为什么又没能如此，后面将说明原因。

（3）多见于诗论著述如上所述，我国古代文学理论是零零星星地散布于经史子集、序跋语录、书札笔记以及诗词曲赋等各类文体中的；但比较而言，又相对集中于各种诗论著述之中。换言之，这些诗论著述所言及的诗歌理论，差不多也就是我国古代文学理论的主体与精华，同样适用于非诗的其他文学作品，如辞赋、散文、戏曲、小说等。这与西方的文学理论显然不同。在西方，戏剧有戏剧理论，小说有小说理论，诗歌有诗歌理论，各自是独立的一个体系。

以"言志"为例，本出自《尚书·尧典》："诗言志。"原本是论诗的，按道理只应属于诗歌理论。但这一主张发展到后来，却作为一种指导思想，成了一切体裁的文学作品都得遵循的普适性理论规范。谁的作品不以"言志"为目的，谁就是离经叛道。与之相呼应，后来还出现了"兴观群怨""明道""载道""讽喻""劝善惩恶"等与"言志"观点一脉相承的主张。可以说，本来属于诗论的"言志"观，愈到后来就愈成为我国古代文学理论，而不单单是诗歌理论中极为重要的部分了。

不仅"言志"如此，"缘情""神韵""意境"等也一样，它们最早本出于诗论著述，后来却广泛适用于其他各类文学作品，甚至还扩大到了书法、绘画、雕塑等非文学的艺术领域。

正因为《毛诗序》《典论·论文》《诗品》《沧浪诗话》《与李生论诗书》等诗论著述所表达的文学观点和主张，集中了我国古代文学理论的精髓，所以，这些多见之于诗论的"语录"也就成了我国古代文学理论的主体。研究这些诗论语录，也就几乎等于在研究我国古代的文学理论。

二、"语录体"式表达的形成原因

（1）哲学思想的影响　任何一个民族的文学及其理论都离不开本民族的历史文化传统。我们汉民族"文化—心理结构"中，思维方式大都是形象化的、发散式的。这主要是受哲学思想影响的结果。

从哲学上讲，我国古代文人在思想上所受影响，主要来自儒、道、佛三家。受儒家"求实""尚用"思想的影响，往往强调语言的经济实用、简洁凝练，要求语言尊崇圣贤哲人，如《论语》的语录体一样，寥寥数语，戛然而止。受道家思想的影响，便主张"得意忘言"，只求体悟到事物的精神，而不强求用语言表达出来，追求所谓"言不及义""只可意会、不可言传"的表达效果。受佛家哲学，尤其是禅宗哲学"点拨""顿悟"的影响，便认为不落言筌是至好的语言，要求作者少评说阐释，作品微妙的道理（"妙理"）只有留给读者去揣摩体味、苦思冥想才合适。魏晋南北朝后，讲"神韵""风骨"而轻"言"辞表达更成了文人的时尚追求。

比较而言，在文学的外部规律方面，比如，创作指导思想、表现内容、社会作用等，占统治地位的儒家哲学思想的影响更大一些。而在文学的内部规律方面，比如，构思与创作、审美要求、语言风格等，道家哲学思想和佛家特别是禅宗哲学思想的影响更多一些。《老子》说"知者不言，言者不知"。庄子更发展了这种观点，他在《齐物论》中指出："道隐于小成，言隐于荣华。"认为"道"是不能用语言来传达的，只能意会、体悟。既如此，不能穷尽"道"的语言，即便洋洋洒洒、周详缜密又有何用？反而会束缚、禁锢了读者的思想。

特别应该强调的是，司空图、严羽、王士祯的文学理论尤其是诗歌理论，受道家哲学与禅宗哲学的影响非常大，他们的文学思想对后来的文学创作产生了极其深刻、极为广泛的影响。司空图是一位虔诚的佛教徒，隐居中条山时，"日与名僧高士游咏于泉石林亭"，把道家的冲淡恬静精神和佛家的空寂超脱心境融而为一，其《二十四诗品》充满了老庄思想。严羽长期浪迹江湖，人生处世态度旷达超脱，所写《沧浪诗话》以禅宗哲学的"妙悟"为方法论，提出"禅道唯在妙悟，诗道亦唯在妙悟"，认为"以禅喻诗，莫此亲切"。王士禛竭力提倡"诗禅一致，等无差别"，其《唐贤三昧集》不寻李（白）杜（甫），而以王（维）孟（浩然）为宗，诗论旨趣与司空图如出一辙。

由此可以看出，受儒、道、佛三种哲学思想的影响，我国古代文人及文论家便习惯也擅长以审美的眼光和形象化的言语来喻示文学现象，以经验体悟的思维方式来对待文学规律，进而用极尽简练的、独句式的"语录"来表达自己的观点、主张。这就自然使我国古代文学理论表现出语录体固有的"散""碎"特点了。

与此形成对比的是，我国古代有较大成就的文学理论著述，都是在吸收了外来文化（主要是佛教文化和西方文化）长于思辨、注重逻辑这些优点的基础上产生的。仍以《文心雕龙》为例，它之所以被评价为"中国现存古典文学理论著作中，时代很早而体系最完整，结构最严密的一部名著"，与其作者刘勰"长于佛理"有着直接的关系。"长于佛理"，即长于佛教哲学中很具逻辑思维方式的因明学理论。近人王国维《人间词话》亦可佐证这个道理。这部专著的体系与结构，公认为是较好的。其原因便在于"王国维的哲学和美学思想深受康德、叔本华（特别是叔本华）的影响"。康、叔都是德国著名的哲学家，长于抽象思辨，精于逻辑推理。他们的思维方式和语言风格无疑对王国维写《人间词话》起到了潜移默化的巨大影响。

两相比较，正好应验了恩格斯的观点："一个民族要想站在科学的最高峰，就一刻也不能没有理性的思维。"

（2）文论家本身非学者型思维方式的影响。这种影响我们在前面已经间接谈到了。刘勰、王国维之所以能写出结构严谨、体系完整的文学理论专著，是因为他们具备学者型的思维方式，擅长理性思辨、逻辑推理、归纳演绎等抽象思维。而我国古代文学理论的众多建构者却极少纯粹意义上的学者和理论家。他们往往一身几任，尤以诗人兼政治家为多。像黑格尔、康德那样的学者以及更早的亚里士多德那样纯粹意义上的文艺理论家，我国古代几乎没有。

"术业有专攻"。要求一身几任的"杂家"写出皇皇学术理论专著，实在勉为其难。孔子、荀子、曹丕、柳宗元、白居易、陆机、李渔等等，既是文人作家，更是当朝官员、政治家。他们虽然都提出过自己对于文学的观点、主张和见解，但是否如黑格尔《美学》那样，是专门性地在论述、阐释某一文学理论呢？显然不是。他们要么是本着"言志""兴观群怨"的观点来谈文学的思想教化作用，主要是出于政治考虑；要么是在评述一篇文、一段话、一句诗的同时，结合自己的创作甘苦、人生体悟，即物起兴、即兴言理，作一些偶感随笔，以"语录"体式语言表达之。前者如理学家朱熹："道者文之根本，文者道之枝叶。"如此这般重"道"轻"文"，怎么有利于文学理论向系统化方向发展呢？后者如曹丕，他的《典论·论文》多半是夹叙夹议，扣合他那个时代，结合他熟知的建安文人的创作风格和特色进行论述。虽然他提出了"文非一体"的主张，但没有就文体与风格的关系问题引发展开，详加阐释，进而铺陈出系统的关于文体与风格关系的文学理论。

非学者思维的文人，难免欠缺对个例与共性、现象与本质的理性分析和宏观观照；难免失之于就事论事、即兴随感，抓住了个别现象却难以推演、上升到普遍规律。这怎么可能建起恢宏庞大、体系完备、结构严密、逻辑分明的文学理论大厦呢？

所以，文论家非学者型思维方式对我国古代文学理论"语录体"式表达形式的形成，起了相当大的作用。

（3）文学传统的影响理论是对实践的总结。阐释文学现象、总结文学规律的文学理论，显然与文学传统本身有千丝万缕的联系。

诗歌创作的高度发达直接导致我国古代的文学理论多见于诗论。我国是一个诗歌的王国。从《诗经》算起，诗歌的历史长达二千五百年。在这样漫长的岁月中，诗歌创作一直雄踞文学史最重要的位置。发展最早的是诗，写得最多的是诗，影响最大的是诗，最有成就的文学家也以诗人居多。可以说，我国古代文学史上重要的文学流派、杰出的作家作品，无一例外都与诗歌有渊源关系。因为诗歌创作高度发达，影响甚大，写的人多，所以论诗的人便多，论诗的理论便多。如前所述，这论诗的理论即诗论，又恰恰是我国古代整个文学理论的主体精华所在。

文学创作要求文学理论的语言"语录体"。受庄周哲学及其美学思想的影响，我国古代的文学创作尤其是诗歌创作，是很强调情景交融的，追求所谓的"意境"。这正如王国维所说"诗以境界为最上"（《人间词话》）。刘禹锡提出创造意境的关键是要做到"境生于象外"（《董氏武陵集纪》），司空图提倡追求"象外之象""景外之景"（《与极浦书》）。为求写出"只可意会，不易言表"的"韵""味"来，作者必须把意象之有无作为重要的艺术审美标准，文学作品要既能"状难写之景如在眼前"，更要"含不尽之意于言外"（欧阳修《六一诗话》引梅尧臣语）。只有做到了"味在咸酸之外"（司空图《与李生论诗书》），读者才能获得"呈于象，感于目，会于心"的美感享受。

受这些文学主张的影响，我国古代的文人认为，总结文学创作规律、分析文学现象特征的文学理论，其语言也必须如作品一样，言简意赅，具有形象性。只有这样，才能以一当十，超越具体个别的"物""象"，把握作品的丰富蕴含。

确实，在赏析我国古代的文学作品尤其是诗歌及其衍生的词、赋、曲时，如果用纯粹的理性语言，对作品做抽象的说理、机械的推演，就很可能肢解甚至戕害作品丰富完美的隽永内涵，削弱乃至泯灭其优美的艺术品质，把作品蕴含的"神韵""意境""味"道破坏殆尽。

确乎如此。当我们面对张若虚《春江花月夜》"春江潮水连海平，海上明月共潮生，滟滟随波千万里，何处春江无月明"那美妙的意境；陶渊明"采菊东篱下，悠然见南山"那恬淡的心情；"大漠孤烟直，长河落日圆"那无限的遐想；"明月松间照，清泉石上流"

那静穆的氛围，又怎能以简单的一二三四、甲乙丙丁去解析，用所谓理性的、思辨的语言去做庖丁解牛式的条分缕析、逻辑推导！怎么办呢？那就采用形象化的语言来点拨读者的联想吧！于是，"妙"啊，"意境"啊，"神韵"啊，"蜂腰""鹤膝"啊，"采采流水，蓬蓬远春"啊，这些生动形象的"语录"体语言，便应运而生，大量出现在我国古代文学理论著述之中。

更有甚者，还有一些文论家在品鉴作品时，只用寥寥几个字乃至一个字就"点"出了作品的主旨。这就是极具民族特色的"点悟式"文学批评法，其语言仍是"语录"体。如刘熙载评《庄子》，只抓一"飞"字便旨趣全出。他说："今观其文，无端而来，无端而去，殆得'飞'之机者。"真可谓惜墨如金，只着一字而尽得风流！

第六节　基于中国古代文学的性别研究

从我国古代文学史编写来看，是以男性为中心，关于古代女性作家创作的研究一直相对薄弱。直到 20 世纪 80 年代社会思想和观念发生变革之后，人们才日益关注古代文学的性别研究，本节就近百年来对于古代文学的性别研究进行了探讨。

一、古代文学性别文化内涵的综合性探讨

在当前进行性别与文学相关的研究时，主要叙述为西方女性主义发展出现了新的态势，从而让学术研究从女性研究向性别研究演变。而对于性别与文学的研究上我国古代文学研究来看，最早的研究思路明确地出现在 1988 年的康正果《风骚与艳情》一书当中。作者在书中明确地表现了性别视角，但是并没有将作者进行划分，而是在整体论的意义上。同时，进行女性的文学和文学的女性两种思路研究，对古代诗歌的题材和主题进行重新分析。研读这本书，我们可以发现，主要是将古典诗词分为两种，彰显不同的两种精神和趣味，并且书中对于文人与女性、政治与爱情、诗歌与音乐等多种性别因素进行了分析，彰显了古典诗词当中的性别意味和两性关系。

此外，这种研究方式和思路，在各种文学体裁的研究当中也有所体现，如叶嘉莹曾经探讨了《花间集》当中关于 18 位男性词人借助女性形象和语言进行词的创作，从而映射出双重人格。叶嘉莹认为这种方式是男性作者，对于女性化情思和身份的认同，正是男性词人所表现出的双重人格，让花间词自成一派，形成了"幽微要眇且含有丰富之潜能"独特审美。《宋元话本叙事视角的社会性别研究》的作者马珏玶在这本书中也从叙事学的角度研究考察了性别在宋元话本中的体现；李舜华也发表了他对明清至民初小说中性别的研究著作《"女性"与"小说"与"近代化"》，李祥林将性别视角应用到戏曲研究中，编写了《性别文化学视野中的东方戏曲》等书籍。

二、典型文学现象和经典文本的性别审视

在研究典型文本和文学现象中，部分学者将性别视角作为研究的思路之一，并且提出了新的见解。典型的著作就是孙绍先在 1987 年发表的第一本以"女性主义文学"为题目的《英雄之死与美人迟暮》一书。书中从性别视角出发，分析了我国古代文本中男性和女性的角色，对于性别在文学经典作品中的深刻内容进行阐释，是典型的性别视角下的文本分析和文化批判作品。孙先生在解读《红楼梦》时，讲曹雪芹描绘的大观园是"女儿的乐园"，该观点站在民主主义和两性平等的立场上是受到广泛认可的。对于书中的性别观点，《论〈红楼梦〉的女性立场和儿童本位》《从女性主义观点看 < 红楼梦 >》等文章中都对这部作品的性别问题提出了观点。

研究者对经典文本借鉴女性主义进行研究时，会因为个人的理解和取舍不同，呈现的观点也就大有不同，有互补也有反差。以对《聊斋志异》一书的爱情故事研究为例。比如，学者马瑞芳就在其编写的《〈聊斋志异〉的男权话语和情爱乌托邦》这本书中，分析了《聊斋志异》中的性别倾向，对书中的故事所具有的反封建色彩进行肯定，同时又将书中很多由男权话语为起源创作的乌托邦爱情故事进行标注。何天杰在对《聊斋志异》的研究中表现出了与马瑞芳不同的看法，并不赞同马瑞芳的观点，认为该书中的情爱故事的性别基调是女性的雄化和男性的雌化。蒲松龄这样的性别倒错写作方式，实际上是对女性的正视，是中国古代文学始上的首创。再比如，在关汉卿的作品中，女性形象也具有十分重要的地位，典型的作品就是《窦娥冤》。在以往的文学史和文学评述上，都认为元杂剧都是在表达同情妇女的不幸遭遇，赞扬她们的反抗精神。而潘莉在《关汉卿杂剧的女性主义阐释》中并不认同这一观点，认为作者笔下的人物是古代封建男权文化的产物，是被规范化的角色。

三、社会思想文化与创作中性别因素关系的考察

女性在我国古代的思想文化体系中总体呈现弱势状态，这种现象在文学作品中有明显的反映，呈现出复杂的文学面貌。基于这样的社会思想根源，研究和分析古代文学作品中的因素必须对特定的历史时期社会文化语境进行研究，而可以明确地是，古代学者和作家的思想、理念和创作心态与当时的社会文化有重要的关系。所以在研究古代文学中，很多的学者从作品的创作语境、批评传播、阅读接受等环节切入，辨析性别因素，对个体作家的性别意识的文化思想和文学文本间的关系进行深入探讨。舒芜经过多年来的研究发表了一系列思想领域中性别问题的探讨，涉及了古代文学中性别的现象，又饱含当下的人文关怀，对当今的学者研究有重要的启发性。

比如，《论明代中后期女性文学的兴起和发展》《从"二拍"的女性形象看明代后期女性文化的演变》等文章探讨了明代女学、女性的自省、男性的参与、社会思潮等多方面，

并且对明代为什么会在中后期出现和兴起妇女文学的原因和发展，对作品中出现的社会性别文化演变进行了分析。学者黄仕忠针对《诗经》之后文学作品中的母题表现进行了分析，探寻了该题材存在的社会根源和文化背景。《明清俗文学中的女性与科举》这一作品中讲述了小说、戏曲、弹词等多种形式的文学作品中关于女性和科举方面的分析。比如，冯文楼对《金瓶梅》的研究，并且撰写了关于该书中身体叙事与性别文化的关系。从黄霖对该书的评析文章《笑笑生笔下的女性》中从两个角度来品析书中的女性，"作为小说家"的笑笑生的角度和"作为道德家"的笑笑生分析了书中的女性问题和女性观。

近年来，我国文学界对于建立古代文学和当代文学之间的联系越来越重视，意在开拓文学研究的视野和方向。陈千里曾经有作品剖析了曹雪芹和张爱玲笔下相似的故事情节所展示出不同的叙事态度。晚清是中国社会重要的转型期，对于我国的社会思想和文学都起到了重要的转折作用，所以对这一时期的研究成了学者关注的热点。《清末女权：从语言到文学》这篇文中，对于中国文学中展示的女性和女权问题做出了现代性的思考，还加入了本土特点的分析。王绯其编写的作品中阐述了晚清妇女文学的数学特征和妇女的文化身份，对于维新时期的社会政治和妇女文学的关系进行了阐述。黄嫣梨对清代吕碧城、徐灿、吴藻、顾太清四位女词人进行了探讨，结合了社会背景和思想文化研究了这几个人的思想和创作。通过分析和研究发现，在对古代文学内容的研究和分析上，结合社会思想文化和性别因素具有重要的作用。不仅能够让研究者清楚地认识到社会与文学的关系，还能够帮助学者在复杂的思想文化环境中，准确地把握作者的文学创作主体活动。

四、古代文学性别研究基本状况的检视

在当前的学术研究中，张宏生、张雁编写的《古代女诗人研究》一书对我国古代文学中的妇女创作情况做出了全面的梳理和清晰的检视。两位张先生在书中对 20 世纪研究古代女诗人的基本情况进行了梳理。这本书中涉及的有关女性作品的探讨和文学史等相关的研究论文进行了宏观考察，探讨了不同时代具有代表性的女性创作，讨论了较为有争议的学术问题，解读和阐释了文学经典作家作品等。在书的"导言"中，能够发现丰富的学术性论述和新的古代文学性别研究理念，该书在一定程度上起到了奠基作用，对后来者研究古代文学性别提供了参考。

站在女性主义批评角度上分析，在以男性中心为主导的社会环境下，这种思想意识对文学作品造成了一定的影响，尤其是关于女性的文学作品，这种思想会产生误读的引导。可以发现在很多学术研究中都出现了批评和纠正文学作品中的男性话语霸权的现象。以贺双卿这个清代著名的农家女词人为例进行研究，在真实的历史上，对于这个女词人的是否真实存在，籍贯，生卒年，作品的真实性等问题，从 20 世纪 20 年代末被胡适质疑之后，就一直存在着争议。90 年代后至今，不断有学者对贺双卿其人和相关的作品进行研究，运用"内证"与文本细读的方法确认其人是否真实存在和其作品的真实性。这些研究奠定

了今后的研究基础，从女性主义视角对往昔男性文人"再表现"的文本书写进行了重读。比如，《贺双卿传》(杜芳琴)、《才子"凝视"下的才女写作——重新解读〈西青散记〉中的才子才女关系》都是典型的学术代表著作。邓红梅考察了《西青散记》记载的贺双卿信息是否真实，撰写了《双卿真伪考论》，邓红梅提出了这个人是"天上绝世之佳人"的看法。这个观点与杜芳琴的观点形成鲜明对比，尽管观点存在较大的差异，但是这些人的观点都涉及了如何对待历史上保存（或塑造）了女作家创作的男性文人的性别文化心理问题，这一观点对于古代文学的研究有重要的创新意义，打破了沿袭已久的有关"才子—佳人（才女）"模式化概念的浪漫想象和神话的意义。

　　通过上述分析发现，在近百年来我国逐渐开始并重视古代文学中的性别研究，并且研究理念和成果日新月异，对于我国文学史的研究和古代文学的继承弘扬都有重要的作用。性别研究必须立足于我国古代文学领域的时间，结合现代新理念和传统意识，积极探索性别研究实际情况，为今后这一领域的研究奠定基础。在今后的发展中，只有守正创新、扎实前行才能够取得丰厚的收获。

第二章 中国古代文学的价值研究

第一节 中国古代文学文化价值的当代价值

中国是四大文明古国之一，中国传统文学是世界上最古老的文学形式之一，具有极其重要的文化价值，在当代也具有较强的生命力。在新时期，为了传承优秀传统文化，更好地发挥中国古代文学文化价值，就要对古代文学文化价值的当代价值进行分析，借助当代阐释争取形成对古代文学的全新认识，促进优秀传统文化在当代社会的传承和发展。本节以此为研究对象进行解析，仅供参考。

党的十九大以来，我国高度重视对传统文化的传承和弘扬，如何挖掘古代文学文化价值的当代价值也成为相关研究者重点关注的问题，并且部分研究者针对古代文学文化价值的当代价值进行了适当探究，为有效传承和弘扬传统文化、继承中华民族优秀文化精神创造了条件，所以，在对古代文学文化价值进行研究的过程中，十分有必要紧随时代潮流从当代价值角度进行分析，为古代文学文化在现代社会的传承和发展奠定基础。

一、"自强不息、贵和尚中"文化是构建和谐社会的文化力量源泉

在我国传统文学文化体系中，自强不息文化和贵和尚中的思想对和谐社会的建设以及社会文明的发展产生了重要的影响。在现代社会文明体系中，传统文学文化能通过影响人的思想，使人树立积极健康的价值观，形成高尚的精神品质，进而作用于人与人、人与自然以及人与社会之间的关系，促进和谐社会的建设和发展。通过《论语》可知，春秋时期，孔子就提出自强不息的思想，并且主张"礼之用，和为贵"，其弟子曾子也曾经说"士不可以不弘毅，任重而道远"，表明国家知识分子应该勇于担当，始终保持不屈不挠的奋斗精神。《易传》也将刚健作为一种重要的品质，强调在国家建设方面人的主观能动性，认为人应该坚守原则。这些传统文学文化中体现出的优良精神品质，不仅是中华民族得以长时间传承兴盛的精神力量，而且在当代社会仍然具有一定的价值，能够为国家和社会的建设提供相应的动力支持。在自强不息、贵和尚中等精神思想的引领下，社会大众能更好地

投入到民主、和谐、文明的社会主义国家建设实践中，人民对国家的认同感和归属感也会进一步增强，因此，从当代价值角度看，这部分传统文学文化能作为构建和谐社会的文化力量源泉，在当代社会的文学文化体系中发挥重要的作用。

二、"天人合一、隆礼重法"文化是构建自由法治社会的保障

民主和谐、自由平等、公正法治是和谐社会建设的重要方向，在对传统文学文化价值的当代价值进行解读的过程中，可以尝试从其对当代和谐社会建设的影响和作用角度分析我国古代传统文化中，天人合一思想是具有代表性的。荀子在撰写《天论》时就表明"天行有常，不为尧存，不为桀亡"，并提出"制天命而用之"的思想，认为人在对自然界进行改造的过程中必须将遵守自然规律作为前提，可见在我国古代文学思想中，高度重视人与自然和谐统一，这与我国现代社会强调的保护自然环境、维护生态平衡具有异曲同工之妙。将这种思想延伸应用到处理社会关系方面，具体体现为人自我价值的实现以不危害自然、社会和他人为前提，只有实现天人合一的目标，才能真正达到身心和谐的状态，获得真正的社会自由。这表明，天人合一的思想可以为现代自由社会建设提供相应的思想指导。从隆礼重法文化价值角度看，在我国古代传统文化体系中，已经开始重视德治和法治相结合。隆礼重法就是荀子在文学层面将孔孟文化思想中的礼向社会规则层面延伸的体现，具体表现为礼乐教化和社会法治建设的有机结合。简而言之，只有充分发挥道德建设和法治建设的协同作用，才能逐步实现构建法治社会和和谐社会的目标。从这一点看，我国古代文学文化价值在当代仍然具有极大的应用意义，以此为基础构建社会建设方面的制度标准，能为自由平等、公正法治社会的建设提供相应的支持和保障，加快和谐社会的建设和发展进程。

三、"忧国忧民、仁爱孝悌"文化是培养社会大众健全人格的手段

在我国传统文学文化价值体系中，高度重视爱国思想和仁爱孝悌思想，从现代社会建设角度进行分析，将其引入现代文化体系，能促进社会大众形成正确的世界观和人生观，以及培养社会大众健全的人格。从忧国忧民的爱国文化角度加以探索，从屈原《离骚》"长太息以掩涕兮，哀民生之多艰"到杜甫《茅屋为秋风所破歌》"安得广厦千万间，大庇天下寒士俱欢颜"，再到岳飞《满江红》的"靖康耻，犹未雪。臣子恨，何时灭"、文天祥《过零丁洋》的"人生自古谁无死，留取丹心照汗青"，这些文学诗词悲怆激愤，表现出爱国文人深切的情怀，将其引入现代教育体系中，能激励中华儿女为国家富强而奋斗的使命感，对社会大众健全人格的培养也会起到良好的促进作用。从仁爱孝悌美德文化角度进行解读，我国古代文学文化中涉及仁爱孝悌的内容也相对较多，《诗经·蓼莪》《祭十二郎文》

中都有仁爱孝悌方面的思想文化，表现出对父母、对家族的深刻情怀。以此作为文化传承的切入点开展现代教育活动，能促进社会大众人格的完善，也能在潜移默化中推动良好社会风尚的形成，对我国和谐社会的建设产生至关重要的影响。由此可以看出，在我国古代文学文化价值体系中，忧国忧民、仁爱孝悌文化思想在当今社会也具有较强的教育意义和价值，应该将其融入社会大众的思想教育体系中，通过传承和弘扬传统文化，发挥其重要的教育意义，培养社会大众养成健全的人格，促进我国和谐社会建设和发展。

中国古代文学文化在当代社会仍然具有巨大的影响力，其对构建社会主义核心价值观、丰富我国现代文学文化内容具有重要的作用；并且，通过对传统文学文化价值的当代价值进行解析，能更好地发挥传统文学文化的精神指导作用，对公民整体素质的提升产生积极的影响，对全面推进我国和谐社会的建设也会起到促进作用。

第二节　中国古代山水文学的审美价值

中国的山水文学源远流长，形成历史悠久，在我国古代文学中占有重要席位并影响深远。在对中国山水文学创作和不断积累的过程中，中国的山水文学去粗取精，不断进步和繁荣，这与中国人热爱生活、热爱大自然的审美意识和态度密切相关。我国历代无数山水文学家在追求人与自然浑然一体的理想境界中不断升华和进步，从而使我国山水文学的精粹不断被吸收且被广大爱好者传诵至今。作者在本节中从我国山水文学的特点来探究我国山水文学的审美特征，从而进一步探讨我国山水文学的审美价值。

孔子云："知者乐水，仁者乐山。"（《论语·雍也》）谢灵运、王质、陶渊明……哲人、文学家、诗人都道出了山水使人愉悦、使人沉醉、使人冶性、使人净化心境和灵魂等妙用。比如说，挂在中国百姓厅堂中的山水画就真实再现了人类把自己被大自然陶冶出来的性灵，反馈到青山绿水中去。这种以山水观通于人生观，而寄以崇高的欣赏，表现出的这些具有历史性特色的山水文学于今具有重要的现实意义。如今，我们的山水文学已走出书斋，塑造新的山水美学，与新时代所需要的文学、美学互相促进，让广大山水爱好者通过哲理的抒发，使物态通于心态，美育通于德育，山水观通于人生观，而寄以崇高的体验，寄托体验者独特的思想意识和生活情趣。在此，本节首先从我国山水文学的特点入手，着重分析我国山水文学的创作源泉和发展历程，从而进一步探究山水文学的审美意识和审美情趣。

一、中国山水文学的特点

（一）山水文学的客观真实性

文学所体现的审美性一定要建立在现实基础上，这就是我们所要强调的山水文学的客观性，山水文学也是作者的主观感观在客观景观上的真实反映和再现，山水文学描写自然景观，而且必须是建立在客观存在的自然景观上的一种文学审美。从某种角度来说，山水文学为最纯净的文学，不食人间烟火的文学。形形色色的山水，作者在对其审美的过程中，描绘是各具特征，各具个性的，这就是它的客观属性存在的反映。因此，在着力描绘真实景物的过程中，桂林的山不同于张家界的山，漓江的水有别于九寨沟的水，呼伦贝尔草原不能写成黄土高原，庐山和黄山不可相提并论，黄山山峰的俊美和云海的浪漫让人流连忘返，而"不识庐山真面目，只缘身在此山中"也是诗人对庐山有感而发的，泰山的雄伟也有别于华山的险峻，因此，山水文学描写景物，主要表现在选择那些最富有个性且具有独特审美价值的自然景观，而不是表现为虚构幻想和人为的组合。在我国的文学史上，历代文学家在山水文学方面都取得了巨大成就，比如，柳宗元《小石潭记》："从小丘西行百二十步，隔篁竹，闻水声……坐潭上，四面竹树环合。"欧阳修的《醉翁亭记》："环滁皆山也。其西南诸峰，林壑尤美，……临溪而渔，溪深而鱼肥，酿泉为酒，泉香而酒洌，山肴野蔌。"范仲淹的《岳阳楼记》："至若春和景明，波澜不惊，上下天光，一碧万顷；沙鸥翔集，锦鳞游泳；岸芷汀兰，郁郁青青……而或长烟一空，皓月千里，浮光跃金，静影沉璧，渔歌互答，此乐何极！"这些古代山水文学家都是以真实地点的景物作为描写对象，以实实在在的特定而独特的景观为审美对象，将祖国大好山河、风景胜地或人迹罕至、鲜为人知的幽美景色再现在广大读者的面前，让人身临其境。

（二）山水文学美学的独特性

山水文学把审美重点放在自然景观给人的感受上，人类对自然景物萌发出一种自觉的美学追求。对于自然景物在欣赏的过程中，将其中的天地灵气与作者的精神同归内心，从而超越本心，超越有形的山山水水，升入无我之境，这就是山水文学作者在山水中蕴含的审美哲理和寄寓在山水中的悠然自得，因而在此基础上产生了一种灵感，从而爆发出一种强烈的创作激情。比如，欧阳修的《醉翁亭记》："已而夕阳在山，人影散乱，太守归而宾客从也。树林荫翳，鸣声上下，游人去而禽鸟乐也。然而禽鸟知山林之乐，而不知人之乐；人知从太守游而乐，而不知太守之乐其乐也。"作者在此借山林中的景观而描绘游赏宴饮的乐趣。在寄情山水背后的创作表明欧阳修是借山水之乐、天地灵气来升华精神。

（三）山水文学的主客观统一性

中国的美学中产生了"情景交融"的美学原则，强调主体与客体融合为一的人生理想。中国的山水文学，实质是情与景相交融的产物，它始终是一种"意境中的山水"，对于山水文学而言，自然景观是山水文学的客观基础。作者借景诗兴大发，寄情山水，有了这种情景的融合，这就是山水文学的真谛和生命所在，这就是主客观的有机统一。因此，情景交融的意境成为山水作家共同追求的目标。清代文艺理论家和美学大师王国维在前人实践的基础上，道出"一切景语皆情语"，指明了情景交融这一主客观的统一性，正是山水文学的内核与追求。因此，山水文学是通过意境的创造获得最完美的表现形式，情景交融，充分体现了其主客观统一性。

二、山水文学的审美价值

历代所赞颂的山水的绘画美、意境美和情感美都是由自然美景的两大基本要素构成，即山中的水与水中的山，山中有水，水上有山，山崎水流，动静相生。山水作家最爱吟咏的也正是"山好水亦好"的自然美景。他们在青山绿水中情欢意合，陶然如醉，欣然吟诗，所刻画的图景引人入胜。山水与自然提供给人们的，只是一种审美可能，只有具备审美能力的人，才能从自然美获得美感的实现。由山水文学所具备的特点决定，山水文学的审美性来自自然形式美对人的感官的愉悦，是自然美的低级形态，是自然美的基础。所以对于山水文学家来说，应在更高级的精神愉悦形态中，真正挖掘出山水文学的审美价值，才能表现出作者对生活的热爱，对大自然的钟情，才能充分体现出作者丰富的生活情趣，奋发向上的精神，才能充分展示出作者独特的气质，以及作者对美好自然充满活力的激情和追求，从而再现作者真正具有正面意义的思想感情、品质能力。如范仲淹的《岳阳楼记》："予观夫巴陵胜状，在洞庭一湖。衔远山，吞长江，浩浩汤汤，横无际涯；朝晖夕阴，气象万千。此则岳阳楼之大观也。"张若虚的《春江花月夜》："春江潮水连海平，海上明月共潮生。"李白的《望庐山瀑布》："飞流直下三千尺，疑是银河落九天。"这些山水诗真实再现了作者的丰富情怀和对自然的由衷热爱，同时符合作者当时审美需要和审美特性的特定形态。因此，山水文学要求描写景物客观真实，并要有正面美感，要与择物形象的审美特性保持一致的抽象形态，山水文学的审美价值才能真正实现。

对于山水文学的美学追求，主要来自对山水的独特的美的感受，其审美价值主要表现在以下几个方面。

（一）山水文学按照美的规律，创造生活美、艺术美

任何成功的艺术创作都不能脱离内在的规律，山水文学也不例外。任何大山名川，够得上称为名胜的风景区，都有它独特的吸引力，这一独特吸引力通过鉴赏者的内在性情来描绘和感怀，这就是它们所表现出的一种审美价值，这种审美价值就是我们生活中的引人入胜的天赋——生活美，也就是能向游客提供生活美的特殊享受，从而吸引情投意合的游客来观赏山水的自然美，这就是山水文学对生活的美的创造。又如"欲把西湖比西子，淡妆浓抹总相宜"这句千古名诗成了骚人墨客的共同观点。苏轼的诗把西湖的美说成柔性的生活美、艺术美。欧阳修在醉翁亭上，那些"山水之乐，得之心而寓之酒"，作者就轻快地沉浸在自然美中。因此，独特的自然景色，可以触发作者新的生活美感。你看，有欧阳修的"山行六七里，渐闻水声潺潺而泻出于两峰之间者，酿泉也"。这些都充分体现出山水文学善于发现美、创造美、感受美的真谛。又如杨朔同志的散文《画山绣水》，在作者的笔下，漫游漓江，从桂林到阳朔，沿途所见的无限风光，描写的不仅是自然风光的画廊，而且是社会生活的画廊，这种山水画和生活画交织在一起，追求美好生活的境界正是人们普遍的审美心理。

（二）山水文学的审美性进一步促进山水文学的创作

山水文学作品连接时代的风尚与民俗，都表现在山水的作品中去，看到自然美常在，以其变化不尽的细节，多种多样地丰富人的感受。这样，山水文学依赖哲理的抒发来抒发作者的审美感受，从而提升审美者的审美层次。例如，柳宗元在《小石潭记》里写道："从小丘西行百二十步，隔篁竹，闻水声，如鸣佩环。心乐之，伐木取道，下见小潭，水尤清冽。全石以为底……"作者在此描写山水，不只是停留在自然景物的描写水平上，而是以性灵加工山水，提高了读者的审美情趣和层次，从而进一步得到山水的陶冶。又如柳宗元的"千山鸟飞绝，万径人踪灭；孤舟蓑笠翁，独钓寒江雪"，作者把一人一舟，放大到无垠无际的宏观世界里去，通过如此宽阔的眼界提高审美修养。再如，桂林山水之美创造许许多多关于桂林山水的神话、故事和传说，无数画家、诗人、文人墨客，被桂林山水所陶醉，创作了许多咏叹桂林山水的诗歌，这就明显表现出山水文学是多层次的，既有山水的"美好"图景，又有生活的"美好"图景，体现了"人化的自然"，就是审美主体与审美客体相互作用的过程和结果，体现了自然美与艺术美双层发展。山水文学能提高审美者的层次和情趣，由于审美者审美能力的提高，将更有利于促进山水文学的创作和发展。

因此，由于山水文学不断发展，人们对山水文学的审美能力也不断提高，随着审美者的情趣和水平层次的不断提升，我国山水文学的创作将进一步繁荣和发展。因此，文人们钟情于山水，山水也因有了文人的行吟题咏而更加妩媚清灵，山水陶冶了文人的性灵，文人在山水的濡染中增长了才情。文人礼赞山水，礼赞自然，礼赞生命，山水钟灵毓秀，百态千姿，万种风情，正好成为文人娓娓的心音传真，这正是山水与文人能从古代走到今天的原因。

（三）山水文学的审美价值体现人与自然的和谐统一

任何文学都是"意""境"的统一，山水文学也不例外，山水文学的审美价值对寄寓的山水自然景象与作者的各种情感相交融，因此作者也只能在意与境的统一中获得美感。比如，《碧玉簪》为什么有那么大的艺术魅力？这是由于韩愈通过想象，将自然的山水比作青罗带、碧玉簪，形象逼真而又具有生活色彩。又如张若虚《春江花月夜》："白云一片去悠悠，青枫浦上不胜愁……鸿雁长飞光不度，鱼龙潜跃水成文……江水流春去欲尽，江潭落月复西斜。斜月沉沉藏海雾，碣石潇湘无限路。不知乘月几人归，落月摇情满江树。"诗中在描绘春江花月夜的美景中落墨，又交织着对生活的期待和哲理性的思索，景、情、理水乳交融，别有一种清丽雅致的神韵。还有谢灵运《登池上楼》诗中"池塘生春草，园柳变鸣禽"，通过心与自然之物和谐交融的直觉而得以呈现。他的诗包含了山水自然与自己心理美感的再创造。这就充分体现"意""境"的结合，人与自然的和谐统一。

中国山水文学从古代发展到现代，它所蕴含的美学内涵不断丰富和发展，无论如何，中国山水文学必须开拓表达真实性审美感受境界。21世纪山水文学的审美取向应表现出新时代所追求的一种"意""境"的结合，人与自然和谐统一的艺术风貌。这样才能更有利于促进山水文学的创作和发展，从而以祖国山水文学事业的发展来促进社会主义的精神文明建设，以促进人与自然的和谐发展。因此，伴随着我国山水文学的不断完善和发展，笔者认为 21 世纪的山水文学主题是人与自然和谐共处，并深信，人与自然和谐发展的山水文学必将得到更多的关注与更大的发展。

第三节　中国古代散文的文学价值

散文为我国古代文学中的一种重要文体之一，古代将骈体文、韵文相对的散体文章均称为散文。中国古代散文在发展过程中经历了悠久的发展历程，并取得过辉煌的成就。可以说古代散文为中国古代文学殿堂中的一幅蕴意深远、气象恢宏的壮丽画卷，其在中国传统文化中大放异彩，且历久弥香。本节对我国古代散文所蕴含的文学价值进行探究，旨在促进该种文体的文学价值得到更加充分的挖掘。

古代散文作为中国文学中一种较为早熟的文体，发展过程与古代小说、诗歌不同，其为经历技巧的发展过程。战国时期，在语言快速发展的情况下，该种文体已经达到一个发展高潮，也是在这个时期，该种文体逐渐成为人们进行文学创作过程中不断回顾的典范。在创作目的上，散文与小说、诗歌也存在差异性，在诸多文体中，其文学地位居首。由此可见，古代散文必然存在其他文学体裁无法比拟的文学价值。因此，加强对我国古代散文中所蕴含的丰富、独特文学价值进行深入研究具有重要价值和意义。

一、中国古代散文蕴含的文学价值

（一）内容广泛、真实且深刻

在文学创作的内容上具有广泛性、多样性、真实性以及深刻性为中国古代文学表现出来的独特魅力之一。中国古代文学内容涉及古代的经济、政治、军事、哲学、科学、文艺、历史等诸多领域。因此，也可以将古代散文视为中华民族传统文化中的主要承载体。在对中国传统文化进行研究的学者均必须对中国古代散文的经典著作进行深入阅读，从这些文学作品中可体会到更加丰富和深刻的中华文化精髓，寻找到中华民族崇尚的高尚灵魂，能够更好地感悟这个民族在进步过程中展现出来的杰出智慧以及才华。通过对《论语》进行深入阅读，可了解到孔子提倡"仁爱"为本的哲学思想；通过阅读《老子》可认识老子的辩证法；通过阅读《庄子》可掌握庄子的相对论；通过阅读《墨子》可了解墨子兼爱非攻的思想追求；通过阅读《荀子》可领会荀子与天命抗争的顽强精神；通过阅读《韩非子》可理解韩非子的法制主张。这些古人的思想均为中华民族文化精髓所在，其使得中华民族精神能够在社会进步及历史发展中不断散发出独特的魅力，不断吸引越来越多的文学研究者投身于中国传统文化的研究中。在中国古代散文的文库中，《战国策》《汉书》《左传》《史记》等文学作品是人们能够更加系统、深入地了解中华民族在进步、发展过程中所经历的道路，并以史为鉴，对民族实现更好发展产生推动作用。《徐霞客游记》《梦溪笔谈》则可使人们对中国广袤河山有更加深刻的了解，促进人们对祖国河山的热爱之情得到不断增强，并从文学感悟中获得融于自然、回归自然的真切感受。此外，柳宗元、苏轼、欧阳修等文学巨匠所创作的作品可使人们在接受艺术熏陶的同时，感悟古人所具有的高尚人格和情操，激励人们在人生当中追求高尚的人格，树立起正确的人生观、价值观和世界观。

（二）创作文采及风格独具艺术魅力

在中国古代，人们所追求的人生至高境界体现为立人、立德以及立言。立言为人们一生当中所追求的一件大事。在进行文学创作的过程中，古人所坚持的原则为"言之无文，行而不远"。因此，在中国古代散文中，不管是抒情、记叙还是议论均写得极具文采，进而使得古代散文表现出极大的艺术魅力，并对现代作家进行文学创作产生深远的影响。其艺术魅力具体表现在如下几个方面：

首先，古代散文的创作者，其在写作过程中追求一种意境美，通过场景、细节描写来创做出情景交融的艺术氛围。例如，《论语》通过对某个对话场景进行生动、细致的描写来营造出师生之间在论辩表现出来的和谐气氛；《鸿门宴》通过生动刻画尖锐的性格冲突来渲染惊险紧张的气氛。这样的艺术意境创作在古代散文中随处可见。也正是这些艺术意境的创作使得中国古代散文给人们留下深刻的印象，进而使得中国古代散文在历史的发展长河中始终保持巨大的吸引力，使得越来越多的人不断对其进行深入解读。

其次，中国古人在进行散文创作过程中均追求语言美的体现。古代散文均是由文言写成的，这种语言的最大优点体现为典雅、简练、精粹且朗朗上口。这些优点使得古代散文在语言上也表现出独特的艺术魅力。文言文均为短句，通常是四或六个字便为一句，且上、下句注重语脉的呼应与回环，同时在用字上还注重声韵的平仄。因此使得人们在阅读古代散文时有玉佩相击、编钟和鸣、朗朗上口之感。古代散文在语言上表现出来的这些独特之处在杜牧的《前赤壁赋》、陶潜的《归去来兮辞》中表现得尤为明显。同时，古代散文在修辞手段的运用上也同样独具特色。在散文创作过程中，创作者往往也会运用到诸多修辞手段。修辞手段的巧妙运用大大提升了古代散文的艺术魅力，使其艺术生命力得到有效延伸。此外，古代散文具有其独特的语言审美范畴，例如，平正、刚健、奇特、柔婉等，使得散文创作者能够形成不同的语言风格，进而推动中国古代散文呈现出百花齐放百家争鸣的局面，为中国古代散文艺术魅力和艺术价值的提升创做出更好的条件。

再次，中国古代散文创作追求结构美。古代文学创作者在写作过程中均极为讲究章法布局的开合、纵横、虚实兼具、承转自然、波澜起伏又丝丝入扣。文学作品要在开头引人入胜，结尾画龙点睛。小篇幅的创作通常表现为精雕细琢，玲珑剔透，大篇幅的创作通常表现为恣肆一泻千里，一气呵成。例如，陶渊明《桃花源记》的跌宕起伏、曲折优美，贾谊《过秦论》的大气包举，一语点题。在中国的古代散文作品中，这样作品并不少见。此外，古代散文创作还追求哲理美和情感美。古人在文学创作过程中均喜欢寄情山水，托物言志，因此在叙事、记人、写景的作品中往往也会蕴含着丰富的哲理和情感。例如，韩愈的《祭十二郎文》蕴含着丰富的悲哀之情；柳宗元的《种树郭橐驼传》使人们懂得不能违背自然，而要顺应自然的哲理。众多的古代散文均为后人留下耐人寻味、发人深省的情感美及哲学美。哲学美和情感美使得中国古代散文的文学价值得到有效提升。

（三）人格魅力得到充分体现

创作者自身人格魅力的体现也是中国古代散文的一个独特魅力。中国古代散文作者多数为文化巨人，其本身在思想、品德上均较为高尚博雅，多数人的思想、品德情操均对中国政治、文化、经济的发展产生过巨大影响。他们或是凭借思想品德，或是凭借行为风格对中国古代社会的发展产生一定的推动作用，进而被载入史册。因此，后人在阅读这些古人所创作的文学作品过程中均是怀着一种敬重、虔诚的心情和态度的。也正是在阅读古代散文的过程中人们保持这样的心境，使得人们能够深刻地领悟作者的思想，感受其人格魅力，进而为自身高尚人格的塑造奠定良好的基础。例如，人们在阅读《论语》的过程中，不单单能够学习到"有朋自远方来，不亦乐乎"等，同时可深刻领悟作者所具有的仁爱之心，谦和之态；在阅读韩愈、欧阳修作品时，可了解其在"古文运动"中所做出的贡献；在阅读王安石作品时可领略政治改革家的人格风范；从文天祥、夏完淳等作品中可以体会到他们的民族精神以及大义凛然的非凡气概。由此可见，在古代散文的阅读过程中，人们不仅能够学习到古人留下的宝贵文学财富，同时还可受到古人崇高人格魅力的熏陶，进而使得人们更加珍惜古人留下的文学作品，并不断对其进行深入阅读，深刻理解并品味其丰富的含义，进而使得人们在文学作品的欣赏过程中能够不断锻炼自身的灵魂，提升自身人格追求，积极塑造自身的人格魅力，这个便是中国古代散文文学价值之所在。

二、古代散文文学价值的挖掘

想要实现对中国古代散文所蕴含的文学价值进行更加深入的挖掘可从以下几个方面入手：首先，详细了解作者生活的时代背景。文学作品的创作均与作者生活的社会背景存在密切联系，因此，通过对其作者生活时代背景进行全面了解可更加准确地了解作品的深层含义。其次，深入剖析作品内涵。掌握作品内涵是发现其文学价值的基础。古代散文创作年代较为久远，且使用的是文言文，对现代人而言理解作品深层含义存在一定难度。因此，在作品的阅读及研究分析过程中必须加强对其内涵进行深入剖析。再次，全面感悟作品审美意境。古代散文为美的载体，每篇作品均存在不同的内容美、语言美、形式美、风格美等等。而作品中所蕴含的这些美恰恰就是其文学价值的所在。因此，想要对古代散文文学价值进行充分挖掘必须对作品的审美意境进行全面、深入的感悟。

古代散文是中华民族祖先为后人留下的宝贵精神财富。古人将其思想精华熔铸于文学作品中，使得中国古代散文在历史的发展长河中一直绽放出独特的艺术魅力。中国古代散文中蕴含的独特艺术魅力和极高的文学价值在中国社会发展进程中发挥着重要的推动作用，且这种作用随着作品文学价值的不断挖掘还将对社会将来的进步和发展产生巨大影响。中国古代散文为中华民族智慧、才华以及人格的凝聚，其对我国社会主义精神文明建设的实施具有重要价值和意义，因此，我们还需不断对古代散文的文学价值进行深入解读，使其文学价值得到更加充分的挖掘，进而促进古代散文在社会主义精神文明建设的作用得到更加充分的发挥。

第四节　中国古代远游文学及其文学史意义

我国古代文人喜欢远游，并且有一种远游的情结，这也是我国古代传统文学创作的一大特色。在中国古代，文人的游学和宦游都是我国古代远游的体现，因此也萌发了古代文人进行远游文学的创作灵感，而远游文学包含了神游、纪游文学以及仙游和梦游文学等体例。其在我国文学史中有着非常重要的文学意义。本节通过对中国古代远游文学和文学史的意义进行研究，着重探讨了各类远游作品的内涵特点，以供参考。

中国古代远游文学始于先秦时代，并且在之后的文学发展中，一些文人雅士对于远游的文学创作从未间断过。远游文学的发展，对中国文学的发展提供了又一种文学类型，扩展了中国文学作品的范围，并且推动了中国的浪漫主义文学进一步发展。中华民族的文化气息和中国文学的道德情感的传承，对于中国的文学情感具有非常重要的作用。以下是针对中国古代远游文学以及其文学史意义的简要分析和研究。

一、中国古代远游文学种类

（一）中国古代远游文学中的纪游

纪游文学就是对远游主人公实际远行的一种记录文学。而远游文学最早始于先秦时期，其中最为壮观的是周穆王西征，在《穆天子传》中所要表述的便是周穆王绝流沙、征昆仑的记录文学。而中国古代战国时期和魏晋南北朝时期以及唐宋时期等，纪游文学有着充分的发展，并且纪游文学的作品在思想内容和艺术的手法中和中国古代的楚辞都有着非常紧密的关系。因此，在后世的文学发展中，多数纪游作品延伸了《离骚》等一些愤世嫉俗的精神。

（二）远游文学中的神游文学

就是作者通过神游的思想抒发自身的精神和人生志向的文学。而神游的发源人是屈原，以屈原的《离骚》作为神游文学的典范，这是屈原在《九歌》的基础上进行创作的。以屈原《离骚》的上下求索和登昆仑以及上到天庭和诉天生等，表达了作者对于楚国政治实际情形的死亡和悲愤所产生的神游。作者以这种神游的思想抒发出自身九死不悔之志的情感，因此《离骚》作为神游的代表作品对后世产生了深刻的影响。

（三）远游文学中的游仙文学

其是作家借助创造的虚幻情境和神奇的仙境，来抒发情感和志向。游仙文学作为文学中的一环，在中国古代文学史中占有非常重要的地位。而神仙的思想来源于先秦时期的萌芽，文人们对于神仙的世界和仙人游历的幻想，以《楚辞·远游》作为代表作品，被后世称为游仙文学的始祖。并且游仙文学通过了两汉游仙诗赋的发展，在后世因为道教的确立和发展，游仙文学在魏晋时期以后才得到发展，也是因为如此，发展成为我国古代文学史的重点文学。

（四）远游文学中的梦游文学

梦游文学就是人在梦境中和神相遇的一种特别的文学，在我国古代，文人和鬼神的事情都来源于梦境，而最为典型的便是《史记·赵世家》一文中赵简子梦游钧天的一个传说。文中讲述赵简子因为病重，苏醒后说出了自己梦游天界的故事："我之帝所甚乐，与百神游于钧天"。梦游文学的作品多数是通过梦游或者仙游来创作的，一则表现出作者对于梦境中世界的向往；二则表现出诗歌的艺术形象瑰丽多姿。

二、中国古代远游文学以及文学史意义

（一）中国古代远游文学是浪漫主义文学发展的阶段

我国人民通常比较注重实际，所以在我国古代文学当中，现实主义是主要的文学风格，如《诗经》，到汉乐府民歌，都是注重表现社会生活的实际情况和人生喜怒哀乐。但是楚辞作为浪漫主义的奠基作，通过加入古代的神话材料，创做出了飞龙和神女以及仙草等比较神奇的世界。而且，在这样精彩绝伦的世界中，主人公可以驾驭神龙遨游天际，周游世界。所以在后世的文人雅士虽并不是真正的道教信徒，可是因为道教的神仙境界非常美妙，让古代文人们的想象力更加开阔，并且也能够给作品添加具有浪漫主义色彩和超脱世俗的心境。所以，中国古代人把游仙用来抒发情感。

（二）远游文学结合了中国的文化气质和道德情感

中国古代远游文学结合了中国古代的文化气质和道德情感。其中描写我国古代的自然风景和赞美我国壮美河山的纪游文学作品，让人读来有一种不可言说的美感，并且也唤起了人们热爱祖国的情感，让人们对于自己的国家有一种自豪的感觉。从古代文学诗人杜甫的《北征》到陆游的《山南行》等文章中，都抒发了对祖国的热爱之情。还有很多这样类似的作品，都是呼吁人们爱国。而某些以山水为主题的文学，其目的是阐发深刻的人生道理，给人们深刻的启示。在《左传》一文中，对梦象事情的描述，其实际上是融合了我国古代崇礼尚德的道德理论，表现了文章作者对于古代历史人物的道德评判与发展的思考，结合古代文学天命的思想和道德伦理作为历史叙述，因此，中国古代远游文学是结合了中

国文化气质和道德情感的。

（三）中国远游文学扩大了文学范围

中国古代远游文学的出现，扩大了文学范围。第一，从纪游文学的出现，让文学从表现社会人生的单一性逐渐延伸到山水和自然美。在我国古代先秦时期的文学作品中，有自然景物的描写，不过只是运用作为文章的铺垫或者借此比拟叙写。而在东汉时期以后，自然景物的描写在纪游文学中得到了艺术的体现，作为一个较为独立的审美对象。第二，我国古代文学通常是以文载道作为基本精神的，但是随着游仙文学的出现，个体私欲情感得到了肯定。所以，远游体现在远游主人公对生命的无限怅惘，对自由和快乐的渴望。

（四）远游文学增加了一种新的文学形态

中国古代远游文学只是一种文学的形态，而远游的本身具备了一个新的文学主题。所以，不管是古代还是中国的现代，作家写"走"这个字，就像写爱恨和别离一样，总有写不完的故事。而当今，人们对远游文学这一文学主题进行简单的概括，可以从理论上把远游作为一种新的文学形态。并且其包含了文人创作的主体"行"之所至、所想、所感觉、所说的各类型的社会内容。其中所包含了艺术的美感，就是人和行、人和神仙之间的一种美。

中国古代远游文学作为古代文人的爱好，其对中国古代文学作品的创作有着非常大的影响，也丰富了文学作品类型，对中国文学发展有着非常重要的作用。远游文学是浪漫主义文学的发源点，其融合了我国的文化气质和道德情感等，具有很大的文学意义。

第五节　中国古代的摔跤文学及其当代价值

以体育运动为题材的文学作品在中国古代诗词曲赋中彰显出的生命力，不止于展示人的活力与人类社会的发展目标，更是表达了体育文明化的理性与人类内在的文明自觉。见诸古代文学作品的体育运动项目不胜枚举，摔跤即其中之一。上古奇书《山海经》记黄帝与蚩尤战于涿鹿之野，南朝《述异记》言"蚩尤氏耳鬓如剑戟，头有角，与轩辕斗，以角抵人，人不能向。今冀州有乐名蚩尤戏，其民三三两两头戴牛角而相抵，汉造角抵戏，盖其遗制也"——起初作为战争手段的蚩尤氏角抵之技历经几千年沿革与交融的文明进程，其间出现的角抵、角力、相搏、手搏、相扑、布库、撩跤等众多名目不仅活跃在历代社会生活中，于军事、政治舞台亦时时闪耀，发展至今即为中国式摔跤。中国古代诗词曲赋不乏对摔跤的咏叹与生动刻画，诗缘情而绮靡，赋体物而浏亮（晋·陆机《文赋》），鉴于摔跤运动绮丽恢宏的历史、有关诗赋的绮靡浏亮，故以古代摔跤九个历史阶段、借古代九部关于摔跤的文学作品回味中国摔跤史，以期发现古代摔跤文学的当代价值。

一、古代摔跤的文化内涵与文化空间

（一）古代摔跤的文化内涵

孔子有言："质胜文则野，文胜质则史。文质彬彬，然后君子。"（《论语·雍也》）北宋杨时注："文质不可以相胜，然质之胜文，犹之甘可以受和，白可以受采也。文胜而至于灭质，则其本亡矣。虽有文，将安施乎？然则与其史也，宁野。"孔子之言在于调和文明进步中的文明与野蛮；杨时之意也是推崇文明与野蛮的相合，但突出了"野蛮"的地位——抛却野蛮，何以文明？因此有毛泽东"欲文明其精神，先自野蛮其体魄"的论断。《吕氏春秋》记载"孔子之劲，举国门之关，而不肯以力闻"，《淮南子》说"孔子智过长弘，勇服于孟贲，足蹑狡兔，力拓城关"，孔子拓关之力若非天赋，即为后天养成，总之是其"有文事者必有武备，有武事者必有文备"的写照与师范。宋代调露子作《角力记》述旨："天生万物，含血啼息者，无有喜怒之性，六情未始有从教而得者，本乎天然。且如斗力者，始乎阳，常卒乎阴；以礼饮，始乎治，常卒乎乱。故相搏者，始嬉戏，常卒乎怒击，是知喜极则怒生。竞力角技则非喜非怒，此角力是两徒搏也。夫角力者，宣勇气、量巧智也。然以决胜负，骋矫捷，使观之者远怯懦、成壮夫，以勇快也。使之能斗敌，至敢死之教勇，则无勇不至。斯亦兵阵之权舆，争竞之萌渐。"调露子认为竞力角技是在相应礼制下进行的活动，角力是一个宣示勇气、考察技巧、测量智慧、施展矫捷身姿的理性过程，并非横生喜怒之情而相搏厮打。《角力记·序》引用《论语·述而》"孔子不语怪力乱神"来剖析角力活动正属"以礼教人、以常德治人"的范畴；倘若参与或观看角力，亦可教人敦淳素、去浮华、远怯懦、成壮夫。至此，古代角力的文化内涵即"德"与"礼"的教化、"智"与"力"的考量。

（二）古代摔跤的文化空间

武备与祭祀是先秦历代头等大事，有"国之大事，在祀与戎"之说。西周时期"三时务农，一时讲武"，一年当中 1/4 的时间举国讲武，并有讲武之礼——《礼记·月令》记："孟冬之月，天子乃命将帅讲武，习射、御、角力。"可见西周讲武之礼主要内容之一即角力。此外，由战国时期各学派言论汇编而成的《管子》论及军队选士，也提倡："春秋角试，以练精锐为右。"凡此各类记载足以说明，角力于中国先民是何等熟悉之事物，角力活动承载着国家大事，也事关个人安危。角力有时也关乎政权稳定，《清史稿·圣祖本纪》载："（皇）上久悉鳌拜专横乱政，特虑其多力难制，乃选侍卫拜唐阿年少有力者为扑击之戏。是日，鳌拜入见，即令侍卫等掊而系之。于是有善扑营之制，以近臣领之。"这便是康熙智擒鳌拜的典故，清王朝自此设立专事培养布库（摔跤手）的"善扑营"之制，有诗为证：布靴宽袖夜方归，善扑营中个个肥。燕颔虎头当自笑，但能相搏不能飞（清·得硕亭《京都竹枝词》）。历时二百余年的善扑营于清末民初解散编制，进入民间，发展为北京跤、天津跤、保定跤等各具特色的摔跤流派。所以，中国古代摔跤文化的存在空间，即军事、政治、社会，以及诗词曲赋等文学作品。

二、古代摔跤文学的创作主题与意义

（一）古代摔跤文学的创作主题

中国古代的诗词曲赋等文学作品不乏对摔跤的咏叹与生动刻画，因此而产生的以摔跤运动为题材的文学作品即摔跤文学。摔跤文学贯穿于中国摔跤运动的每一个历史发展阶段，不仅真实地记录了古代有关摔跤的文化活动，在反映古人精神面貌、古代社会风俗上也极具生动细致。以秦汉、魏晋南北朝、隋唐、五代十国、宋、辽金、元、明、清作为中国古代摔跤九个历史阶段，本文甄选了九首诗赋加以说明中国古代摔跤运动各历史阶段的特征，旨在结合古代摔跤文学的创作背景阐述其创作主题。

1. 秦、汉时代摔跤文学的创作主题

《西京赋》【东汉】张衡"临迥望之广场，程角抵之妙戏。乌获扛鼎，都卢寻橦。冲狭燕濯，胸突铦锋。跳丸剑之挥霍，走索上而相逢。"秦并天下、统一六国之后，随着销锋铸鐻、战法改变而将"讲武之礼罢为角抵"，角抵不仅因此成为训练军士的主要方法，同时也成为盛行秦朝的宫廷武戏，如"（秦）二世在甘泉，方作觳抵优俳之观，李斯不得见"。秦灭汉兴，角抵更为盛行，元封三年（前108）春，汉武帝于长安举办角抵大赛，有"三百里内皆来观"的盛况。张衡《西京赋》记载的长安城里"角抵""扛鼎""冲狭""走索"等各类精彩纷呈的节目，表面是在描写繁荣的文化活动，实则忧心于当时宫廷和民间的奢靡浮华之风。果然东汉末年群雄并起、三国鼎立。

2. 魏晋南北朝摔跤文学的创作主题

《西征赋》【西晋】潘岳"致邛蒟其奚难，唯余欲而是恣。纵逸游于角抵，络甲乙以珠翠。"魏晋、南北朝时期的摔跤一方面继承了秦汉以来的角抵传统，另一方面接受了来自西域的摔跤风格，当时民间已广泛称"角抵"为"相扑"。晋时，郡县之间偶有摔跤联欢活动，而其间比赛结果的胜负对地方民众和官员的面子亦构成挑战；晋武帝司马炎置民生于不顾而奢侈享乐，潘岳《西征赋》"纵逸游于角抵，络甲乙以珠翠"正是借古批判晋武帝"忍生民之减半，勤东岳以虚美"。而南北朝时期的摔跤则不然，其间西域胡人常往长安、洛阳角力献技，皇帝身边的"角抵队"因此不再只有护卫之责，还要与来访胡人切磋竞技、施展外交职能。

3. 隋、唐时代摔跤文学的创作主题

《长安清明》【唐】韦庄"早是伤春梦雨天，可堪芳草更芊芊。内官初赐清明火，上相闲分白打钱。"隋、唐时代的相扑不仅盛行于国内，其影响亦远及国外，可谓中国摔跤史的极盛时代，日本与高句丽的相扑即受隋唐相扑影响而发展起来的。隋唐时代有"民间相扑"与"官相扑"，就民间相扑来说，各大城市每逢正月十五举办相扑大会，常常锣鼓喧天、夜如白昼，车马挤塞而致男女不辨、盗窃得时。就官相扑来说，隋代官相扑从北齐、北周继承而来，相扑力士归太常管辖，由太常督促时时练习、以备朝会表演；唐代官相扑与军队关系密切，唐初高祖武德年间设立教坊署，玄宗时将教坊署扩为左、右教坊，均设立相扑棚专门管理和训练相扑力士。隋唐时代的相扑既为全民喜爱，又为官方提倡，所以相扑力士身份特殊、地位较高，正如晚唐诗人韦庄《长安清明》诗中记录清明赐火典礼之后，天子近臣点视相扑力士、赏赐钱财，而引发了诗人对盛唐的怀念之情。

4. 五代十国时期摔跤文学的创作主题

《题墙上画相扑者》【五代】谢建 "愚汉勾却白汉项，白人捉却愚人骸。如人莫辨输赢者，只待墙隤始一交。" 五代十国（907—960）时期政权更迭频繁、军人执掌天下，中原地区民不聊生，而南方地区因割据之势却较为安定，又有唐末投奔南方的相扑力士训练新锐，南方吴越、南唐、吴、蜀各国转而成为相扑盛行之地。当时吴和南唐有名的相扑力士多喜好读书参禅，其中就有谢建 "性略知书，多口述辞章，粗有可观"，《题墙上画相扑者》诗即为吴地相扑力士谢建所作。

5. 宋代摔跤文学的创作主题

《梦粱录·角抵》【宋】吴自牧 "虎贲三百总威狞，急飐旗催叠鼓声。疑是啸风吟雨处，怒龙彪虎角亏盈。" 诗中所写是在宋朝御宴上 "三百虎贲兵角力决亏盈" 的盛况，诗的作者用一种夸张的镜像手法使当朝 "角抵盛况" 穿越千年与 "牧野之战" 形成对比（《书·牧誓·序》"武王戎车三百辆、虎贲三百人，与受战于牧野"），既写实，也意兴阑珊，犹如梦境一般。这是由于宋朝结束了五代十国分裂局面，政权统一、经济繁荣、社会安定，摔跤再次进入繁荣时期而使观者产生了如梦如幻的感觉。宋代依旧称摔跤为相扑，民间也有称 "争交" 的；既有 "官相扑"，也有民间 "瓦市相扑"，瓦市相扑类型丰富，比如，"套子跤""露台争交""女子相扑""小儿相扑""乔相扑（假人相扑）"，更有一批著名的相扑力士，以及摔跤组织 "角抵社"。

6. 辽、金时代摔跤文学的创作主题

《出塞》【北宋】王安石 "涿州沙上饮盘桓，看舞春风小契丹。塞雨巧催燕泪落，蒙蒙吹湿汉衣冠。" 契丹族建立的辽朝（907—1125）与女真族建立的金朝（1115—1234）均盛行摔跤活动，称为 "拔里速戏"。辽、金的 "拔里速戏" 承自匈奴、柔然，自成一体不同于中原汉地的相扑、角抵，北宋张舜民《画墁录》记 "北虏待南使，乐列三百余人，舞者更无回旋；角抵以倒地为负，两人相持终日，欲倒而不可得"。宋仁宗嘉祐五年（1060），王安石伴送辽国使臣回国而至宋辽边塞的涿州，观看契丹小孩舞蹈时见燕地汉民哭泣而心生悲伤，遂作《出塞》诗表达悲情；此时距宋辽 "澶渊之盟"（1004）已有50多年，倘若当时王安石在涿州观看契丹 "拔里速戏"，抑或有此悲情而无不可。

7. 元代摔跤文学的创作主题

《上京诗》【元】王沂 "黄须年少羽林郎，官锦缠腰角抵装。得隽每蒙天一笑，归来骖从亦辉光。" 骑射、摔跤向为历代蒙古各部人民所擅长，蒙古摔跤同样从匈奴、鲜卑等北方民族的文化传统继承而来，其摔法与汉地相扑、角抵不同，类似西方自由式摔跤。自元太祖成吉思汗起，摔跤即作为元朝军阵训练、战时应用、平时娱乐的常见项目。优秀的摔跤手在蒙元朝中可以享有较高地位和丰厚待遇，正如元代史学家王沂《上京诗》描写某位皇家禁军的年轻军官摔跤得胜、接受天子恩赐，归来时车马侍从随行左右、无比光彩。

8. 明代摔跤文学的创作主题

《咏角抵诗》【明】李开先"争雄谁擅场，技力两相当。鼓震雷声远，旗翻日影长。锦标如得夺，奇隽可为偿。示弱原非弱，好强必遇强。"明朝为了废除元代的风俗习惯，包括蒙古摔跤在内的许多元代运动项目被不予提倡，加之宋代相扑在元代已被同化或淘汰，因此摔跤在明代进入中衰时期，大不如拳术盛行，但是宫廷、军队和民间仍有角抵。明代宫廷角抵从永乐年间至南明始终作为皇帝的娱乐项目之一，由锦衣卫掌管，如永乐年间中书舍人王绂《元夕赐宴观灯应制》记载"锦队喧时呈角抵，翠华临处奏箫韶"；军队同样以角抵作为训练方式，明朝后期文学家、戏曲作家李开先《咏角抵诗》所写即为军队中的一场角抵锦标赛，有唐宋遗制的庄严，却扯鼓夺旗、分外激烈；明代的民间角抵则多与拳术糅合，对拳术的发展做出了很大贡献，戚继光《纪效新书·拳经捷要篇》所选三十二拳式中的"沉香势""下插势""伏虎势""兽头势""雀地龙""绞靠跌""顺鸾肘"即以摔法见长。

9. 清代摔跤文学的创作主题

《行围即景·相扑》【清】赵翼"黄幄高张传布库，数十白衣白于鹭……不持寸铁以手搏，手如钢煅足铁铸……注目审视睫不交，握拳作力筋尽露……明修暗度诡道攻，声东击西多方误……翻身侧入若擗鹍，拗肩急避似脱兔……忽然得间乘便利，拉肋摧胸倏已仆。"清代称摔跤手为"布库"，并且非常重视"演布库"，因其先祖女真族建立清王朝之前在东北建立的"后金"政权曾大力提倡"布库戏"以提升军队作战能力，目的不在娱乐，而是以备战阵之用，所以清朝统治者遵循先祖旧制，特别重视摔跤，满汉士卒皆令习演布库。此外，康熙皇帝以布库铲除鳌拜使布库立下大功，因此在康熙八年（1669），宫廷侍卫机构"善扑处"扩建为京城左、右两翼"善扑营"专门培养护卫宫廷与竞技演武的布库，并以近臣统领。在康熙、雍正、乾隆、嘉庆执政时期，皇帝每年与蒙古王公在热河举办"木兰秋狝"狩猎大典，也称"木兰行围"，其中一个重要环节即"塞宴四事"——什榜（蒙古音乐）、诈马（赛马）、教驺（驯马）、布库，目的在于促进满蒙文化认同、军事结盟与政治互信。清代探花赵翼《行围即景·相扑》描写的正是乾隆时期一次"木兰秋狝"大典中数十布库出场表演精湛摔跤技艺的情景。

（二）古代摔跤文学的创作意义

根据前文剖析古代摔跤文学的创作背景与创作主题，发现古代摔跤文学的创作意象并非单纯的摔跤运动，创作者的创作动机还来自对社会民生、时事政治、军事问题、历史热点的思考。因此古代摔跤文学的创作目的或创作意义更多在于"借物抒情"，其次表现为创作者对摔跤运动的"文明自觉"。

1. 借形达意，借物抒情

古代摔跤文学的创作不是停留于对摔跤活动的简单描写，而是要传达一种暗示、一种感受；既有自然的真实，也有内心的真实，其创作最终是要表达内在精神感受。面对摔跤，创作者们运用叙议、想象、渲染、借古、对比、虚实等手法对摔跤物象进行刻画，其旨趣正在于借形达意、借物抒情。因此古代的摔跤文学是创作者基于理性与情感、主观与客观、理想与现实的融合而进行的是非、善恶、美丑的判断。

2. 知物之明，文明自觉

彭树智教授在其《两斋文明自觉论随笔》中概括了文明自觉论的"知明五句言"：自知之明，知物之明，知人之明，交往自觉，全球文明。文明自觉是以文明交往自觉活动为主线的人类创造历史的理论与实践活动、是对文明交往活动的总结与升华，其核心是人的思想文化自觉。在文明自觉论视域下，中国古代摔跤文学的创作即可视为建立在"知物之明"基础上的"文明自觉"，因为古代的摔跤活动已经步入了"文明交往自觉活动"的行列。

三、古代摔跤文学的当代价值

（一）促进当代体育文明发展

从古代对"身体暴力"的感性默认，到近代对"身体暴力"的规训克制，再到现代对"身体暴力"的理性拒斥，体育运动在社会发展过程中走出了一道文明演进的隽永之路，同时也反映了人类社会不断趋向文明的理性抉择。体育的本质是文明化的游戏，中国古代的摔跤文学是对"摔跤"这一"文明交往活动"的总结与升华，凝聚着创作者们对社会的夙愿与憧憬，因此，挖掘并弘扬古代摔跤文学以及其他体育文学的内涵，将为我国体育文明的当代发展助一臂之力。

（二）拓展当代人文教育视野

人文教育往往通过人文学科，如文学、哲学、历史、艺术等来加以实施，实质上是一种人性化的"育人""树人"教育。通过文学实施人文教育具有独到的优越性与全面性——文学教育必然地包含着道德、伦理、宗教、哲学、历史、艺术、心理等内容，在提升道德、增进智慧、培养审美、完善品格、加强修养等方面具有得天独厚的优势。中国古代的摔跤文学是创作者基于理性与情感、主观与客观、理想与现实的融合而进行的是非、善恶、美丑的判断，人文教育引入古代摔跤文学以及其他体育文学，将拓展当代人文教育的视野。

（三）是中国故事的重要力量

如何用中国概念讲好中国故事，事关我国文化建设与国际舆论秩序重构的百年大计。文学创作本能地可以担纲讲好中国故事的重任，因为文学创作本身就是讲故事的，天然地赋有把故事讲好、讲精彩的美学机制与艺术要素。每一部体育文学作品的背后都蕴藏着一个故事，中国古代的摔跤文学贯穿于中国古代摔跤运动的每一个历史发展阶段，植入的是各个历史时期的价值理念与社会万象，挖掘其被覆盖与遮蔽的中国概念，即可使其成为中国故事的重要力量。

中国古代摔跤的文化内涵在于"德"与"礼"的教化、"智"与"力"的考量，其文化空间是军事、政治、社会以及诗词曲赋等文学作品。古代的摔跤文学是创作者基于理性与情感、主观与客观、理想与现实的融合而进行的是非、善恶、美丑的判断，是创作者以"知物之明"对"摔跤"这一"文明交往活动"进行"文明自觉"的总结与升华，每一部摔跤文学作品的背后都蕴藏着一个文明抉择的故事。古代的摔跤文学以及其他体育文学具备促进体育文明发展、扩展人文教育视野的当代价值，也是讲好中国故事的重要力量。

第六节　中国古代军旅文学的艺术特点与时代价值

中国古代文学是中国文明进程的真实生动的记载。然而，人类的历史长河，并不总是风平浪静。在某个时期或某些特定的历史阶段，作为政治斗争的极端表现手段——战争，经常成为某个历史阶段的主旋律，也成为历史进步的重要推进器。作为客观存在反映物的文学，便也有了对战争的记载与认识，中国古代军旅文学应运而生。

一、中国古代军旅文学的概念

我们这里借用了中国古代文学和当代军事文学这两个概念加以综合，前者是从时间上加以限定，后者则是从内容上加以说明。其主要内容是中国古代文学中专门反映军事斗争生活的作品。其中包含这么两个含义：一是作品的内容必须是以反映军事斗争生活为主，二是作者本身有过军旅斗争生活或有过这方面的亲身经历与体验，二者必居其一。

二、中国古代军旅文学的内容与特点

梳理中国历史，有人说是一部战争史，虽然此话不尽然，但也确有一定道理。中华民族自有文字记载以来，战争可谓如影随形，历代王朝的更替，无不是通过战争来实现的。汉民族内部的杀伐争斗，汉民族与少数民族的纷争较量，也无不是把军事斗争作为最后的解决办法。中国古代军旅文学就是这些斗争的真实记载与反映。从远古时期的神话故事《山海经》中关于黄帝与蚩尤战争，到近代日俄战争，绵延两千多年的中华民族繁衍生息的历史，就是一部生动真实的军事斗争教科书。因此，我们在谈"中国古代军旅文学"的内容特点时，应该特别注意以下三点：

一是题材上以重大军事政治斗争为线索，真实反映一定时期的军事政治斗争生活。综观整个中国古代军旅文学，其内容主线无不是以当时的重大军事政治斗争作为其描写的对象，有的就是其当时军事斗争的真实描绘，如《左传》中的"晋楚城濮之战"就是以晋楚的春秋争霸战役"城濮之战"为具体描写对象,将双方对此战的分析、决战及其影响刻画得细微生动,对我们了解春秋战国有着重要意义。

二是内容上以感时忧国为基本特征,体现了作者对国家、民族命运的关注,也反映了作者对政治的主张与见解,表现出了强烈的责任感与使命感。这一点可以从我们熟悉的作者队伍中得到鲜明的印证。从屈原、司马迁到诸葛亮、李白、杜甫,从王安石、陆游到谭嗣同、秋瑾,这些彪炳史册的政治、历史、文学大家,无不是以其如椽大笔将其自己对历史、社会、政治现实的感受诉诸笔端,在他们的军旅文学作品中更是以其自己对战争的态度,对人民、对社会的关注,真切地表达着作为一个正直有为的封建士大夫对历史与现实的强烈责任感与使命感。他们的这种关注与执着在他们的作品中得到了最鲜明真切的体现。《国殇》《史记·李将军列传》《蜀道难》《兵车行》《桂枝香·金陵怀古》《关山月》《狱中题壁》《黄海舟中日人索句并见日俄战争地图》等作品就是他们这种人格精神的真实写照。

三是中国古代军旅文学在情感上具有强烈的爱国主义、英雄主义情怀的鲜明特色。这是其他题材的作品难以企及或具备的。在阅读古代军旅文学作品时,我们经常能够感受到一种激动,一种兴奋,一种发自内心的高昂的跃跃欲试的情怀。这是因为古代军旅文学作品中所蕴含的强烈的爱国主义与英雄主义情怀在时刻激荡着我们的心灵。每当我们读到屈原的《国殇》,我们就会情不自禁地为战士们的冲锋陷阵视死如归而感奋;在读到《木兰诗》时,我们又会为木兰的女扮男装替父从军立功疆场而激动而赞叹。在欣赏文天祥的《过零丁洋》时,谁不为作者的"人生自古谁无死,留取丹心照汗青"的壮烈情怀所打动。正是这样一种高昂的爱国主义与英雄主义精神,构成了中国古代军旅文学作品的主旋律主色调。千百年来激励着无数仁人志士前赴后继,为中华民族的繁荣强盛而不懈奋斗!可以说,这种独特的情操与精神已经构成了中华民族的灵魂,远远超出了文学作品本身的内涵与范围。

三、中国古代军旅文学的艺术特色

中国古代军旅文学的艺术特色,可以从两方面来进行剖析,一是从美学风格来讲,无疑属于阳刚美的范畴;二是从美学意境上看,则具有崇高悲壮和苍凉凄楚的特色。

(一)美学风格

这种阳刚美,和我们一般意义上的理解,应该具有自己的特色,主要体现在作品所描写的内容上具有一种爱国主义、英雄主义的激越情怀,塑造了一大批英雄人物的光辉形象,具有作者强烈的主观感情色彩,充满着一种对理想主义的追求与向往,充满了一种慷慨激昂、纵横捭阖、恢宏壮观的情怀。给读者的感觉是读完这些作品后给人一种激动人心的鼓励与鞭策。作者的这种对国家民族命运的关注,对社会、事业的强烈的责任感与使命感,以及对人类历史进程特殊的精神观照,和对人生命题、哲理意蕴的思考,充分体现了中国古代文人特有的文化人格,正如顾炎武所谓的"天下兴亡,匹夫有责",在人的心灵中自然激荡起狂风巨浪!充满着力的动感与思索。

（二）美学意境

由于军旅文学作品内容的特殊性与作者自身经历的独特性，决定了作品所展现出来的美学意境具有自己独特的印记，大致可分为两种情况：

一个是崇高悲壮型，此类作品的基本特点是，作者善于通过战争的直观描绘，如战争场面的描写，敌我搏杀的残酷无情，自然环境地理气候的恶劣等，反映和歌颂戍边守土将士的英勇悲壮和勇于牺牲前赴后继的不屈精神，以屈原的《国殇》和唐代边塞诗人的作品比较典型，特别是后者，他们如王昌龄、岑参、高适、李颀、李益等，由于他们自己本身就有过从军边塞的经历，对战争的残酷悲壮有着真切亲身的体验与了解，在他们的作品中，对战争的描绘也更加客观生动真实，感染力自然也就更强一些。

另一个是苍凉凄楚型的。战争毕竟是残酷的，尤其是对广大中下层劳动人民而言，更是如此。因而在我们看到的古代军旅文学作品中，反映因为战争而给国家、社会和普通百姓包括战场上的军人带来悲惨境遇与不幸的作品也是随处可见。从《诗经》中的《君子于役》《无衣》到曹操的《蒿里行》、杜甫的《兵车行》、陈亮《念奴娇》（登多景楼）等等，其作品内容的重点都是放在战争对"人"的伤害上，在这些作品中，作者所要表达的不是对战争胜负、正义与否的道德评价，而是因为战争给人带来的心灵与肉体上的双重创伤。自然，这种"创伤"只能是苍凉凄楚而又无可奈何的。

四、中国古代军旅文学的时代价值

和所有的文学作品一样，中国古代军旅文学同样具有一定的审美价值、认识价值，也具有教育娱乐等功能，但是由于中国古代军旅文学内容等方面的特殊性，它在认识价值方面又具有自己的特殊性，主要体现在以下两个方面：

一是由于中国古代军旅文学的内容以宣扬高昂的爱国主义、英雄主义为主要格调，千百年来，中国古代军旅文学对中华民族自强不息、奋斗不止、永不言败的精神的形成起到了巨大的推动作用，成为激励中华民族奋发向上、百折不挠的重要精神动力。

二是作者以国为重、以义为重、不怕牺牲、勇于献身的高尚情怀对教育广大人民群众有着特殊的意义。在市场经济条件下，在荣禄利益的考验面前，我们还需不需要牺牲奉献精神，如何处理祖国需要与个人追求的关系，屈原、陆游、范仲淹、文天祥、谭嗣同、秋瑾等众多的仁人志士已经为我们树立了榜样，"先天下之忧而忧，后天下之乐而乐""不苟且，不偷生""宁为玉碎，不为瓦全"等品德情操应该成为我们每个公民尤其是军人具备的基本道德规范，这也是我们今天学习中国古代军旅文学作品的一个最基本的要义。

第三章 中国古代文学的发展与演进研究

第一节 中国古代文学的传播方式

中国历史十分悠久，也就意味着我国的古代文学资源十分丰富，能够最大限度地体现出我国的民族文化，而古代文学的传承主要也是通过语言和文字等方式来进行，为了促进现代文学事业的发展，帮助其形成可持续健康发展的特征，就需要充分利用古代文学，为今后的发展奠定基础，因此古代文学的传播方式研究具有极大的意义，提供丰富的素材和参考促进现代文学事业的蓬勃发展。因此本节主要对古代文学传播方式进行分析，关注其演变的历程，阐述中国古代文学的主要传播方式。

现代社会经济的发展带动着社会文化的飞速进步，越来越多的人开始重视古代文学的传播和继承，因此不断开展古代文学的研究，文学界的关注使得我国的人民对本国的传统文化更加了解，通过熟悉文化传统真正实现古代文学的传承和发扬。

一、中国古代文学的传播方式演变

（一）口语传播

虽然现代人们对古代文学的口语传播时代的时间具有不同的看法，在文学界当中，有部分的人认为古代文学口语的传播是从甲骨卜辞时代就开始进行的，但是大部分的人还是坚持古代文学的口语传播主要发生在《诗经》产生的时代，虽然《诗经》的产生年代和甲骨卜辞都属于商周时期，但是通过史料的记载不难发现，甲骨卜辞时期人们的文学传播更加注重利用事物的外观作为媒介，《诗经》的传播更具影响力。在古代文学出现之初人们大多以口语的形式来进行交流，传播经验和文化也是通过相互之间口耳相传的形式。例如，在《左传》当中就记载了"数典忘祖"的故事，从记载中不难发现当时主要采用口语来进行文学传播。而随着私学的出现和兴起，文学的传播方式逐渐发生了改变，演变成为师生之间的口耳相传，将上层阶级的教育垄断。《诗经》作为古代文学作品的鼻祖，具有时间跨越长的特点，其中包含了众多作者的文学作品，里面多为民间歌谣，通过百姓的口头传唱，最后被采诗官搜集整理后才成为第一部经典的文学作品，直到秦代，《诗经》的传播形式仍然以口语教学为主，更容易上口。

（二）抄写传播

在秦汉时期古代文学的主要传播方式就是抄写，抄写传播在秦代就已经初步形成，而到了西汉，最为主要的传播形式就是抄写。例如，古代文学作品中的《尚书》中就记载了以抄写记载作为主要传播方式的句子："唯殷先人，有册有典。"而古代文学抄写传播发展速度最快的时期也是在秦汉时期，汉代在颁布"废协书令"之后，抄写传播的主要载体就不再是简牍或是绢帛，更加侧重于纸质，秦汉时期最为普及的抄写载体为简牍，东汉时期开始逐渐兴盛绢帛和纸质的抄写载体，纸质的应用主要是在史书的抄写之中，而绢帛的应用在当时则更加广泛。

（三）雕版印刷传播

自隋唐时期就出现了雕版印刷，主要是由于印刷术的出现促进了古代文学传播形式的创新发展，对抄写载体进行了有效的改良，促进古代文学作品的传播范围扩大，提升了传播的力度，有利于丰富传播的内容，形成了更为简单的传播方式，印刷术的出现促进了纸质载体的生产工艺发展，中国在经历了长时间以纸质作为传播载体的形式后，利用印刷术不仅提高了生产数量，更使得纸张的质量飞速发展，越来越多的百姓能够用得起纸，而纸张的运用范围开始逐渐扩大。受到隋唐时期科举制度的影响，对古代经典文学作品的需求量越来越大，政府将古代经典文学记载在纸张上，促进了雕版印刷术的发展。并且在隋唐时期民间的书籍买卖市场逐渐兴盛，民间的读书风潮居高不下，藏书的风气更是盛行，推动了雕版印刷技术的发展。例如，《金刚经》就是世界第一部使用雕版印刷术诞生的文学作品，而随着各种书籍市场的形成，以雕版印刷术进行纸质印刷作为主要的文学作品传播载体逐渐流传下来，在古代文学传播中，雕版印刷时代具有极其重要的地位。

二、中国古代文学的传播方式

（一）语言传播

1. 口头语言

文字的传播方式形成时间较晚，所以在此之前人们最为方便快捷的传播方式就是口语传播，人们利用口头上的语言来展开情感交流，传递信息。随着社会的不断发展进步，人们逐渐累积了生存和发展的社会经验，在形成古代文学之后，最为主要的传播途径就是口耳相传。

2. 乐工说唱

在魏晋南北朝时期，形成了诗词说唱演奏的形式，通过乐工将隋唐时期文人创作的诗词作品利用说唱的形式进行传播，所以在魏晋南北朝时期，最为重要的文学作品传播方式就是乐工的说唱传播。乐工可以向文人索要创作的诗词，并赠予文人金钱，不仅能够让没有太多收入来源的文人获得一定的物质利益，还能够通过乐工的传播提高作品的知名度，扩展传播范围，因此乐工和文人之间相互促进，互利共赢，并且当时有部分文人为了满足乐工的需求，创做出更具押韵美感的诗词，并出现了大量的艳情诗词，在当时十分兴盛。

3. 唱书、说书

古代的文人名士喜欢聚集在一起，在聚会的时候时常斗诗斗酒，因此我国有众多的名诗词都是在文人聚会的时候创做出来的，在众多名流的推崇后，逐渐传播开来。例如，《滕王阁序》的创作者王勃，就是在到豫章赶赴宴会的时候创作的，在各个名流的推崇后逐渐传播开来，至今仍然具有较大的影响力。并且古代文学的传播更可以通过说书的形式，例如，四大名著在古代并不受民众知晓，没有广泛流传开来，但是四大名著的通俗易懂，通过民间说书人的一代代说评，逐渐在民间流传开来，并且对当时的民众有较大的影响力，以至于成为现代人民家喻户晓的四大名著。

（二）文字传播

在古代文学的传播方式发展中，文字的出现引发了较大的变革，在文字还未出现之前，人们都是通过口头语言来进行文学传播的，具有一定的时间和空间的限制，而文字的出现打破了时空的限制，弥补了口头传播中可能出现的信息误传或是信息不完整的缺点，而随着印刷术的出现，文字传播的载体发展到了顶峰，所以在古代文学传播当中，最为重要的方式就是文字传播。

1. 题壁传播

现如今我国古代文学作品中，大多数都是通过题壁的摘录获得的，为丰富我国的文学作品做出了贡献，唐朝的《开成石经》又被称为《唐石经》，就是通过题壁保留和传播下来的。

2. 文本传播

古代印刷术的不断发展促进我国文学书籍作品的发展越来越迅速，人们在进行作品的借阅和抄写过程中也更加便捷，在古代有许多家境贫寒的学子为了求得功名利禄，只能通过借阅和抄写的方式读书，除此之外，大部分经典书籍在一开始都是孤本，古代的文人雅士为了藏书就对其进行抄写，而后抄写的数量逐渐增加，才能够在民间进行传播，例如，《文选注》这类型的作品的传播就是依靠抄写收藏才得以进行。并且在古代有一部分禁书不能够在民间流传，而为了防止其失传只能够通过手抄的形式进行保留，增加了我国古代文化的完整性。

三、古代文学传播方式的效果

（一）书本传播的效果

例如，苏东坡在书写《醉翁亭记》之后，传播更加迅速，传播的范围也更加广泛，受到后人极大的喜爱，在石壁上进行刻画传播。而这种将文学与书法相结合的方式到明清时期仍然被人们进行收藏和品鉴，真正做到了流传千古。

（二）口头传播的效果

口头文学传播主要是从口语传播转变为抄写传播的时期，在这一时期主要有唐宋词的演唱以及宋代的女性唱词。《送元二使安西》这首词之所以能够成为唐宋时代的经典名曲，就是由于当时人们的诗歌演唱促进了其传播。我们可以从文学传播的角度思考唐代的敦煌变文讲唱和宋元的话本说唱以及元明清时期的戏曲表演，直至现代很多的老百姓还是通过戏曲和小说来了解古代文学的，而不是通过文本的阅读，既能够达到愉悦身体的目的，还能够受到艺术的熏陶，对个人价值观和人生观的启发有一定的意义。

（三）造纸术和印刷术对文学传播的效果

当宋代毕昇对印刷术进行完善后，文学作品的印刷开始越来越广泛，直至明清时期，印刷书籍成为最主要的文学传播方式，每个时期的书籍印刻方式以及编辑刻印都不同，其途径方式的不同也导致印刷出版的规模和特点大不相同，其传播的效果也受到了一定的影响，所以在不同的时期中，印刷对于文学传播的作用及影响力都不同。

现代社会的文学传播方式多种多样，中国古代文学的传播可以通过网络、电视和电子图书等方式进行快速的传播，但是在古代，文学的传播受到各种条件的限制，传播速度较慢，所以我们需要通过不同的层次和角度关注古代文学的传播，通过古代文学了解当时的社会现象，在现代社会中得以借鉴，最终达到促进我国文化事业发展的目的。

第二节　中国古代的媒介变革与文学演进

文学的发展与文学媒介的演进如影随形。媒介不仅是文学存在的物质基础，是文学传播的物质渠道，同时也是文学本身构成的重要维度之一。造纸术和印刷术是我国古代最伟大的发明，为我国乃至世界文明的发展都做出了巨大贡献。作者从魏晋纸张普及和宋代版印兴盛入手，论述我国古代媒介变革和文学演进之间密不可分的联系。

文学是语言的艺术，文学的产生和发展都离不开语言文字，而语言文字的传播则需要一定的物质载体。古人云：皮之不存，毛将焉附。马克思也曾指出："精神天生就很倒霉，注定要受到物质的纠缠。"人的精神层面的东西必须物化为媒介才能够得以传播，文化如此，文学也不例外。文学文本的传输离不开媒介，作家的写作也只有物化为媒介，文学才能转换为社会的人际传播，才能进行生产、传播和消费。在这个意义上我们完全可以说媒介对文学的影响具有根本性意义，它决定了文学存在的基本物化形态和文本形式，影响着与此相关的文学观念和文学活动的特点。从某种意义上说，文学和媒介犹如一枚硬币的两面，它们是共生共存的关系，没有媒介就没有文学。王一川先生就曾指出，媒介不只是文学的外在物质传输渠道，也是文学本身的重要构成维度之一。它不仅具体地实现文学意义信息的物质传输，而且给予文学的意义及其修辞效果以微妙而又重要的影响。可见，文学媒介和文学有着密不可分的联系，文学媒介是文学传播的基本要素，是文学的感兴修辞得以传播的外在物质形态及渠道，文学总是依赖一定的传播媒介去实现其修辞效果。况且，不同的文学媒介具有不同传播效果，传播媒介的变化会影响文学文本意义的走向和实现。

文学的发展总和文学传播媒介的演进如影随形，不同的文学传播媒介，对于文学文本特质的形成与演进有着不可低估的作用。当我们沿着文学媒介发展演变的轨迹来考察文学时，我们便会轻而易举地发现，在文学媒介技术发展的不同历史阶段，文学的存在方式、内容、体裁等均呈现出不同的特点和历史风貌。可见，人类历史上每一次重大的传播技术革命，都会直接引起文学传播媒介的变革，进而引发文学传播的革命，并推动文学的发展。正如卢曼所言："文学的存在基础是传播媒体，文学文本的存在必须依靠物质和技术手段，其传播与接受也只能通过技术手段的中介来实现，因此，文学的历史从一开始便可视为一部媒介史。"文学传播媒介的每一个革新和演进，都会一石激起千层浪，打破文学的平静，给文学带来新的空气，注入新的血液，为文学变革提供新的契机，甚至催生新的文学样式。关于我国古代文学传播媒介分期直到现在还没有定论，不过，纸张和印刷作为两种伟大的传播媒介，曾为我国古代文学和文化的发展都做出了不朽的贡献。章国锋先生指出："新的技术手段的发明和运用必然会改变文艺的存在形式，正如电报和电话的出现彻底改变了人的交往行为方式一样，颜料和画布的改进导致了新的绘画方式和技巧的产生，纸和印刷术的运用更新了文学的存在形态。"

从甲骨到金石，从简牍到帛书，我国古代文学在简单、粗笨的媒介传播环境中艰难地生存了近两千年。这一时期文学传播媒介的容量小，并且要么笨重不易移动，要么价格昂贵不易普及。不要说文学作品，就连统治阶级奉为圣典的经书都是靠刻写和手抄来传播。经书在传抄的过程中讹误自然会越来越多，于是统治阶级就会诏令当时的经学大师校勘经书并刻石以正天下视听，汉代的熹平石经就是在这样的背景下产生的，而文学作品连刻石的机会都没有。更重要的是，由于传播媒介的限制，无法承载长篇大论的文学作品，所以，这一时期的行文都极其简练，遣词造句力求意蕴深刻。冯友兰先生就曾说："中国古代用以书写之竹简，极为夯重。因竹简之夯重，故著书立言，务求简短，往往反将其结论写出。及此方法，成为风尚，后之作者，虽已不受此文章的限制，而亦因仍不改。"所以，这一时期文学作品复本极少，极大地限制了文学的传播与普及。这就导致了这一时期的文学高高在上，充其量只是供上层贵族彰显雅兴的"宠物"。

到了汉代，纸张得以发明。纸张柔软轻便，很适合书写，并且价格相对便宜，与笨重的竹简和昂贵的缣帛相比纸传媒大大提高了文献的传播效率，为文学的发展提供了新的契机。魏晋南北朝时期，纸作为文学的传抄媒介已经得到广泛的应用，西晋时左思的《三都赋》让洛阳纸贵的故事就是很好的证明，直到唐代手抄卷轴仍是文学文本传播的主要媒介。柯卓英在《唐代的文学传播研究》中指出："唐代文学的主要传播媒介就是书籍——手抄本的卷轴，以纸质为主，已经广泛使用。《广异记》是唐代一部字数较多的志怪传奇，据顾况《戴氏广异记序》，共计有'二十卷，用纸一千幅，盖十余万言'。唐代诗人李峤写有咏书的诗歌《书》：'削简龙文见，临池鸟迹舒。河图八卦出，洛范九畴初。垂露春光满，崩云骨气余。请君看入木，一寸乃非虚。'"纸传媒的使用扩大了文学的传播范围。据记载，谢灵运的诗歌在当时很受欢迎，每有一诗传至都下，无论贵贱莫不竞写，很快就传遍了京城。而文学传播的繁荣，又为文学吸引和培养了更多的粉丝，于是庶族阶层也开始成为文学创作的力量。这一时期文学本身也在酝酿着新变，如五言古诗得到长足发展并达到鼎盛，抒情性的骈文、骈赋在梁陈两代进入高峰，并出现了一批著名的志人志怪小说；律诗在齐梁时得以出现，并在唐朝达到鼎盛，唐传奇的出现让古代小说有了进一步的发展。总之，纸张媒介的普及和应用，为魏晋文学的第一次觉醒以及唐诗这一诗歌高峰的出现立下了汗马之功。

虽然纸张轻便柔软很适合书写，然而文学作品乃至图书仍需要一笔一画地传抄，其效率低，规模小，成本高也是不争的事实，更重要的是，这种制作和传播方式无法满足社会对图书的迫切需求。黄镇伟先生曾指出："正是因为传抄的相对低效难以满足日趋旺盛的社会需求，所以寻找生产制作技术的创新才成为一种历史的选择。"于是，印刷传媒在唐代应运而生。无论是金石替代甲骨，还是纸张替代简牍，都属于传播媒介材料的变革，并没有从根本上改变书写这一书籍制作和传播方式。与以往媒介变革不同的是，印刷传媒使书籍制作方式有了重大突破，它让书籍生产告别一笔一画的抄写，走进了整版复制的印刷时代。雕版印刷日传万纸，大大提高了图书的生产效率，使图书以几何级数增长，迅猛地促成了文学传播、知识传播的革命。

版印传媒虽然不是专为文学传播而发明，然而它的出现和应用却为文学传播提供了极大的便利，印刷传媒犹如一条"文化高铁"，也把文学带进了高速传播的新时代，进而促成了文学传播的又一次革命。首先，版印传媒使得大容量、大规模的文学文本复制和发行成为可能；再者，印刷传媒进行文学文本的传播时，一般比较慎重，往往经过多次校勘后才刊印发行，避免了文学作品传抄的随意性，提高了文学文本的稳定性和准确性；更重要的是，版印传媒的广泛普及降低了文学作品的价格，改进了文集的装帧形制，更有利于文学作品的传播以及读者的阅读和接受。由此可见，印刷传媒作为当时最先进的传播媒介，在文学传播上具有其他媒介无可比拟的优势。文献记载，五代时已经有了版印文集。五代时的和凝，平生为文章，长于短歌艳曲，有集百卷，曾自刊文集，模印数百帙，分惠于人。乾德五年，前蜀僧人昙域雕印了其师贯休的《禅月集》。南唐刘绮庄也刻印有《绮庄集》十卷；在这一时期，福建地区已有书商刻印了徐寅的诗赋并在市场上售卖。另外，后蜀宰相毋昭裔还曾刊印《文选》《初学记》等书。

五代时我国的版印传媒才刚刚起步，到了宋代雕版印刷才得到了迅猛的发展。南北两宋三百余年，其刻书之多，规模之大，版印之精，流通之广，都堪称前所未有。就是以今天的眼光来看，宋代也无愧于版印出版的黄金时代这一称号。文集是宋代版印出版的重要内容，徐俊就指出："印刷传媒技术在初唐时期虽已产生、应用，但大量用于诗文作品的印刷已是宋代以后的事。"张秀民先生也曾指出，宋人自著的诗文集约有1 500种，当时多镂版刊印。笔者根据现存的目录文献记载统计，宋代刊印出版的本朝及前朝诗的文集就有近 1 900 版种；有些文集在宋代还刊印了多次，如苏轼的诗文集宋代就刊刻了 20 余次。如果每版文集印刷 200 册的话，那么宋代版印出版的文集就多达 380 000 册。笔者另据《中国古籍总目》统计，现存的宋版文集仍有 324 版种，共 400 余部。宋代文集的刻印之盛，版印的成就之大，由此可见一斑。王兆鹏先生在谈到这一点时曾说："宋代文学的传播方式，较之唐代有了长足的发展和进步。印刷术的发展，使得宋代文学的传播更方便迅捷，传播方式更加多元化，宋代文人传存下来的文学作品集也比唐代文人传存下来的作品集更多。"

　　在印刷传媒发明以前，由于传抄比较困难，所以文学作品多以单篇的形式抄写流传，不但传播范围有限，而且常常人自编摭，集无定卷。到了宋代，雕版印刷的应用使得这一现象有了很大的改观，文学作品大都结集出版。同时，印刷传媒的广泛普及和应用，降低了文学作品的复制成本，诗文集的大量刊印加快了文学传播的进程，扩大了文学的传播范围，培养了更多文学读者，进而形成了更大的文学社会需求，这就更加刺激了文集的商业出版。"到了宋代，随着印刷术的发展和书业贸易的繁荣，文学由写本时代进入刻本时代，文学作品的商品价值才得到充分的体现。"在宋代，无论是单篇的诗文还是文集，都可以印卖，欧阳修、苏轼、黄庭坚等名家更是诗文一出，即日便被刊印传播。宋代很多书坊主还通过牌记、刊语等形式为自己刊刻出版的文集做广告，推销自己的产品。这表明宋代文学作品已经走向了"商品化"。

　　王水照先生谈到文学商品化时指出，大概中唐以后，文学作品逐步变成一种特殊商品，进入买卖双方构成的交易市场，使作品的传播和接受进入了一个全新的阶段，这不仅影响了文学的传播方式，也影响了文学自身的发展。然而，宋以前印刷传媒尚不太发达，至宋代版印才开始成为规模化的产业。文学作品的刻印和买卖是一种经由市场渠道的商业传播，它极大地促进了诗文作品与读者之间的互动，扩大了文学的流通范围，加快了文学的传播速度。随后王先生又指出："在南宋，文学作品的商品化程度越来越高，且融入宋代整个商品经济体系之中；商品经济与文学日益紧密的联系和结合，深刻影响到文学的演变和发展，这是南宋社会转型、经济转轨、文学转变的一个标志。这是历史性的进步。"可见，宋代版印传媒的繁荣促进了宋代文学的商品化，而宋代文学的商品化，对文学的发展有着深刻的影响。王兆鹏先生谈到这一点时也说，文学的商品化趋势，对宋代文学的发展，有着不可忽视的作用。首先，宋代版印传媒的繁荣造就了一批以诗文创作为生计的"职业"诗人，如南宋江湖诗人即多属此类。其次，版印传媒加速了文学作品的传播、流通与消费。一方面，版印传媒扩大了作家在当时文坛和读者中的影响，促进了本地文学的发展，为文学集团和文学流派的形成提供了联结的媒介和纽带；另一方面，宋代的版印传媒也增进了各民族文学、文化之间的交流和融合，南宋与金元文学的密切联系和"一体化"趋势，离不开当时双方都已使用的版印传媒所起的作用。

　　宋代发达的版印传媒造就了一个个遍及全国各地的图书贸易市场，对宋代文学乃至文化的传播具有深远的影响。从某种意义上说，宋代学术的发达，宋代文学的学者化，以及宋诗创作的"以才学为诗"都是建立在印本图书贸易流通的基础上的。在宋代商人通过刊刻文人的作品可以获得丰厚的利润。这标志着书商开始参与到文学生产与传播的活动中来，并成为文学场中的新兴力量。文学传播方式的变化，引起了文学场域内部构成诸要素的变化，进而改变了场域的基本形态，对宋代文学的影响不容小觑。版印传媒的普及应用，使以往的文学经典、文化典籍得以大量地印行、流通和接受，这不仅大大拓展了文人学者的眼界，丰富了他们的文化生活，同时也为宋人的文学创作提供了充足的给养。宋人自己创做出来的新的文学作品也凭借版印传媒大量复制，且在普通读者中迅速传播开来。宋代诗文革新运动的成功、宋词的繁荣以及明清白话小说的兴盛，都与印刷媒介的普及和应用密不可分。

我国古典文学的发展和媒介的变革密不可分，文学传播媒介的变革直接影响到文学的发展进程。袁行霈先生在其文学史中也曾指出：

文学作品靠了媒体才能在读者中起作用，不同的媒体对文学创作有不同的要求，创作不得不适应甚至迁就这些要求，在一定程度上可以说文学创作的状况是取决于传媒的。从口头流传到书写传抄，再到印刷出版，由传媒的变化引起的创作的变化很值得注意。先秦两汉文学作品之简练跟书写的繁难不能说没有关系。唐宋词的演唱方式对创作的影响显而易见。印刷术发明以后大量文献得以广泛而长久地流传，这对宋代作家的学者化，进而对宋诗以才学为诗这个特点的形成有重要的影响。

袁先生的这段话颇中肯綮。无论是魏晋时期纸张的普及应用，还是宋代的版印传媒的兴起，都加快了文学传播的进程，拓宽了文学的传播渠道，使得文学创作比以前更加自由，文学的生产周期也日益缩短，文学作品的篇幅也有所增加。尤其是版印传媒的兴起，专门从事书文集雕印买卖的书商出现，使文学从王公贵族的深深庭院飞向了寻常百姓之家。文学观念也因此发生了变革，一部分文人在经济效益的诱导下，放弃了孤芳自赏的清高，也开始从曲高和寡的"阳春白雪"式的高雅文学写作，转向了一倡百和的"下里巴人"式的通俗文学写作。这改变了中国古代文学长于抒情而短于叙事、重视正统文学而轻视通俗文学的局面，并为以后元明清小说和戏曲的繁荣奠定了坚实的基础。可以毫不夸张地说，我国古代文学的每一次腾飞都离不开媒介革新的力量。

第三节　宋玉对中国古代文学的历史贡献

宋玉，战国时期楚国著名的辞赋作家，后世常将他与屈原并称为"屈宋"，宋玉在赋体文学上的成就可谓空前绝后，在中国古代文学史上拥有很高的地位。近代因种种原因，宋玉的人品为人受到质疑，事实上，宋玉常常通过自己的作品向君主劝百讽一、托物讽谏，希望可以达到政治清明，长治久安的目的。此外，宋玉还首创了悲秋的文学主题，也是中国古代文学史上第一位对女性大胆描写的作家，对中国古代文学史的发展做出了巨大的贡献。

一、文坛风流，仕途落寞

宋玉，约生活在公元前298—前222年，又名子渊，战国时期楚国著名的辞赋作家，其艺术成就极高，与同时期杰出楚辞作家屈原齐名，被后世并称为"屈宋"。尽管在中国古代文学史上有相当高的地位，但关于宋玉的文献记载极少，无论是生卒年月，还是仕途履历，都莫衷一是。关于宋玉较早的史料记载，出自司马迁的《史记·屈原贾生列传》："屈原既死之后，楚有宋玉、唐勒、景差之徒者，皆好辞而以赋见称。然皆祖屈原之从容辞令，终莫敢直谏。"虽不过寥寥数语，但因司马迁其文直，其事核，不虚美，不隐恶，故谓之实录，因此这段简略的记述，也成为后人评价宋玉的主要依据。西汉韩婴所著《韩诗外传》中记载了宋玉因其友而见襄王，襄王待之无以异，乃让其友；而西汉经学家刘向在其编撰的《新序》一书中，也认为宋玉因其友以见楚襄王、事楚襄王而不见察；东晋著名文学家、史学家习凿齿在其所撰写的人物志《襄阳耆旧记》中记载宋玉"始事屈原，原既放逐，求事楚友景差。景差惧其胜己，言之于王，王以为小臣"。虽然宋玉的生平已不可以考，但从上面为数不多的记述中，仍然可以看出宋玉出身低微，虽然儒雅风流，长于辞赋、通晓音律，却在仕途上郁郁不得志，充其量只能说是楚襄王身边一个没有什么实权的文学侍臣。而在楚考烈王继位后，宋玉更是遭到冷遇，被免除了一切职务，被放逐到他的赐地云梦之田，从此终生落魄，生活得异常艰辛，甚至无衣裘以御冬兮。数年后，秦兵灭楚，宋玉也在兵荒马乱中悄无声息地死去。虽然生前潦倒，死后寂寞，但宋玉却在文学上有极高的成就，《汉书·艺文志》记载，宋玉留下的作品约有16篇，分别是《九辩》《招魂》《风赋》《高唐赋》《神女赋》《登徒子好色赋》《对楚王问》《笛赋》《大言赋》《小言赋》《讽赋》《钓赋》《舞赋》《高唐对》《微咏赋》《郢中对》。在宋玉之前，屈原以情入诗，使楚辞形成一种固定的文学形式，而宋玉在此基础上，创出一种韵散结合，属于文而不同于诗的赋体文学，并开大赋之先河，打破了楚辞与诗经原有的形式。南北朝著名文学理论家刘勰，在其文学批评著述《文心雕龙》中，将宋玉与屈原相提并论，认为"屈宋逸步，莫之能追"；"屈平联藻于日月，宋玉交彩于风云"。赋体文学的发展，在汉代时达到顶峰，竞相模仿者无数，如汉代汉赋的代表人物司马相如，在其《子虚赋》《上林赋》等散体赋中，其结构、内容、表现手法上，皆有不同程度借鉴宋玉的《高唐赋》《神女赋》，如都采取上、下两篇，首、中、尾三段式的结构，而《美人赋》则模拟了宋玉《登徒子好色赋》的主客问答体式。著名楚辞学者吴广平先生认为，汉代所有的辞赋作家，似无一人从整体上超过宋玉；也无一人，像宋玉那样对后世产生那么广泛而又深远的影响，宋玉在赋体文学上的成就可谓空前绝后。而到了唐宋，唐诗宋词中大量出现宋玉作品中的典故，如《登徒子好色赋》中东家之女，李白的诗中便曾出现"扬清歌、发皓齿，北方佳人东邻子"。《高唐》赋中的朝云暮雨也时有出现，如"一枝浓艳露凝香，云雨巫山枉断肠"；"来如春梦不如多时，去似朝云无觅处"；"只恐使君前世是襄王";"空使兰台公子赋高唐"等诗句。而宋玉这个名字也频频被诗人们提起,"何事荆台百万家、唯教宋玉擅才华";"高丘怀宋玉,访古一沾裳";"摇落深知宋玉悲,风流儒雅亦吾师";"妙手写徽真,水翦双眸点绛唇。疑是昔年窥宋玉,东邻,只露墙头一半身";唐宋时咏宋玉的诗作,甚至已经超过了屈原,宋玉的文学影响力在这一时期达到巅峰。

二、托物讽谏的文学思想

明代开始,朱熹视宋玉为礼法之罪人,认为宋赋为屠儿之礼佛,倡家之读礼,对宋玉的人格持否定态度。而近代郭沫若在写《屈原》时,也将宋玉定位为没有骨气的文人,认为他只是想官更高、禄更厚而已。事实上,宋玉所处的时代,楚国已经衰败不堪、岌岌可危,一直挣扎在存亡的边缘,宋玉尽管只是个出身低微的文学侍从,出于种种客观因素不能如屈原般对楚王直谏,却通过自己的作品劝百讽一、托物讽谏。如在《钓赋》中,宋玉用钓鱼这一极其平常的活动,形象地向楚襄王说明,历代昔尧、舜、汤、禹这样的明君,皆是以圣贤为竿,道德为纶,仁义为钩,禄利为饵,方能以四海为池,万民为鱼,使得天下归心,而夏桀、商纣这样昏庸残暴、不懂为君之道的暴君,只能使竿折纶绝,饵坠钩决,波涌鱼失。宋玉借着日常生活中的小事,委婉地向楚襄王阐述了深邃的治国之道,即:"王若建尧、舜之洪竿,摭禹、汤之修纶,投之于溁,视之于海,漫漫群生,孰非吾有?"宋玉精通音乐,其所著的《笛赋》是中国文学史上较早描写音乐的咏物赋。春秋战国时期,礼崩乐坏,郑声作为俗乐的代表受到许多国家统治者的喜爱,但这与儒家所提倡的雅乐背道而驰,孔子就曾说过恶郑声之乱雅乐,认为这种以满足声色享受为目的的郑声有涉于淫。宋玉在《笛赋》中认为"夫奇曲雅乐,所以禁淫也";而正是北里这样的靡靡之音,最终导致了殷商的覆灭,是以"檀卿刺郑声,周人伤北里也"。君主若要为世保兮,绝郑之遗,要远离这样的腐朽淫靡的音乐文化,方能嘉乐悠长,俟贤士兮;鹿鸣萋萋,思我友兮,为国家招揽贤士。在《高唐赋》中,宋玉在向楚襄王讲述楚王与巫山女神梦中相会的故事时,劝谏君王,若要见到神女,除了必先斋戒,差时择日,更要"思万方,忧国害。开贤圣,辅不逮"。奉劝君主以天下人为念,为国家的祸福而忧虑,多任用人才,以弥补自己的不足。可以说"思万方,忧国害。开贤圣,辅不逮"这十二个字,是宋玉兴国方略的具体体现。他希望通过这样的劝谏使君王警醒,以达到政治清明,长治久安的目的。

《九辩》是宋玉最重要的代表作之一。在创作这部作品时,宋玉已经到了"无衣裘以御冬兮,恐溘死不得见乎阳春"的地步,却依然保持着高尚的情操,"处浊世而显荣兮,非余心之所乐"。与其无义而有名兮,宁穷处而守高,食不偷而为饱兮,衣不苟而为温。宁可永远贫穷也要保持情操,决不为饱食和暖衣而做有失道义的事。虽然失职见疏、穷困潦倒,国家依然在他心中占据着非常重要的位置,被贬多年,远离朝堂,使他对于社会的黑暗面有了更深的了解,他对国家的担心远远多于对自己的关心。众踥蹀而日进兮,美超远而逾迈，他担心小人高升，而君主正远离有贤能的人，事绵绵而多私兮，窃悼后之危败，小人以私害国，担心国家会因此崩溃，卒廱蔽此浮云，下暗漠而无光。天地似乎都已经被浮云遮住，导致下界昏暗无光。在乱世中，他只希望等到君主的醒悟，想亲自去见君主、游说君主，却无法可想、无路可去。愿自往而径游兮，路壅绝而不通。欲循道而平驱兮，又未知其所从。只能将愿望寄托在流星上，愿寄言夫流星兮，羌儵忽而难当，只能赖皇天之厚德兮，还及君之无恙，希望依靠着皇天的厚德，保佑楚王永远安然无恙。除了忧国忧民的思想之外，《九辩》的艺术性也极高，在其开篇，宋玉便接连用了十多个排句，形象地描绘了远行凄怆的情绪和萧瑟落寞的秋景，通过感叹秋风、秋叶、秋雨、秋月等景色，在秋燕、秋蝉、秋雁等动物身上赋予了人的感情，将感情与自然巧妙地融合，表达了宋玉怀才不遇、壮志难酬的悲愤情绪，首创了悲秋的文学主题。之后千百年，悲秋这一主题在文人学士的笔下不断地被重复。宋玉还塑造了许多不同形象的女性，根据各自身份地位的不同，赋以不同的神韵，让这些女性形象各有千秋、无一雷同，堪称一绝。比如，他描写东家之子，增之一分则太长，减之一分则太短，着粉则太白，施朱则太赤。眉如翠羽，肌如白雪，腰如束素，齿如含贝。将个一笑便能惑阳城、迷下蔡的东家之子刻画得栩栩如生。采商之女是华色含光、体美容冶、含笑微喜，窥视流眄，其楚楚动人、娇羞扭捏的神态一览无余。而神女则貌丰盈以庄姝兮，苞温润之玉颜。眸子炯其精朗兮，瞭多美而可观。眉联娟以蛾扬兮，朱唇的其若丹。素质干之酖实兮，志解泰而休闲。赋予了神女温乎如莹、湿润如玉、飘逸高雅的气质。应该说，宋玉是中国古代文学史上，第一位对女性大胆描写的作家，对中国女性文学的发展做出了不可磨灭的贡献。

第四节　新媒体生态下中国古代文学传承与发展

当今社会已经进入了互联网技术时代，在这个时代下，新媒体技术正在进行全国范围内普及，渗透到各行各业并成为主流趋势，在某些方面取得了一定成效。在当前形势下，新媒体受到了青年人的欢迎和喜爱。对于我国古代文学同样也可以使用这种全新的形式进行传承。阅读古代文学不仅仅可以让青年学生从中学习到阅读与写作方面的技能，还可以对那个时代的特点进行了解，通过文学作品反映出人民群众的某些诉求，对青年人的心灵进行洗涤，在今后的学习生活道路上指引正确的方向。

中国的古代文学如同群星般璀璨绚烂，在历史的长河中经久不衰地散发着独特的光芒，延续了数千年书写下属于那个年代的辉煌记忆。随着互联网技术的普及，人们有更多的途径接受海量的知识，信息的传播范围也越来越广，人们从幕后走到台前，充分与知识信息进行互动交流。因此，在这样的情形之下，古代文学工作者应当抓住机遇，利用新式的新媒体技术，将我国古代文学内容与新媒体技术进行有机融合，通过新媒体进行广泛传播，让中国的古代文学焕发出全新的生命力。本文在当前的新媒体生态下，对中国古代文学的传承以及发展方向进行综述，并给出相应的实践建议。

一、新媒体传播对于我国古代文学的重要意义

所谓新媒体，实际上是利用数字技术，通过计算机网络、无线通信网、卫星等方式，将当今非常流行的电脑、电视、手机等设备作为载体，向用户提供信息和服务。在平日的中国古代文学宣传的过程中，相关人员可以借助电子计算机、多媒体屏幕、投影仪，以及网络自媒体等，将古代文学的表现形式变得更加具体化、多样化、视觉化、互动化，将更丰富、更全面的古代文学知识带给大众，帮助大众对我国传统的文化瑰宝能够有充分的了解。对比传统的文学宣传模式，通过新媒体的形式将大众获得文学知识的路径拓宽了，人民群众有更多的选择余地，可以自主地在我国古代文学的海洋进行探索，可以有效提高我国人民群众的文化素养，改善国民素质，为国家的现代化、信息化建设提供一批批优秀人才。新媒体凭借利用互联网数字技术的形式，将不同传播媒介之间的隔阂消除掉，同时，还可以不受地域、时间、空间的限制，使大众不受地点的局限，在家中即可遍知天下事，甚至将传播者与接受者之间的边界抹掉。当然，新媒体的特点不止如此，还表现出下面的作用：

（一）媒体个性化突出

在以往的媒体传播过程中，并不会根据人民群体的不同特点对信息进行有针对性的投放，只是笼统地将所有信息不加甄别地向所有人进行传播，而新媒体的出现改变了这种形式，新媒体可以做到针对不同的用户需求将内容进行细化，有针对性地推送给相关的受众，可以面向个人，个人可以通过新媒体定制自己需要的新闻。改变了在传统的媒体传播形式中，大众只能被迫阅读或者观看相关内容，不能根据自己的喜好对内容进行个性化设置的情况。新媒体可以根据这种特性给热爱古代文学的青年群众多多推送一些有关文学知识的信息，让他们更加充分、更加全面地了解文化知识。

（二）受众选择性增多

通过对新媒体的技术进行详细的分析可以发现，在当今时代，人们所扮演的角色有两种：接受者和传播者。所谓接受者，就是在社会生活当中的每一个人都可以通过互联网等新媒体技术接收古代文学的相关知识信息。当然，每一个人也可以利用新媒体技术对文学信息进行传播，对我国古代文学进行宣传，成为一名传播者。用户可以一边看有关我国传统文化的电视节目，一边播放中国风音乐，同时参与对古诗词节目的投票，还可以对文学信息进行检索，便于我国古代文学信息进行广泛传播。

（三）表现形式多样

新媒体在社会当中可以采取多种方式进行文化传播，其表现的过程也非常多样，可以采取将古诗词文字配以动听的音频再融合相关画面，将我国古代文学知识随时随地地、没有

限制地向民众进行传播，从而让内容注入新的灵魂，仿佛"活"了一般。就相关理论知识而言，文学传播只要满足一定的条件，便能够用多种方式向全国范围内进行文学知识的宣传。

（四）信息发布实时

新媒体和传统媒体相比，有着极强的优势，在进行信息传播时，新媒体技术可以不受时间限制，24小时随时将信息公之于众，让受众及时了解第一手信息。而且新媒体对于用户较为友善，通过使用网页、软件等方式，让用户和信息进行充分交互。受众通过自己的操作获取信息，改变了传统的被动形式，利用网络实时发表自己的看法，对信息传播有一定的促进作用。

（五）传承途径多样化

在新媒体时代下，信息技术飞速发展，现代化技术被广泛应用在各行各业中，并且新媒体具有很多优势，比如，途径多样化、具有较强的开放性等。当前，在文化事业发展领域，国家越来越注重古代文学的传承和发展，并且针对此任务提出了许多有效的方法，为古代文学的传承和发展提供了助力。依托新媒体是传承和发展古代文学的重要途径，国家可以利用新媒体发布一些宣传，宣传的内容包括古代文学的意义和价值、对当今社会文化发展的重要作用等，让广大民众可以通过网络等媒体认识到古代文学的重要性，让他们发自内心地热爱古代文学，并且寻找一些方法继承和发展古代文学。此外，还可以通过一些平台发布一些优秀的古代文学，比如，可以专门创设一个发布古代文学的微信公众号，定时发布一些内容，倡导微信用户关注。所以，新媒体为古代文学的传承和发展提供了高效的方法和途径，值得国家关注，并且采取具体的方法践行。

二、中国古代文学的具体传播途径

我国著名作家张新科曾经发表过这样的言论："传承中国传统文化可以从三个途径出发，即教育、艺术和生活，每个途径都有自己独特的内涵、价值和意义。"因此，要想在全国范围内对我国的古代文学进行传承和发展，需要从这三方面入手，具体措施如下：

（一）在生活中对文学的经典意义进行阐释和弘扬

中国古代文学的教学及其在新媒体应用的过程当中，应当始终坚持一点：将传承中华传统文化作为主要任务，传播给大众，从而弘扬社会正能量和社会主义核心价值观，提高社会整体素质。因此，在利用新媒体传播文学时，可以选择较为经典、人们比较熟悉的文学作品引导大众。举一个例子，《楚辞》《诗经》这类作品具有极强的思想性，并且具有文学的美感，可以吸引大众的兴趣，让群众体会到屈原忧国忧民的强烈思想感情，让大众跟随着屈原"路漫漫其修远兮"，一起去"上下而求索"，发扬古代的探索精神，与当今的社会所需要的品质有机结合。又或者是对卫青、霍去病这类爱国英雄的事例进行了解，引起人们的爱国之情，鼓励青年学生奋斗进取，为祖国的繁荣昌盛而发奋读书。

因为新媒体的诞生，带给了人们更多的选择方式，在生活当中，现在已经有了许多关于古代文学的电视节目，比如，《大国文化》《天下第一刀》《中国诗词大会》《汉字听写大会》《朗读者》等节目，这些节目中蕴含着丰富的古代文学，能够对受众起到较好的教化作用。因此，国家要借助新媒体的力量对我国的古代文学进行非常有效的宣传，并且采用大众都能接受的方式，让大众可以在观看节目的过程中学到古代文学中的内涵，帮助我国的传统文化在当今社会依然焕发生机。此外，电视、网络等新媒体具有较强的直观性，和书籍不同，书籍比较枯燥，缺乏画面感，但是电视节目可以通过有趣的环节，让观众看到多姿多彩的画面，寓教于乐，并且其中的诗歌的韵律和典故非常吸引人，备受人们的喜爱，具有传播的优势。新媒体让人们不知不觉受到我国优秀文化的熏陶，对提升个人素质和社会整体素质起到了非常关键的作用，也让一批批人投入到对我国古代文学的学习和研究当中。当然，除了问答节目，还可以针对我国古代文学进行电视剧的翻拍工作，比如，我国经典的86版《西游记》《三国演义》《红楼梦》等，都是对我国古代文学的一种延伸，将所承载的传统文化传承了下去，影响了一代又一代的人。

当然，这种传播方式也有一定的弊端，受到当下社会风气的影响，"娱乐至死"之风盛行，因此，在古代文学传播过程当中，会被当下的社会娱乐氛围和审美风气所左右，对古代文学进行恶搞篡改，胡说戏说的现象层出不穷，这样会对古代文学带来一定的负面影响。因此，针对上述问题，国家首先要引起重视，并且根据古代文学的继承和发展情况制定合理的策略，规范其传播途径和内容。除此之外，还需要相关部门采取有效措施，制定合理的策略，坚决抵制抹黑古代文学的行为，担负起正确传播我国古代文学知识的责任。所以，在古代文学的传承和发展过程中，一定要擦亮眼睛，继承和发展一些优秀的古代文学，同时要避免同质化现象，做到创新发展，这样才能实现古代文学的继承和发展目标。

（二）在教育方面进行正确的传播

对于中国古代文学的传播，青年学生起着非常重要的作用。在新媒体时代之下，进行文学传播不是哗众取宠地作秀，而是切身实地地落实。教师应当发挥好引领者的作用，将古代文学顺利地传承下去。尤其是在语文课堂上，教师可以采用播放诗歌、展示课件等形式，把握住教材以及对教材进行准确的延伸，善于利用课堂时间，提升学生对文学的审美，让古代文学成为通识教育中紧要的一环。我国的唐诗宋词非常经典，同时也是历代考试需要着重掌握的部分，那么教师便可以针对课本上的文学知识引领学生进行分析，让学生领略我国的传统文学，让古代文学犹如星火，熠熠生辉。比如，《水调歌头》《虞美人》等诗词，已经被改编成了歌曲和音乐，那么，在语文课堂上，老师就可以利用多媒体为学生播放这些歌曲，让学生在聆听音乐中感受古代文学的独特魅力。其次，在语文教学中，还会涉及一些古代经典文学，比如，《林黛玉进贾府》《景阳冈》等小说，它们都出自中国四大名著，并且这些都被拍摄成了电视节目，那么，在课堂上老师可以利用新媒体为学生播放这些文学内容，让学生深入细致地了解和学习，在学习中继承和发展古代文学经典。同时，教师还可以鼓励学生制作公众号推送，针对这些古代文学进行宣传，做出有特点的推送信息，在为大众推广普及文学的时候，自己也能够在其中受益，学到不少东西。或者是针对计算机专业学生，教师可以鼓励学生在期末项目制作网页，板块设计时采用文学类主体，制作与文学相关的网页，让更多的人了解我国的文化珍宝，从而对学生的能力进行综合考量，也提高了学生的文化素养。让学生对中国文学发展史有一个清晰的认识，从而形成文化自信，增强作为中国人的自信心和自豪感。

（三）在艺术方面对古代文学进行宣传

古代文学作为艺术的一种，能够陶冶人的情操，为人们带来美的感受。同时，古代文学的类型丰富多样，包括古代诗词、小说、汉赋等内容，都是在某一历史时期涌现出来的经典，并且随着社会的发展流传至今，对当代人的学习和生活产生了重要影响。以古代诗词为例，唐诗宋词有着极强的韵律，那么如果将其改编成歌曲，然后通过演唱的形式让更多的人了解诗词，了解古代文化。就目前而言，已经有许多诗词经过编曲，成为脍炙人口的流行歌曲，受到人们的广泛欢迎，不断地传唱下去。例如，王菲唱的《水调歌头》、薛之谦演唱的《钗头凤》、杨洪基演唱的《满江红》、童丽演唱的《雨霖铃》以及邓丽君演唱的《问君能有几多愁》等歌曲，同时还有近年来新出现的网络歌手改编的古代诗词，如《琵琶行》，这首诗在高中语文课本中是教学的重点，并且还要求学生背诵，同时，该作品的篇幅也比较长，背诵起来有难度，那么通过聆听该音乐，能够加深学生的理解和记忆。同样的，前文提到的歌手将古代文学与现代音乐进行完美融合，通过网络、广播等形式，这些歌曲飘到千家万户，让更多的人了解我国古代文学，欣赏古代文学，爱上古代文学，对文学的传承和发展有着很大的帮助。

（四）利用新媒体，实现古代文学的创新发展

在新媒体时代影响下，中国进入现代化社会，这就需要人们采取现代化的生活方式。同时，古代传统文学也要改变传承和发展方式，否则会显得格格不入。所以，在古代文学的传承和发展过程中，需要借助新媒体，这样才能起到良好的创新发展效果。在古代，一些孝悌思想备受推崇，但是在现代社会中不能适应，比如，一些愚孝，如埋儿奉母这样的观念，在古代受到人们的关注，但是在现代社会中被视为愚孝，那么这些古代文化需要舍弃。针对一些优秀的古代品德，例如，"仁者爱人""中庸思想""宽容之道"等思想，都是古代文学中的重要内容，对个人的发展有极大的影响。所以，国家要利用现代信息技术进行宣传，让广大民众认识到哪些古代文学是精华，需要保留，哪些古代文学是糟粕，需要舍弃，只有这样，才能真正实现古代文学的创新和发展，让古代文学在当代社会散发光芒。

中华民族历史悠久，几千年的文化结晶是中国人民的珍宝，绝不能让它们消失在历史的滚滚长河之中。因此，需要我们每一个人为其奋斗努力，将这些文化瑰宝传承下去。通过全新的新媒体手段，利用全新的技术吸引青年学生，使其迸发出更为强大的活力，进行

长远的发展。在实践过程当中，还需要不断地进行总结和改进，取其精华，去其糟粕，扛起文学传承的大旗。

第五节　中国古代文学教育的继承与借鉴

我国文学教育传统源远流长，挖掘和总结我国古代文学教育的经验，继承前贤的思想智慧和优秀方法，对在新的时代环境下，更好地发挥文学的教育优势，有着重要的价值和意义。钩沉古代文学教育，梳理特点，评价优劣，必须立足于古代文化教育的整体背景，审视文学性作品所承担或体现的教育价值，从而使当代文学教育更好地继承与借鉴古代文学教育传统。

我国作为有着五千年文明的国家，文学教育的传统源远流长。特别是古代文学教育对中华文化的形成和发展产生了巨大的影响，也为文学教育积累了宝贵的经验财富。挖掘和总结我国古代文学教育的经验，继承前贤的思想智慧和优秀方法，对在新的时代环境下，更好地发挥文学的教育优势，有着重要的价值和意义。文学的独立与发展是一个渐进的漫长过程，认识古代文学教育的本质与内涵，梳理古代文学教育的特点，继承与借鉴古代文学教育的传统优势，必须立足于古代文化教育的整体背景，审视文学性作品所承担或体现的教育价值。

一、古代文学教育钩沉

（一）具有鲜明的教化色彩

何谓"教育"？许慎《说文》说："教，上所施，下所效也。""育，养子使做善也。"《中庸》说："修道之谓教。"《礼记·学记》说："教也者，长善而救其失者也。"从古人对教育的理解来认识教育的本来意义，其目标皆指向"善"，也就是在道德上不断完善，做一个真正的君子。文学教育作为教育的重要组成部分，在泛教育的时代必然也具有鲜明的教化色彩。最有代表性的理论有二：

一是以孔子为核心的儒家"诗教"思想。在春秋时期，《诗经》是贵族社会或诸侯国之间交往的"雅言"，承担着重要的社会功用。利用《诗经》进行交流和教育是儒家"诗教"的重要内容。在《论语》中，多有这方面的论述：

子曰:《诗三百》，一言以蔽之曰：思无邪。（《为政》）

子曰：兴于诗，立于礼，成于乐。（《泰伯》）

子谓伯鱼曰：女为《周南》《召南》矣乎？人而不为《周南》《召南》，其犹正墙面而立也与？（《阳货》）

子曰:《关雎》乐而不淫，哀而不伤。（《八佾》）

这些论述完全是从儒家自身的价值观出发，把《诗经》作为教化的手段。孔孟更看重"诗"的道德伦理价值，从贵族社会的交往话语变为儒家士人用来修身养性、培养道德人格的手段。

儒家士人还鲜明地提出了"温柔敦厚"的诗教原则。孔颖达《毛诗正义》释曰："温谓颜色温润，柔为情性和柔。《诗》依违讽谏，不指切事情，故云温柔敦厚，是《诗》教也。"这一教育原则在中国传统文学教育中占主流地位，深远地影响了后来的文学教育。

二是重道轻文思想。"文"与"道"的关系一直是文学争论的核心问题，从总体上看，更重视文学中的"道"。韩愈在《答李翊书》中强调"道"的重要性："将蕲至于古之立言者，则无望其速成，无诱于势利，养其根而俟其实，加其膏而希其光。根之茂者其实遂，膏之沃者其光晔，仁义之人，其言蔼如也。"希望能"行之乎仁义之途，游之乎《诗》《书》之源，无迷其途，无绝其源"而体会到。至宋代周敦颐在《通书·文辞》中明确提出"文以载道"观，他说："文所以载道也，轮辕饰而人弗庸，徒饰也。况虚车乎？文辞，艺也；道德，实也。"这是典型的实用主义文学观，由此深刻影响了对文学教育目标的定位，突出其道德教化的首要功能。直到梁启超在1902年发表的《论小说与群治之关系》一文中，仍然宣扬说："欲新一国之民，不可不先新一国之小说。故欲新道德，必先新小说；欲新宗教，必新小说；欲新政治，必新小说；欲新风俗，必新小说；欲新学艺，必新小说；乃至欲新人心，欲新人格，必新小说。"文学是用于"新民"的，也就是后来所谓培养"新人"的意思，在20世纪初的特殊时代，这一点仍然成为中国文学教育的基本目标。

（二）与人文教育浑融一体

中国古代教育从总体上讲一直遵循的是以"四书""五经""六艺"为基础和核心的、包括众多文化经典在内的一种文学教育。古代文学是与文献、文章、学术、经学意识形态密切相关的一种文化活动，在内容上与经学、史学、哲学、伦理学等丰富的人文学科的知识融为一体。因此，中国古代文学教育内容，就其内涵而言，就从来不是纯粹的"文学"，而是包容着"非文学"的要素；就其外延而言，就从来不局限于文学读本，而是广泛地涉猎各种文献典籍。文学教育在传授人文知识的同时，更注重人文精神的培养，尤其是符合儒家伦理规范和道德追求的人性和人格的涵育。

中国古代文学教育除了渗透在"五经""四书"之中，也有比较纯粹的文学读本。影响较大的主要有《三字经》《千家诗》等作为文学启蒙的蒙学教材读物；以《文选》《文章正宗》《唐宋八大家文钞》《古文辞类纂》《唐诗三百首》《古文观止》等作为文学阅读与文学写作范本的文学总集；以各种诗法、诗格、韵书、词谱、曲谱等工具书作为文学写作知识的辅助读物，等等。但这些文学读本，也是产生和形成于不同的语境中，或以载道，或以科举，或以不同的文学流派，而最终未能脱离与"道"相融的人文教育。

（三）在诵读涵咏中启发感悟

诵读涵咏是古人学习诗文经典的主要方法。明人胡侍说："《参同契》云：'千周粲彬彬兮，万遍将可睹。神明或告人兮，心灵忽自悟。'《心印经》云：'诵之万遍，妙理自明。'《魏略》董遇，人有从学者，不教，云：'读书百遍，其义自见。'苏东坡《送安惇落第》诗云：'故书不厌百回读，熟读深思子自知。'朱晦庵云：'书贵熟读，读多自然晓。'《元史》侯均云：'人读书不至千遍，终于已无益。'古人论读书之法，不过如此。"古人要求从童蒙时学习诗文经典，就必须烂熟成诵，在诵读中玩味思索作品内涵，感受文学的审美，发现人生的乐趣，领悟文化的底蕴，从而完成文学的教育与人格的养成。文学教育作用就是在反复的诵读涵咏中不断地受到启发和感悟。教师的教学是在疑问处予以启导和引发。孔子在《论语·述而》中说："不愤不悱，不启不发。举一隅不以三隅反，则不复也。"中国古代这种朗读、感知、启发、领悟的文学教学方法，非常契合文学作品抒情性、形象性、感染性的特点，更便于受教育者体会文学语言的韵律美、辞藻美和修辞美，也更便于提升受教育者自身的审美感受、审美情趣和文化修养。

二、古代文学教育的继承与借鉴

（一）重视经典阅读与人文涵育

文学经典是有多重价值和意义的作品，它以更大的开放性与读者进行着更广泛的对话与交流，使不同的学习者都能富有创意地建构出文本的意义，发现文本的独特蕴含，给学习者以极大的艺术审美享受。

学习文学经典同时也是实现文化的传承和借鉴需要。文学经典也是文化的经典，积淀着本民族深厚的文化传统。学习我国古代的优秀作品，为形成一定的传统文化底蕴奠定基础；学习外国优秀作品，增进对人类文化的了解，便于借鉴外族先进文化。朱自清先生认为："在中等以上的教育里，经典训练应该是一个必要的项目。经典训练的价值不在实用，而在文化。""再说做一个有相当教育的国民，至少对于本国的经典，也有接触的义务。"虽然他说的是广义的经典，但包含了文学经典，先生站在文化和教育的高度，把经典学习当作国民的义务来提倡，可见，他对经典价值的发现与看重。钟能文老师说得好，他说："无论我们走到哪里，只要有机会，都不要忘了对经典尽可能地亲近。唯有如此，我们才有可能记住我们血脉的印记，守住我们的精神家园。也只有如此，我们的民族才可能不失去自己雄厚的文化根基。"

所以，重视经典阅读和人文涵育是对当今文学教育的重要启示之一。

（二）重视涵咏诵读与以学养气

古人作文论诗，特别重视"辞气"，古文之中往往有一种义正词严的语调，极易撼动人心。徐梵澄对文章之"气"有一个较合理的解说："生命力之充沛，在语言易见，因为声音本身有种种格调，而发言时更有种种姿态或手势随之，皆所谓生命力的表现，所以传情达意。"适应古代文学的特点，古人特别重视涵咏诵读的学习方法，以此感悟文章之生命力和精意内涵。清代名臣曾国藩就说过，名诗美文"非高声朗读则不能得其雄伟气概，非密咏括吟则不能探其深远之趣。二者并进，使其声调拂拂然若与我之喉舌相习，下笔时必有句读凑赴腕下，自觉琅琅可诵矣。"其弟子张裕钊在《答吴挚甫书》也进一步说："古之论文者，曰：文以意为主，而辞欲能副其意，气欲能举其辞，譬之车然，意为之御，辞为之载，而气则所以行也。欲学古人之文，其始在因声以求气，得其气，则意与辞往往因之而并显，而法不外是矣。"时代变迁，但汉语文学的本质特点不会有根本的改变，涵咏诵读，因声求气仍然是文学作品学习的重要方法，这是对现代文学教育又一重要的启示。

当然，重视诵读并不意味着呆读、傻读，重拾传统也不是一味师古、拟古，应把传统的教育方法和现代的教育方法结合起来，推陈出新，继承精华，扬弃糟粕，寻找到文学教育最有效的途径和方法。

（三）重视教育立意与精神追求

宋元明清时期，除古文教育之外，传统文学教育还落实为大学教育，即宋明理学家们所发明的一种注重对儒家士人精神心性进行培育的教育思路。这种教育，由各朝政府通过科举制加以推进和落实。科举制度虽为后人诟病，但在创立者的心中即立意高远。这种大学教育以《论语》《孟子》《中庸》《易传》和《大学》等儒家经典为主要教材，并由理学家们予以整理和阐释，注入了他们的教育理念和哲学追求。《大学》之开篇即提出："大学之道，在明德，在新民，在止于至善。"鲜明地提出了大学教育的目的在于个人修养，在于推求社会，从而臻达于理想境界。这种教育立意中，隐含着儒家士人人生境界和执着学习精神的追求，虽然在实际中有着理想和现实的反差与不谐，但它启示我们，教育最重要的是要有高远深刻的立意和精神追求，而不要沦为单纯的知识传授，为功利的、实用的目的遮挡理想的光辉。教育，包括文学教育，根本的目的在于育人。这对于应试主导教育方向、评定教育价值的今天是一个很好的警醒和启示。所以，文学教育应超越一般的知识和方法教育，而上升到人文精神的塑造与教育上来，实现其更大的教育价值。

（四）文学教育必须通过文学审美进行

回顾和总结古代文学教育的历史，梳理提炼其教育的特点和优势，我们发现古代文学教育强调"教化"而忽略了审美，这是对文学本质规律的严重违背，是其最大的败笔。所以，在继承和发扬文学教育优良传统的同时，更要吸取教训，使文学教育回归到文学本身，根据文学的本质特点和自身规律实施文学教育。这就是按照审美的规律，在审美的观照中领会各种文学作品的深刻内涵和对真善美的褒扬，从而使文学鉴赏能力得到提高，思想得到升华，情感得到陶冶，人文素质得到提高。

总之，古代文学教育在漫长的发展过程中，积累了丰富的教育资源，积淀了深厚的人文底蕴，形成了极有价值的教育经验。在新的时代背景下，应积极整理挖掘文学教育的经验，有效地继承和借鉴古代文学教育优良传统，使文学这一人类文化的精华，重新焕发教育光辉，为提高国民的人文素质和审美修养铺出一条坦途。

第四章　中国古代文学的题材研究

第一节　中国古代文学狐神形象研究

纵观我国古代神话传说、文献典籍等文学作品，狐的形象大量存在于其中，贯穿于多个历史时期。古往今来，受到不同社会背景的影响，人们的利害关系、认识水平等也存在一定差别，对于狐神形象的理解更具特点，使得狐的形象也随之产生了变化，由兽物朝着人性化方向转变。因此分析中国古代文学中国狐神的形象，能够透过文学作品深入了解和掌握当时社会的实际情况，为我国传统文化的传承和发扬提供更多支持。

一、先秦至东汉时期

《山海经·南山经》中记载"九尾狐"，作为一种独特的狐神形象，其"能食人、食者不惑"，是一种非常可怕的兽类，人们不敢亲近它。且在很长一段时间都被人视为妖兽，非常排斥。直至东汉时期，才发生了变化，在赵晔的作品中我们依然能够看到九尾狐的形象，但是它已经一改往日妖兽的形象，而改为瑞兽。人们开始转变对狐神的认识，人们普遍认为狐是一种具有灵性、高尚情操的动物。如在许慎的作品中，他说"狐有三德：其色中和，小前大后，死则丘首"，狐狸毛色棕黄，在当时社会背景下，黄色是典型的中庸之色；而狐狸身型由小到大的变化具有递进性特点，与传统观念中长幼尊卑的观念高度契合；加之狐狸死亡之时，头部往往朝着自己的家，是不忘本的表现。

二、魏晋六朝时期

魏晋六朝时期积累了大量的文学作品，其中志怪小说中，常常出现雄性狐狸精。如《搜神记》中记载了很多雄性的狐狸精，化身为女性的丈夫，并与女人发生性关系的故事。此外，还有"狐博士"等形象的出现，所谓狐博士，是指讲学传道的儒师，教出学狐、才狐等，具有了狐狸精形象，在后代的文学作品中很常见。

三、唐代时期

唐代文学中关于狐狸的题材非常多，究其根本是人们崇信狐仙。在很多作品中都有所体现，如《朝野简载》中，唐朝以来，百姓们特别相信狐神，并祭拜狐神。受到当时社会背景的影响，在民间广为流传着"无狐魅、不成村"的言语。正是该时期，狐神开始朝着人性化方向转变，具有性格、思想，甚至人情味。在当时最具代表性的作品当数《任氏传》。书中主要描写了狐妖变身为美丽的少女，与郑六相爱一生，而郑六的有钱亲戚心生嫉妒，试图对任氏不敬，强势暴力，但任氏宁死不屈，充分展现了其对爱情的坚贞不渝。唐朝时期，对于狐神形象的记载和描写，能够充分展现出唐代人民对于生活的热爱和向往，具有极强的时代精神，充分展示了人们当时的精神面貌。

四、古代文学中狐神形象背后的传统文化分析

众所周知，《聊斋志异》作为中国古代狐妖故事的集合作品，作者将狐视为动物与人类。在作品中，狐不仅具有人性，甚至具有神性，却没有失去其兽性这一本质。如《董永》故事，主人公深夜归来，看见床榻上躺着美人，非常高兴，但其发现长尾巴后想要逃跑。而此时，狐妖基于自身欲望，开始采用各种手段骗取董永的信任。面对美色、谎言，董永失去了理智，最终董永因为血被狐妖全部吸干而死。但其中也有很多狐妖是向善的，狐狸精具有法术，幻化为人形后，与人类相处并产生了情感，运用自己的法术帮助人们渡过难关、躲避灾难。诸如此类的故事有很多。这些狐神不仅具有人形，且能够接受人们的道德规范，最大限度上实现自身价值。

狐狸作为一种古老的动物，与人一样，希望得到爱护、爱情。以狐狸精为题材的《聊斋志异》表现非常突出。如《莲香》中桑生作为一个缺少母爱的书生，莲香为其才华所感动，主动追求他，帮助他，充分展现了狐狸对爱情的渴望。古代文学作品中，狐的形象经历了漫长的转变过程，最终形成了充满亲情的美好形象留存在人们心目当中。

根据上文所述，狐的形象在我国古代文学作品中经历了长期的演变，由最初的图腾、到妖兽，最后形成了有情感、有性格的形象。我们能够感受到不同历史时期，人们生活的环境、认知水平等方面的变化。因此加强对古代文学作品中狐神形象的研究具有极高的文学价值和社会价值。我们在日后研究中，还应加大研究力度，广泛收集和阅读关于狐神形象的文学作品，深入挖掘人们对狐神的认识和理解，并向世人传递更加美好的传统文化。

第二节　中国古代文学作品中的"茶语"

　　中国"茶语"作为一种语言表达，是茶文化的重要形式。古代文学作品中便有众多的茶文化，而这些茶文化正是通过"茶语"建立起来的。从先秦时代《诗经》简单的"茶语"形式，到明清小说繁荣的"茶语"艺术，既是茶文化演变的必然趋势，同时也是中国文学发展的必然结果。

　　中国古代文学，悠久灿烂。上起神话传说，下至清末小说，都成为中国文化中的瑰宝。不论是《诗经》中的先民歌唱，还是盛唐的诗歌艺术，或者宋词的婉约豪放，抑或《红楼梦》中的人物形象，都昭示着中华民族非凡的创造力和绮丽的想象力。中国古代文学作品，是中华民族的艺术瑰宝，同时也是囊括中国文化的大宝库。

　　茶，作为一种饮品，最早被饮用和种植是在中国。因此，中国有着漫长的茶历史，并最终形成了形式各异的茶文化。中国的茶饮品发展成茶文化，得益于中国文士的参与。"文士饮茶是一种雅趣，只有雅士才懂得饮茶。"正因为中国雅士文人的创造，将回味甘醇的茶演绎成了内蕴丰富的茶文化。当然，在浩若星海的中国茶文化中，"茶语"作为独特的存在形式，代表着中国茶文化的底蕴和内涵。"所谓'茶语'指的是一种茶文化的语言表达形式，是茶文化信息传递的基本载体。"由此可见，"茶语"作为语言表达形式，是一种文化意义，具有强烈的象征性。而中国茶文化正是中国文人的文学创作，因此，中国的"茶语"更多地体现在中国文学中。尽管中国现当代文学中也曾出现王旭峰"茶人三部曲"这样的茶文学巨著，但其"茶语"的内涵基本上还是延续中国古代文学的意义，因此"茶语"的意义和内涵，还是要从中国古代文学作品中寻找。当然，由于中国古代文学有着漫长悠久的发展历史，作品中的"茶语"也有着流变和融合。

一、先秦时代的"茶语"

　　先秦时代是极具浪漫主义情怀的年代，古代先民总是有着强大的歌唱热情，几乎世间之物皆可纳入歌唱的行列。中国的《诗经》集中容纳了先秦时期的先民歌谣，是中国最早的诗歌总集，中国诗歌的开端。当然，中国的茶元素也便进入了《诗经》的创作视野。《诗经·谷风》中有"谁谓荼苦，其甘如荠。"但先秦时代还未出现"茶"字，而是茶的通假字"荼"。尽管先秦时代的《诗经》已经将茶作为文学素材加入创作，但是先秦时期的"茶语"还十分简单。《诗经》中的"荼"还只是作为一种植物的代号呈现在中国文学作品之中，没有更加广度和深度的内涵。也正是以《诗经》为起点，中国文学才开始了真正的"茶语"形式。

二、两晋时期中的"茶语"

中国茶文化到了两晋有了新的发展，无论体量和容量都有了开拓。两晋可谓昙花一现，但两晋时期的茶文学却异常发达。两晋的茶诗不但具有开创性的地位，小说与散文也有了长足发展。因为两晋时期的茶文学繁荣，形成了各式各样的"茶语"。

两晋时期，茶诗出现了张载《登成都楼》，左思《娇女诗》。前者的诗将茶作为观照对象书写，暗示了西蜀繁荣的茶贸易。后者则记录了煮茶的全过程，并将茶作为文学对象书写。两晋时期的茶诗已经摆脱了《诗经》中单纯的植物名称，茶在诗人的创造中有了丰富的文化底蕴。因此，两晋时期的"茶语"开始呈现出文人思考和诗人关怀，显示出了精神意蕴和文化内涵。当然两晋时期，除了茶诗，还存在小说和散文。干宝所著《搜神记》、陶渊明的《续搜神记》都涉及了茶人采茶的情节，这样的文学手法一方面显示出两晋时期茶文化的流行，另一方面也说明茶已经作为文化载体，有了"茶语"，有了特殊的文化象征。两晋时期，杜育还创做出了中国第一部完整记录茶事的大赋《荈赋》。杜育将茶提到了文化高度，赋予了茶以极其明显的"茶语"，对后世产生深远影响。

三、唐朝时期的"茶语"

中国茶文化到了唐朝呈现出空前的发展。"茶圣"陆羽写成了《茶经》，是迄今为止世界范围内最早、最全面的茶著作。因此，中国"茶语"到了唐朝呈现出集大成的形式。陆羽的《茶经》更像是专门论述茶文化的茶专著，也正是因为此，才体现出了专业性和体系性。当然，唐朝的文学也异常繁荣，唐诗几乎代表了唐朝繁荣灿烂的文化艺术。

由于唐朝国力强盛，文化也兼容开放，因此，诗歌得到了空前的发展。在唐朝的文学作品中，茶诗占据着重要地位。单《全唐诗》来看，就有一百一十二首之多。唐朝的李白、杜甫、白居易都写过茶诗。也正是由于这些流芳百世的大诗人、大文豪对茶的书写和观照，使得唐朝的"茶语"呈现出更加多元、复合的精神意蕴。

"诗仙"李白有一首《赠玉泉仙人掌茶》，赞扬了饮茶的益处，成了茶诗精品。杜甫有《重过何氏五首》，以茶作为意象，抒发对生活的怀想。杜甫的茶诗清新脱俗，意味深长，成为其沉郁顿挫的诗风之下的一道明丽风景，代表了诗人的精神维度和艺术追求。除了李白、杜甫，唐朝写茶诗最多的是莫过于白居易。白居易有一首茶诗名为《谢李六郎中寄新蜀茶》，出现了许多与茶相关的术语与称谓。白居易茶诗中出现大量的茶用语，一方面说明诗人对茶文化的喜爱和熟稔，另一方面，也说明中国的"茶语"已经有了基本共识和固定形态。

唐朝的茶诗，有着浓烈的文学气息，但同时也显示出了特殊的茶语茶言。由此可知，"茶语"到了唐朝已经成为相当成熟的语言表达，这是中国茶文化发展的必然，同时也有中国文人所做出的不可磨灭的贡献。

四、宋朝时期的"茶语"

如果说中国茶文化在唐朝得到空前发展，那么宋朝的茶文化便是顶峰。宋朝的茶文化已经融到了中国文人的骨子里，成为他们生命不可分割的一部分。宋朝很多人都写茶诗、茶词，但是无论广度还是深度，苏东坡都是第一人。在苏东坡的茶诗中，他记录平生遭际、艺术理想；他书写君臣关系、父子情深；他表达人生感悟、文学哲思，可以说中国的"茶语"到了苏东坡时期，到了海纳百川、无所不及的地步。

从体量和广度上说，以苏东坡为代表的宋朝文人已经实现了超越和自我超越。同时，从作品中对茶的描写和表达上，也可以看出宋朝的独特与不凡。唐朝的茶诗更像是借茶来抒发个人情愫，茶诗到了宋朝，则更加细腻和深入。文学作品中不但注重对茶深层次的精神追求，同时也开始细腻描写茶的形态和泡茶、煮茶的翔实经过。这种经过艺术加工的茶活动，既不同于杜育《荈赋》单纯观照，也不同于陆羽《茶经》的单纯介绍，这是带有科普和诗意的结合，带有浓重的文学色彩。黄庭坚的茶词《品令》便是具有典型茶描写的精品。黄庭坚以独特的艺术感官，将生活中的寻常之物捕捉进文学创作，将茶的精神向度与自身感悟相融合，达到了妙不可言的审美体验。秦观的《满庭芳》也是茶词经典。词人在书写茶文化时，不但在乎内容的翔实细致，更注重韵律的和谐和统一。因此，秦观的茶词《满庭芳》达到了韵律与情思的完美结合，堪称精品。

宋朝的"茶语"，在众多诗人、词人的开拓下，有了空前的繁荣和发展。不但在精神向度上越来越深化，同时在描写上也注重细节和精准，使得文学作品中的"茶语"兼具了科学性和艺术性，又达到了新的高度。

五、明清时期的"茶语"

时至明清，小说已经成为文学的重要分支，并且呈现出了诗词所不具备的优势。小说作为长篇写作，可以将故事、诗词、戏剧熔为一炉，成为中华文化汇聚融合的艺术载体。明清时期小说中的"茶语"，也开始变得多元而丰富。不但有唐朝时对茶的别称，如"雀舌""麦粒"等茶名的延续，同时也大量使用茶成语、茶谚语、茶歇后语等语言表达。

明清小说中的"茶语"首先是特别注重将"茶联""茶诗"作为小说回目或开篇诗词使用，使小说形式新颖，内容独特。如明末清初小说《风月梦》便有回目"吃花酒猜拳行令打茶围寻事生风"，《情梦柝》也有与茶相关的回目。小说中直接使用茶词、茶诗作回目和开头，既能提高小说的文学性，又没有束之高阁，增加了市井气息和生活趣味。

除了小说中使用"茶"做回目、开篇诗词，还有的小说则在故事中大谈饮茶之道。中国古典四大名著之一的《红楼梦》中便有诸多的对于茶的谈论。妙玉在下雪天收取梅花之上的白雪，将其埋入地下，为招待贾母一行所用。曹雪芹将饮茶之道引入小说，不但看重茶本身所具有的文化向度，同时也在乎其亲民色彩。将饮茶之道作为故事情节处理，是一种寻求雅俗之间的平衡，而曹雪芹《红楼梦》中的"茶语"便是中国传统文化"雅俗共赏"的最好证明。

除了回目和情节，明清小说中还将"茶语"演绎成了"茶俗""茶风"。明朝烟水散人的《桃花影》、清朝白云道人《赛花铃》的故事中都涉及了饮茶习惯和喝茶之道，并且作为默认的大背景呈现。

中国茶文化中的"茶语"经历了从简单到复杂，从概略到详细的过程。中国茶文化中特殊的"茶语"表达，正是在中国古典文学基础之上的发展和壮大。可以说，中国古代文学造就了中国丰富多彩的"茶语"表达，同时中国意蕴丰富的"茶语"艺术也成全了中国古代文学的审美意蕴和美学追求。

从先秦时期只是作为植物名字出现在中国文化之中，到两晋的建构和发展，再到唐宋的开拓和丰富，直至明清小说将历朝历代优秀的"茶语"形式熔为一炉。中国的"茶语"艺术经历了漫长而波折的发展史，同时也见证着中国茶文化的荣辱兴衰。

中国"茶语"形式随着时代的发展还会不断演变、发展，这是中国文学创作进步的必然趋势，同时也是中国茶文化繁荣的必然结果。

第三节　中国古代文学桃花题材和意象

通过桃花在古代文学作品中的身影展现，叙述了不同时代背景下，赋予桃花的不同意象，从而体现出桃花传统意象。例如，先秦首次出现以桃花歌咏美人。魏晋南北朝，出现了咏桃赋和咏桃诗。宋代将桃花拟人化，雅俗共赏等。

桃花盛开，不仅姿态优美，颜色艳丽，而且香气扑鼻，一直被人们视作美好和繁荣的象征。不同的时代背景，桃花代表的意象和文化内涵不同。

一、桃花在古代文学作品中的身影展现

（一）先秦文学中的桃花身影

先秦时期，人们不仅注意到了桃的使用价值，还注意到了其观赏价值，桃花在此时进入了人们的视线当中，这是桃文化发展历史的关键一步。他们把桃花视作季节的象征，代表着春日的来临和桃花出现在古文献史料中。《吕氏春秋·仲春季》中有这样的记载："仲春之月，始于水，桃李华，仓庚鸣。"这里提到了"雨"和"桃花"，并且把他们和节气——春分联系了起来，为后代文学作品中将"水""雨水"和"桃花"这几个物象放在一起写奠定了基础。

桃花的文学意义最早出现在《诗经》当中："桃之夭夭，灼灼其华"，代表了春天、健康和美丽女性，开创了中国传统桃文化关于女性和桃的关系。桃花的春天表征意义成了中

国桃文化关于女子意象的基础，为后代此意象的发展成熟提供了创作思路。

（二）魏晋南北朝文学作品中的桃花身影

1. 魏晋南北朝文学作品中的咏桃赋

魏晋南北朝文学作品中的咏桃赋共有 3 篇，包括晋·傅玄的《桃赋》、宋·伍辑之的《园桃赋》以及张正见的《衰桃赋》。受前世文化影响，《桃赋》和《园桃赋》无论从形式还是内容上，都相差无几，笔墨都放在描述桃花的美艳多姿，桃果的甘甜多汁，桃木的辟邪司奸等特征，都通过"奇""珍"等字眼，来衬托桃果实的神奇和桃木的灵性，忽视其花卉本身的特性。如傅玄的《桃赋》，"既甘且脆，入口消疏。夏日先熟，初进庙堂……辟凶邪而济正兮，岂唯荣美之足言！"傅玄为西晋人士，"在魏晋之际已崭露头角，受前代影响较为直接。"

张正见的《衰桃赋》与前两篇的主要区别在对桃花的审美上，运用了"万株成锦""舒若霞光欲起"等词表现了桃花花色的美。"尔乃万株成锦，千林似翼……既而风落新枝，霜飞故叶。叹垂钓妖童，怨倾城之丽妾"，结合风霜催落枝叶和花朵的残酷现实，描写作者人生感悟。这种以"衰桃"来表现作者情感的艺术表现形式在唐代尤其是中唐和晚唐得到了充分的发展。

2. 南北朝文学作品中的咏桃诗

南朝咏桃诗歌中具有鲜明的女性意味，开了以女性喻桃花的先例。代表作是简文帝的《咏初桃》诗："初桃丽新彩，照地吐其芳。枝间留紫燕，叶里发清香……若映窗前柳，悬疑红粉妆。"这首诗中对桃花进行了精雕细琢的描写，给人一种香艳的甜腻之感，开了以女性之容喻桃花的先例。

（三）唐代文学中的桃花身影

唐代是桃花文化飞速发展的阶段，不仅题材丰富多样，艺术表现手法成熟，审美水平也提升到一个新阶段。这个朝代挖掘出桃花身上蕴藏的多种美感和意象，确立了桃花在中国文学中的"领袖"地位，揭开了桃花审美历史的新篇章。

诗歌是唐代桃花题材的主要作品形式，且时期不同，呈现的特点也不同，这与当时的社会背景和审美因素是分不开的，主要分为四个阶段：

初唐关于桃花的文学作品是魏晋南北朝时期文风的延续，桃花只是一个单纯的物象，对其描述也并无新奇之处。代表作为初唐诗人李峤的《桃》，诗曰："独有成蹊处，秾华发井傍。……"清代集书法家、文学家等身份于一身的翁方纲这样评价道："李巨山咏物百二十首，虽极工巧，而声律时有未调，犹带齐、梁遗习。"这是在声律方面对李峤所作咏桃诗的评价，事实上，不论声律还是内容都是齐梁文风的延续。

盛唐的咏桃诗人主要包括李白、杜甫、王维、贺知章等。李白的《古风》将"桃花"与"南山松"对比，赋予了桃花反面的人格——空有其表、毫无操守，这是桃花人格象征意义的另一发展方向，丰富了其文化内涵。杜甫则从不同的审美和艺术角度出发，进行咏桃创作。

如《绝句漫兴九首》之二 "手种桃李非无主，野老墙低还是家。恰似春风相欺得，夜来吹折数枝花"，清代著作《杜诗镜铨》解释为："再三与它（春风）论道理。" 这首诗通过描写被春风吹折的桃花无力、弱小，表达了作者对百姓穷苦生活的同情。杜甫创作的咏桃诗多达 6 首，通过桃花言志和寄托情感，做到了情与物融，开启了中唐诗人咏桃诗的范型。

中唐时期咏桃诗歌题材与盛唐相比，又出现了新变化，比以前更丰富。主要表现在三个方面：一是随着社会的发展新的桃花品种不断产生，促进了新的咏桃题材的出现，如 "新桃" "百叶桃花" 等。二是中唐文人大多怀才不遇，产生了以 "晚桃" "惜桃" 为标题的诗歌，如刘长卿的《杂咏八首上李部李侍郎·晚桃》："四月深涧底，桃花方欲然。宁知地势下，遂使春风偏。此意颇堪惜，无言谁为传。过时君未赏，空媚幽林前。" 表达了诗人才高位卑、怀才不遇的心境。这种以桃花寄托作者思想感情的诗歌是对杜甫咏桃诗的传承和发扬。三是中唐出现了大量桃源题材的 "桃源诗"，多为长篇，且均是文学大家所作，如韩愈、刘禹锡等，诗中对盛唐时期的仙境幻想的表达更具理智性，表达了作者渴望安乐、隐逸的生活理想。

晚唐时期政局动荡，文人的生活圈子极速缩小，性格也变得更加内向。此时的咏桃诗呈现以下特点：一是晚唐时期国事落寞使得 "桃源" 诗歌盛行。二是咏桃诗笔法细腻，具有淡然的情调。如温庭筠的《敷水小桃盛开因作》："二月艳阳节，一枝惆怅红"，表现了小桃花因生长环境不佳，所以无人欣赏，失望又无奈的一种情怀。三是伤感意味更加浓郁，如罗隐的《桃花》："……尽日无人疑怅望，有时经雨乍凄凉。旧山山下还如此，回首东风一断肠。" 表现了凄风苦雨中桃花的悲惨命运。

唐代时期的咏桃诗因所处的社会背景不同，呈现出不同的特点，经过李白、杜甫等诗人的传承、改进和创新，咏桃诗的发展进入了高峰期，变得愈加成熟和繁盛。

（四）宋代文学作品中的桃花身影

宋代时局动荡，文人多有怀才不遇之感。在此环境下，人们对花卉品鉴的认识上升到了一个新高度——花德。如辛弃疾的《一剪梅·独立苍茫醉不归》词："多情山鸟不须啼，桃李无言，下自成蹊。" 这首词的现代寓意是名副其实，实至名归，在当时赞美的是人的高尚节操。这是宋代对桃花审美认识的新思路，表现了当时人们较高的伦理意识和道德意识。

宋代建国之始，经济发达，社会稳定，人们赏花的热情高涨，对花卉品格方面也更加注重。他们将桃花拟人化，此时的桃花花格具有双面性，一面是由于花色艳丽，随处可见而被视为 "妖客" "俗物"，如释道潜的《梅花》："茜杏妖桃缘格俗，含芳不得与君同"；另一面是宋代文人身处乱世，饱受宦海沉浮之痛，渴望一种平和、超脱、隐逸的生活，所以对桃花的传统象征意义如美丽女性和桃花源的仙隐意义非常认同。如张炎的《西子妆》："危桥静倚。千年事、都消一醉。谩依依，愁落鹃声万里。" 词中的桃源意象是词人的理想归隐之地。在宋词中，还包括一些感伤爱情的象征。如陆游的《钗头凤》："桃花落，闲池阁。山盟虽在，锦书难托。莫、莫、莫！"这首词的桃花意象深切，结合陆游当时的心情，具有时间和感情方面的双关含义。

宋代理学兴起后，人们对桃花的认识更加深刻和细致，赋予了桃花人格化的德行和操守。这也使得中国古代对桃花的文学认识到宋代发展到了一个新高峰。

二、桃花的传统意象分析

（一）桃花象征美丽女性

桃花盛开时节，正是万物复苏的春季。桃花花朵丰腴，色彩艳丽就像美丽的青春少女。古人用桃花来形容女性之美，端庄、秀丽、青春、健康。诗经中的《周南·桃夭》中就有以桃花喻女子的词句。如"逃之夭夭，灼灼其华，之子于归，宜其室家"。唐代崔护的《题都城南庄》："去年今日此门中，人面桃花相映红。人面不知何处去，桃花依旧笑春风。"这首诗歌描写了姑娘的面庞之美，艳若桃花。整首诗意境优美，成为千古名篇，"人面桃花"也成为描述女性之美的常用词之一。除此之外，女性根据桃花的外表之美，来美化自己的妆容，在隋朝出现了"桃花妆"的妆容。

（二）桃花流水的美丽意象

桃花、流水本不相干的物象组合在了一起，有一种特别的美感，仿佛能感受到春天美好景象就在眼前，在视觉上给人一种浪漫、欣欣向荣之感。唐代张志和的《渔父歌》中"桃花流水鳜鱼肥"，使得"桃花流水"一词被人熟知。此后，这两个物象便像最佳拍档一样，经常形影不离。除了表象，桃花流水还具有更深层次的含意，成了仙境的象征。李白的《山中问答》曰："桃花流水杳然去，别有天地非人间"，就是对仙境描述的最佳注释。

（三）"桃花源"题材意象

陶渊明的"桃花源"是诗人虚构的世外仙境，是理想世界。在那个世界中，没有战乱，人人和睦相处，百姓怡然自得。这样的桃花源是所有文人墨客向往的理想之地，被世人铭记于心。"桃花源"在历代文人心目中并不相同，在大的时代背景下，他们赋予了其更多的含义和神秘色彩，这也使得桃文化的内涵和意象更加丰富，对于心目中桃花源的想象，也不断衍生和丰富，避世和隐逸的主题虽然不曾改变，但其中蕴含了态度的转变，从消极躲避延伸到对美好生活的向往。这种仙境思想，也和道家庄子的"天人合一"理念不谋而合，符合庄子的美感哲学。

桃从早期的发布、采集果实到桃树的栽培，以及经历历朝历代的品种的发现和创新，桃的发展历史逐渐丰满起来，关于桃的文化也在此基础上不断丰富和成熟，在中国古代文学史上留下了浓彩重抹的一笔。

第四节　中国古代文学松柏题材和意象

松柏是一种生命力非常顽强的植物，广泛分布在我国各大区域。在古代，松柏这一意象备受广大文人墨客的喜爱，这些文人都喜欢将松柏题材应用于自己的文学作品当中，以表达自己的情怀。本节以墓地松柏、老松柏和连理松柏为切入点，详细具体地对我国古代文学松柏题材及其意象做了分析，以期为相关研究提供一定的参考意见。

松柏是一种较为常见的花木，但和其他花木相比，松柏又具有特殊性。松柏不仅不畏严寒、四季常青，其枝干也非常坚韧挺拔，通常都被用来作为名堂梁柱，能够跨越千年却不衰，所以很多文人墨客都非常喜欢借松柏这一意象来"咏志"。在中国古代，关于松柏题材的文学作品层出不穷，并且其中大部分作品的质量都非常高，还有不少文学作品被后世广为传诵。

一、墓地松柏题材和意象分析

早在商周时期，人们就开始在墓地周围种植松柏，这对我国古代的社稷和丧葬制度造成了一定影响。墓地松柏在一定程度上寄托了先人们渴慕长生、尊崇祖灵和崇拜土地的意识，是我国古代各民族心理和情感观念的特有体现，更是其生活中的一套较为独特的文化景观。因为墓地松柏与历史和声名牵连甚密，所以成了追悼、祭祀和怀古一类的文学题材的重要意象。从汉代起，墓地松柏就开始作为一种文化意象出现在文人的各类文学作品当中，在魏晋六朝时期尤为兴盛，常常被文人墨客用来表达怀亲吊友、生死之叹等各种复杂情感。墓地松柏的文化意蕴主要体现在以下两个方面。

一方面，墓地松柏以一种坟墓标识的形式而存在。《礼记·檀弓》对孔子安葬其父母的情形做了如下记载："吾闻之，古也墓而不坟。今丘也，东西南北之人也，不可以弗识也。""于是封之，崇四尺。"可见，孔子将墓改成了坟，其之所以要崇丘四尺，主要目的是使其更加易于识别。从古至今，大多数平民都是用土堆坟，只有少数的富贵人家会用砖来砌坟。因为土丘被雨水冲击之后，就会被流失，经年之后很有可能就会变成平地了，所以很多人都会在墓地前面种植松柏作为标识，后人见到松柏时，便可知其墓。因为这种方法非常简单，也易于操作，所以很快便在上流社会流行开来。在《三辅旧事》中有这样的记载："汉文帝霸陵，稠种柏树"。另外，在《驱车上东门》中也有这样的表述："驱车上东门，遥望郭北墓。白杨何萧萧，松柏夹广路。"除上述例子之外，还有很多文学作品中有这样的表述。因此可见，无论是在帝王还是平民的墓地前，松柏森森的景象都是极为常见的。

另一方面，墓地松柏还有另外一种功能，即护佑地下的亡灵。前引《风俗通义》里曾经就有这样的记载，据说秦穆公时，到处都流传着"媪食死人脑，但是松柏却能杀其首"

的这样一个传说，这也反映了在民间人们还是存有松柏能够驱邪除恶、保护亡灵的意识。后来，唐代段成式所著的《酉阳杂组》、元代陶宗仪所著的《说郛》、以及明代彭大翼所著的《山堂肆考》、清代陈元龙所著的《格致镜原》等文学作品中，都有引用到这一传说。也正是因为这个原因，古人更倾向于对墓地松柏进行细心的呵护，并不允许他人有任何的侵犯行为。比如，《晋书·庾衮传》中就有这样的记载："或有斩其父墓柏者，莫知其谁，乃召邻人集于墓自责焉，因叩头泣涕，谢祖祢曰：德之不修，不能庇先人之树，衮之罪也。父老咸为之垂泣，自后人莫之犯。"

子孙通过在先人墓地种植松柏或者是选择松柏较为郁葱的地方作为先人的墓地等行为，表达自己对先辈的孝敬之情，同时也希望由此获得各祖灵的庇佑，以保后代更加发达和昌盛。有的子孙为了对祖先的福佑之德进行表彰，还专门为墓地松柏修亭和赋诗。

除此之外，松柏的耐旱抗寒性较强，栽培历史非常悠久，是墓地之木和社稷之木的首选。并且，松柏还是一种长寿之木，具有一定的医病和延年功效。因此，其在各种民间传说中便成了人们仙寿理想的精神寄托，松柏四季常青和岁寒后凋的属性与人们渴望长生的理念有着较高的契合度。所以，从某种意义上讲，墓地松柏还有另外一种含义，就是希望亡灵们在另外的世界中能够如松柏一样，长生不死、永葆青春。

二、老松柏题材和意象分析

从先秦到六朝时期，常青和劲直是松柏比德和审美的核心所在。而自唐代起，松柏的雄奇、苍老和丑怪等便开始受到了众多文人墨客的关注。这些文学作品将老、枯、病、怪的松柏意象描摹得非常逼真，将其真性情展露无遗，而对其所做的审美评价也是合情合理，让人产生了不少美的感受。这不仅仅是让松柏审美的表现更加全面，还是对自然审美的一种充实和丰富。如下，是对老松柏意象和枯、怪、病松柏意象的具体分析。

就老松柏意象而言，其形象美是在唐代才被全面发掘出来的，唐代出现了一系列的以老松柏或者古松为主题的文学作品，庄南杰著有《古松歌》、孙妫著有《老松柏》、齐己著有《古松》、皇甫松著有《古松感兴》等等。另外还有一些没有用古松为题，但是其所描写的对象仍旧还是古松，比如，孟郊的《品松》、齐己的《灵松歌》等等。这些作品能够明显说明，在唐代，关注和描写老松柏古柏已经成了一种极为普遍的文学现象。当然，在宋代和元明清时期，也有大量有关古松老柏的文学作品出现。例如，在《全宋诗》中，以其为题的诗歌就有 54 篇，元代李材曾著有《席上赋老松柏怪柏》，明代金幼孜著有《古松图》、吴宽著有《马远古松高士图》等等。

老松柏这一意象能够使人产生极强的物色美体验，其最主要体现在如下三个方面。首先，形体美。所谓形体美，是指某一自然物的外在形貌体态所呈现出来的美感，无论是老松柏树叶、枝干还是树皮或树根等方面，都能给人一种美的感受。其次，姿态美。所谓姿态美，就是指老松柏整个整体形象的特点，是老松柏的树干、树枝、树叶以及树皮等因素的一个综合呈现。在不同的自然环境当中，老松柏都会呈现出不同的姿态，比如，晨昏晦明发生变化之时的老松柏姿态一定和光影声色衬托之时的松柏姿态是大不一样的，但其有一个极大的共同点，就是都能给人以美的感受。最后，神韵美。是指老松柏所表现出的内在精神韵味及其审美个性，是其自然的属性美的一种凝聚和升华，具有更高层次的美学意义。其精神美主要体现在沧桑、丑怪、雄奇这三个方面。

就老松柏的文化意蕴而言，老松柏这一文学意象在长期的文学创作与风俗继承中还是积淀了一定的道德内涵和文化意蕴。具体表现在如下两个方面。

一方面，仙灵长寿。老松柏这一意象最早出现在汉晋朝代的各种仙话传说当中，这些神话将长寿仙灵的各种神奇魅力彰显出来，鼓舞人们去追求成仙之梦。"人中之有老彭，犹木中之有松柏"，就是在说，在木中，松柏以长寿著称，其还被称为"木中之仙"，而老松柏的仙灵之性主要体现在其独享的寿龄之上。

另一方面，仙灵人格。唐人对老松柏所体现出来的人格之美深有感悟，宋之问曾经在《题张老松树》中提出："百尺无寸枝，一生自孤直。"此外，白居易也在《题王处士郊居》中写道"寒松纵老风标在"，这些对老松柏的描写，处处都体现着老松柏的孤高正直，其格调也是风骨凛然。

三、连理松柏题材和意象分析

连理松柏虽然异根，但却枝干连生，是一种不为常见的自然现象。而中国道家思想强调的是"天人合一"，所以，非常善于联想的文人墨客便赋予了这种自然现象极为丰富的文学和文化内涵。连理松柏在民俗理念中被视为祥瑞之兆，是"仁木"。在很多文学作品当中，这些文人墨客便由木及人，将连理松柏比喻成为恩爱的夫妻。尤其是在宋代，连理松柏这一意象在文学作品中的意蕴更为丰富。因为宋代非常重视伦理道德，松柏的连理属性还被生发出了岁寒同心的美好爱情寓意。并且，对佛理非常精通的黄庭坚还挖掘出了"随俗婵娟"这一禅学至理。对连理松柏这一文学意象的分析具体表现在如下两个方面。

首先，具有吉祥嘉瑞的文化寓意。受古代"天人合一"和"天人感应"的观念影响，很多自然现象都被赋予了"上天"吉凶征兆，连理松柏通常被认为是吉祥的预兆，晋代《中兴征祥说》中有这样的描述："王者德泽纯洽，八方同一，则木连理。连理者，仁木也，或异枝还合，或两树共和。"很多地方官员发现松柏连理的现象之后，就会将其上报朝廷，就是因为无论是在帝王还是平民眼中，连理松柏都是吉祥嘉瑞的象征。

其次，忠贞不渝的爱情象征。白居易曾经在《长恨歌》中写道："在天愿作比翼鸟，在地愿为连理枝。"可见连理枝的爱情寓意也是相当美好的。连理树枝树叶覆盖、树枝相交，在很多文人墨客的文学作品中通常被用来作为夫妻恩爱和至死不渝的爱情象征。

通过上述对松柏意象的分析可知，松柏题材的文学作品不仅具备较高的文学价值，还具有一定的审美和认识价值。在文学表达上，墓地松柏既可以用来表达忧生之叹和悼亡之情，还可以用来咏史怀古。老松柏这一意象的文化底蕴不仅体现在各种有关仙灵长寿的神话中，还体现在孤高正直和风骨凛然的人格品质当中。而连理松柏这一意象所蕴含的美好爱情寓意也承载了世人对美好爱情的向往和寄托。

第五节　中国古代文学中芦苇意象和题材

从古至今，芦苇都有着独特的观赏价值。正因如此，芦苇在我国古代文学作品中是不可或缺的表达意象和题材。芦苇的意象表达，最早出现于中国最早的诗歌总集《诗经》中，在文学不断发展的洪流中，芦苇这一意象也在不断地发展和丰富。经过积淀，芦苇独特的人格象征和情感态度也逐渐形成。就人格象征而言，芦苇一般代表的是文人虽然贫寒却仍旧保持高尚的品格，以及大隐隐于市的超脱之态；在情感的表达上，芦苇则承载了文人思乡离愁、悲秋伤怀以及旅人惆怅之感。

一、古代文学中芦苇意象和题材的一般搭配模式

（一）蒲草和芦苇

芦苇的生长环境算不上清幽，甚至可以说是非常脏乱。往往在灌溉沟渠旁，芦苇杂乱无章地生长着，可见其生命力是多么顽强。蒲草和芦苇在这一点上有着高度的相似性，因此两者总是搭配使用。比如，宋代诗人释正觉曾经在《送鹿门宗席头》中用"坐寒风月蒲芦秋，睡足江湖鸥鸟梦"这样的诗句来形容蒲草和芦苇旺盛的生命力。类似的诗句还有宋代崔鶠《诗四首》中的"荒蒲乱苇簇人烟，指点江州一望间"，元代王逢《题马洲书院》中的"苔藓花侵础，蒲芦叶拥门"，等等。有的文学家在描述蒲芦之时，也习惯用蒲和葭来搭配，如南宋文安阁学士袁说友曾在《登嘉州万景楼》中写过这样一句诗："岩层嶂叠匝天外，蒲净葭丛蘸江曲。"

（二）荷花和芦苇

荷花和芦苇，单从外形来说，并不是能够相提并论的两种植物。荷花亭亭玉立，濯而不妖，清秀挺拔，有着极强的观赏价值；同时，荷花除了生长在荷塘之外，还经常出现在回廊深处、亭台楼阁等地，多用来供人观赏玩乐。然而，仅是荷花会略显单调，所以古人常以芦苇等水生植物来和荷花搭配，以期增强荷花的观赏性，因此就出现了"池荷杂岸苇，香气散月夕"这样令人陶醉的美好景色。

除了用作景观，芦苇和荷花的搭配，还能够营造出一种豁达的江湖之气，让人们从内心深处感受到自然的魅力。在《和何子应游金壁池》中，郭印用"万荷齐舞扇，一苇独行天"一句描述了荷花和芦苇在水中各自不同的状态；之后，郭印接着写道："满目江湖趣，无劳涉大川。"可见，作者是借芦苇和荷花这两种植物，来抒发自己内心的情感，他关注

的不是荷花和芦苇的外形姿态,而是荷花和芦苇带来的意境。

文人墨客喜爱写荷花与芦苇,着墨最多的是秋季来临荷花与芦苇纷纷落败之后的场景。尤其是在宋代,荷花与芦苇经常出现在文人的诗句中。比如,宋代吴潜在《南乡子》中写道:"芦苇已凋荷已败,风飕。桂子飘香八月头。"总而言之,在这个时期,文人们喜用枯荷和折苇这样的搭配来营造一种意境。比如,在《寄商察院》中,诗人汪莘用"近水远山俱冷淡,败荷孤苇尚低回"来形容荷花与芦苇的老成之美。再如,姚勉在《清江曲》中写道:"苇折荷枯人未归,波寒霜落雁初飞。"

从中可以看出来,宋人在描写荷花与芦苇时,大多追求的是一种平淡的意境之美,即便是秋季落败,文人也没有表现得十分落寞和伤感。这也是宋人和唐人的不同之处,他们突破了感怀春秋的局限表达,创造了新的表达模式,开始关注平淡美和老成美。

(三)茅和芦苇

茅和芦苇一样,都是在野外生长的植物,因此也就有了"海山断不连,四望唯茅苇"这样的诗句。一些诗人比较关注茅和芦苇的颜色,比如,陈允平在《茅苇》中写道:"白苇黄茅几断魂,数家鸡犬不相闻。"王庭珪的《离辰州二首》中:"行尽黄茅白苇丛,举头忽见两三峰。"

茅,是古人搭建茅草屋的重要材料,和芦苇一样,其实用价值十分广泛,这一特点也体现在了古代文学中,比如,丁高林在《村舍柳》中写道:"何似竹篱茅舍畔,新年不减旧年枝。"另外,"茅屋两三家,鸡声闻缥缈""芷兰成佩玉,茅苇当雕梁"等都表达了茅的建筑实用性。

除了建筑价值,芦苇还可作为茅屋的点缀,在《洞仙歌》中有"望孤村,两三间,茅屋疏篱,溪水畔,一簇芦花晚照"这样的描述,表现出了生活的恬淡与美好,画面感油然而生。

(四)竹子和芦苇

芦苇和竹子的形态有相似之处,两者都是中空外直。苏洵在《答二任》中用"往岁栽苦竹,细密如蒹葭"来表达两者外形上的相似,苏辙也用"芦生井栏上,萧骚大如竹"来描写两者的高大。

竹子和芦苇一同在文学作品中出现,可以追溯到唐朝。白居易最开始用黄芦苦竹来搭配,他在《琵琶行》中写"住近湓江地低湿,黄芦苦竹绕宅生",后人也开始沿袭、模仿,常用这样的搭配方式来进行表达。比如,宋代张炎在《声声慢·荷衣消翠》中写道:苦竹黄芦,都是梦里游情。"宋代董嗣杲在《离江城遇雪》中写道:"舟穿苦竹黄芦去,帽任回风急雪飘。"也有人在此基础上进行修改,如候寊在《念奴娇》中写道:"红蓼丹枫,黄芦白竹,总胜春桃李。"

除了外形,竹子和芦苇在人格象征的表达上也有共通之处。比如,在《庭苇》一诗中,诗人李中用"品格清于竹,诗家景最幽"来表达竹子和芦苇的清高与淡泊。在古人的心中,芦苇和竹子都有着高尚的节操，是值得赞赏的对象，因芦苇生长于灌溉水渠之中，更多了一分潇洒不羁的野性。

（五）大雁与芦苇

早在先秦两汉时期，大雁和芦苇就一同出现在了《尸子》中，即"雁衔芦而捍网，牛结陈以却虎"。大雁衔芦，经过长时间的引用，逐渐演变成了"防止他人谋害"的意思。大雁和芦苇搭配，也往往是以雁衔芦的形象出现。比如，李白在《鸣雁行》中写道："一一衔芦枝，南飞散落天地间，连行接翼往复还。"借大雁失群之后的悲惨境遇，来表达自己坎坷的人生。

大雁在秋天会成群结队地由北方赶往南方，飞行途中会经常在芦苇荡中歇息，这种现象也经常出现在古代文学作品中。比如，许浑就在《孤雁》中这样描述："芦洲寒独宿，榆塞夜孤飞。"再如，杨万里在《晓泊兰溪》中写道："恨身不如沙上雁，芦花作家梅作伴。"秋天、大雁、芦苇这三者结合在一起，寒风萧瑟，大雁躲避在芦花丛中歇息，境遇变得十分凄凉，读者读来，更显伤感。大雁和芦苇这种搭配组合，还经常出现在题画诗中，其中最为知名的就是《春江晚景图》，这是画家惠崇所画，因其画作风靡一时，以至于人们一提到惠崇之画，就会想到芦苇和大雁的结合。

大雁和芦苇的结合经历了时间的熏陶和历史文化的洗礼，其形象发展更加多样，情感也更加丰富立体。

（六）鸥鹭和芦苇

鸥鹭，在水面生活，芦苇也是生长在水中，两者的生长环境有相通之处。在唐朝时期，鸥鹭和芦苇的关系就受到了文人墨客的关注。在《鹭》中，唐代诗人郑谷用"闲立春塘烟淡淡，静眠寒苇雨飕飕"来描述鸥鹭的自由生活，从而反映出自身的潇洒和自在。唐代诗人裴说在《鸳鸯》一诗中写道："浴惬红日色，栖压碧芦枝。"诗人将夕阳、芦苇、鸥鹭三者结合在一起，描述了一番夕阳西下的恬淡景象，让人忍不住心生向往之情，愿做一个闲云野鹤之人。鸥鹭和芦苇都有着淡泊的象征意义，因此有贺铸的"鹭洲鸥渚，苇汀芦岸，总是销魂处"这样的诗句出现。

此外，鸥鹭、芦苇、大雁也经常一起组合出现，有时候也会搭配其他鸟禽类，如李白的《姑孰十咏》中"龟游莲叶上，鸟宿芦花里"一句就描述了这种悠闲自得的水中场景，王安石在《虎图》中也有类似的描写："悲风飒飒吹黄芦，上有寒雀惊相呼。"

二、芦苇意象和题材研究

人们根据芦苇的特性，丰富和发展了其搭配方式，也为其情感表达和意象象征奠定了坚实的基础。芦苇也从单纯的野生植物，逐渐演变成了一种带有内涵的符号形象。

（一）思乡离愁的漂泊之感

文人墨客在离开故乡远去他乡时，常常会产生离别惆怅之感。就像随风摇摆的芦苇一般，他们漂泊在外，内心缺乏归属感。唐朝时期，文人开始用芦苇来表达思乡之感，如李中在《泊秋浦》中写道："苇岸风高宿雁惊，维舟特地起乡情"。将诗人的思乡之情表达得淋漓尽致。

此外，芦苇还有表达游子的离愁和孤独之感。比如，白居易在《风雨晚泊》中写道："苦竹林边芦苇丛，停舟一望思无穷。"左偃《江上晚泊》："水阔风高日复斜，扁舟独宿芦花里。"这些诗句都表达了文人的孤独之感。文人漂泊在外，芦花丛变成了他们的慰藉，他们夜宿江边，孤单之情可想而知。

（二）隐士

隐士和芦苇之间的关系，其实是从渔父开始阐发的，渔父代表着文人隐逸悠闲的状态。渔父和水联系密切，在渔父的生活中，芦苇是十分重要的，因此出现了"三秋梅雨愁枫叶，一夜篷舟宿苇花"（温庭筠《西江上送渔父》）这样的诗句。芦苇丛成了另一个意义上的桃花源，用来让人们逃避现实，远离世俗，隐士们在这里追求无拘无束的自在生活，身心得到了放松，因此宋代诗人施清臣在《诗二首》中通过"有人问我红尘事，笑入芦花不点头"一句表达了自在的心情。芦苇既是自在逍遥的存在，又是逃脱世俗的盾牌，是众多文人表达淡泊之情的重要意象，正如南宋著名诗人赵蕃所描述的芦苇林："虽为林园居，不忘江湖趣。"

在我国古代文学中，芦苇意象是十分重要的存在内容，和不同的动植物搭配，有不同的表达效果，是文人墨客最喜欢的意象之一。在异乡漂泊的过程中，文人借芦花来表达自身的离愁思乡之感；隐士则借芦花丛的飘逸，来表达自身看淡世俗、不求名利的思想情感。

第六节　中国古代文学中的春雨意象

"春雨"在我国是一种极具象征意义的气候现象，在古代农业中是决定粮食丰歉的重要因素。自古以来，人们就将春雨喻为生命之水，"春雨意象"也随之形成。在我国古代文学中，春雨意象是独具特色的抒情载体，使得春雨的文化内涵不断提升。

风、花、雪、月、雨、露、冰、霜是历代文学作品的描写对象。我国古代是农耕社会，春雨对于农业生产至关重要，风调雨顺则丰收有望，相反则将面临饥馑甚至灾荒。自古以来，人们对春雨都极为重视。春雨与古代社会生活息息相关，文人也极其关注。因此，春雨不仅是一种重要的气候现象，而且是一个被赋予浓厚的情感色彩的文学意象，早在《诗经》中就有描述祈求春雨的篇章。在唐代，作品数量开始增加，宋代开始，作品数量急剧增加，内容逐渐丰富：在体裁方面，诗、词、赋、文各体都有；在题材方面，时令、田园、羁旅、思乡、离别等均有涉及，名家名作不断涌现，留下了许多脍炙人口的名句隽语，是古代文学作品中时令或自然物象题材作品的重要组成部分，艺术成就影响深远。

一、春雨意象的基本含义

我国古代是一个"以农立国"的社会，人们所崇尚的是靠"天"即大自然气候生活，在农业生产上主要采用的是春天耕种，秋天收获的生产模式，这就使得人们把一年的经济收入以及生活希望都寄予春雨之上。人们认为，只有雨水浸润土壤才能带来五谷丰收，使得农作物春天生秋天成熟。时间越往前推移，春雨在人们心里的位置就越重要。正是由于春雨与古代农耕生活之间的密切联系，才使得古代文学作品中对春雨的寓意更深刻。早在《诗经》中就对春雨有所描绘，但早期文学作品对春雨的描绘并不是直言其为"春雨"，而是将其称之为"甘雨"或是"灵雨"等，如在《小雅·甫田》中写道"琴瑟击鼓，以御田祖，以祈甘雨"，这主要是描述人们在祈求春雨时的情景。

在魏晋之前，文人还常用"喜雨、时雨"表示春雨，该说法最早出现在曹植的作品中，其有一首《喜雨诗》中写道"时雨中夜降，长雷周我庭。嘉种盈膏壤，登秋毕有成"。诗中的大致意思是说：春雨果真是知道时节的，它在该下的时候还是来了，并且还是下在夜晚，伴着阵阵的雷声。人们听到后便可期待秋天的丰收了，这样的雨就是"喜雨"吧。虽全诗中未有"喜"出现，但其表达的喜悦之情洋溢在字里行间。

文学作品中，作者把春雨在人们生活中的重要作用，以及将人们对漫长的农耕生活感受在字里行间充分体现，春雨意象的基本意义形成，这基本意义也可称为描述性意义。这就是早期古代文学作品中春雨的意义，在唐代之后，文人、作家又在描述性意义的基础上对春雨景色之美与意境美进行了更为具体的描述与表达，这就使得春雨的情感内容与文学意象更为丰富。

二、春雨意象的形式与艺术表现

自唐代起我国古代文学作品中，春雨意象不断丰富多彩，与此同时，其表达的方式或载体也开始呈现出多样化，不仅在诗词文赋中对春雨有描写，而且专题题咏也相继出现；除此之外在作品数量上亦从宋代开始不断增加，各种优秀作品层出不穷；在对春雨的描绘上也从早期的直白、简单变得更为细腻、角度更广。例如，在描写春雨的形态时，可将其称为"细雨、烟雨等"，而在描写春雨的感受时则可称其为"酥雨"，在时间上又有"夜雨"之说，而在时节特色方面，还可将其称为"杏花雨、桃花雨"等。通过这种细腻、多角度的描写手法不仅能够准确地描绘出春雨的特征，而且还能体现出不同景色特征和意境之美。

（一）细雨

作为中国古代文学中着重笔墨描写的对象，如"我来自东，零雨其濛"（出自《诗经·豳风·东山》) 的诗句，是对戍边战士思乡情感的描写，但希望却极其渺茫。而春雨虽是重要的气候现象，但雨量相对较少，且呈现如丝如缕和淅淅沥沥的特点，以别具一格的美感，成为文人骚客描写的对象。例如，"江上人家桃树枝，春寒细雨出疏篱"（出自唐·杜甫《风雨看舟前落花戏为新句》）；"飒飒东风细雨来，芙蓉塘外有轻雷"（出自唐·李商隐《无题二首》）。以对细雨特点的描写，传递着春的气息和生命萌动。

（二）烟雨

烟雨和轻烟较为相似，呈现缥缈轻灵和迷离朦胧的特点，而在文学作品中更是将春雨称为烟雨，以此营造较为梦幻的视觉效果和美感享受。例如，"江南仲春天，细雨色如烟"（出自唐·谢良辅《状江南·仲春》）则是对江南二月春雨的描写；"千里莺啼绿映红，水村山郭酒旗风。南朝四百八十寺，多少楼台烟雨中。"（出自唐·杜牧《江南春》）是以江南为前提，对春雨景色加以阐述，以佛寺神秘感、春雨迷离感的交相呼应，展现江南独特的春景。

值得称赞的是，江南由于地理环境的特殊性，和烟雨间存在着天然情缘，而粉墙黛瓦和小桥流水更是为烟雨披上诗情画意的色彩。特别是在唐朝中期，由于经济中心和文化中心逐步向江南地区予以转移，而其独特的青山绿水，更为文人提供较为充足的创作素材。

（三）酥雨

以身心感受的角度，可知个体对于各季节雨的感悟存在差异。即梅雨给人一种烦闷的氛围，夏雨凉爽、秋雨凄凉、冬雨寒冷，而春雨则会使人身心愉快，且起到温暖舒润的效果。针对刚走出"肃杀"季节的人们，对春雨的感受尤为鲜明。而在古代文学中更是借助通感、比喻等手段，对该种感受予以传达。例如，"天街小雨润如酥，草色遥看近却无。"（出自唐·韩愈《早春呈水部张十八员外》）在细雨中遥望，可见渺渺青色，即为早春小草，而使人产生欣喜之感，但却在走近时，看见的景色又完全消失。

（四）夜雨

春雨以细细飘洒、默默滋润为主，而经雨水滋润的树木、花草，仿佛在一夜之间焕发生机，给人一种自然美感。例如，《春夜喜雨》文学作品中，不仅开创咏夜雨的先例，成为传世佳作，内含的喜雨模式更是被后世文人所继承。例如，"小楼炙烛新未眠，好雨知时听不厌""冬旱土不膏，爱此春夜雨"等。虽然在咏夜雨形式、主题上均脱离于杜甫，但其文学作品的艺术价值影响较为深远。

（五）杏花雨

"杏花雨"主要是我国北方文人常用的一种描绘春雨的方法。因为杏树主要是生长在我国北方，其在春天盛开，是春天极具代表性的花卉之一。在杏花盛开时，其颜色为粉色，非常鲜嫩，文人将春雨喻为"杏花雨"，主要用于对春雨为自然带来鲜艳亮丽之美的一种描绘与称赞。

（六）桃花雨

"桃花雨"则与"杏花雨"相似，桃花属于春天较为常见的一种花卉，多开于清明节前后天气较好的春天里，其以"占断春光"的独特景色成为春天的象征，在桃花盛开时，雨量往往较小，而桃花盛开时的灿烂娇美以及凋落时如雨般飘洒的美丽场景，给人一种十分美丽、惊艳的既视感。所以文人将其用来描述春雨所带来的那种鲜明亮丽的生机之美，给人一种引人注目的视觉美感，体现的是一种暮春意象。

三、春雨意象的情感蕴意

虽然从表面上理解春雨只是一种自然气候现象，但在文学作品中，由于文人生活经历以及创作环境的不同，其对春雨描绘时所融入的情感也有很大差异。因此，古代文学中春雨意象成了文人别具一格的抒情载体：文人会因春雨伤花而惜春，可因春雨绵绵不尽而心生离别愁绪，又或因身处异乡突遭春雨而想念故乡、怀念亲人等，不管将春雨与以上的哪种情感融合，都能够为春雨的文学意象增添文化内涵。

（一）惜春

"惜春"是文人把对春雨两种不同心理感受的描绘，是古代文学对春雨两种不同情感的表达。一种是对春雨滋润万物、惠泽人间的由衷赞美，而另一种则是对春雨将盛开的花朵摧残的感伤、对美好的事物总是短暂的以及时光易逝的哀伤。在我国古代文学中，"春恨、惜春"的意识最早体现在屈原的"唯草木之零落兮，恐美人之迟暮"作品中。直至唐宋时期，以春恨为主题的文学达到了创作的高潮，充分表达出对春雨滋养了万物、催开了百花，但同时又作为摧花者的悲悯之情。

（二）离别相思

"离别相思"则是将文人细腻柔软的性格以春雨绵绵、淅沥的特征衬托出来，表现出春雨对其敏感心理的触动。同时在人的所有情感中，离别相思之情是最让人觉得迷茫和伤感的，这种情感就与春雨来临时那种如丝如缕、如烟如雾的形态差不多，因此，古代文学中将离别相思之情用春雨比喻，使其别具情感蕴意。

（三）思乡怀人

"思乡怀人"其实与"离别相思"所表达的情感相似，只不过前者是利用春雨意象细腻的情感韵味以及明媚的春色为背景，通过清丽的文笔来表现，使其与自身落寞的情绪形成鲜明的对比，表达出一种良好的艺术效果。例如，在南朝何逊的《临行与故游夜别》一诗中写道"夜雨滴空阶，晓灯暗离室"就利用对夜雨的描绘表现出离别之情。除了上述几种情感蕴意之外，春雨意象还包含了一种闲暇意趣。这主要是由于一般春雨来临时，许多农耕活动或是其他户外工作都不能进行，这就使得平时忙于劳作的人们能够在春雨绵绵的日子里"偷"得半日的清闲。所以古代文学作品中，常常采用春雨来体现闲暇、愉悦的生活与心情。

　　总的来说，基于我国古代属于农耕社会，以及人们靠"天"生活的传统观念，使得人们将生活的希望都依托于春雨之上，只有春雨滋润土壤才能保证五谷繁盛、春耕秋收。而春雨作为生活希望的意义在人们心中不断加深，使其成为春雨意象形成的基础。而经过古代文学作品的描绘，春雨意象的文学内涵以及情感蕴意不断丰富，使春雨逐渐从一种自然气候现象发展为能够唤起全民族共同记忆的一种符号。

第五章　中国古代文学的文化思想研究

第一节　中国古代文学作品中的休闲思想

我国的休闲研究起步较晚，但是，我国传统文化中有着悠久丰富的休闲思想蕴含，由对休闲辞源的考察可洞悉古人对休闲有独特而深邃的体悟。回顾中国文学的历程，从《诗经》《楚辞》《汉赋》、唐诗、宋词、元曲到明清文人小品，其中就出现过大量蕴含休闲因子的文学作品，它们无不体现出中国文化对休闲的理解、体验和思考。

"休"在《说文解字》中解释为："息止也，从人依木。"《尔雅》解释为："休，息也。"《易·大有》曰："顺天休命。"郑注："美也。"人能在树荫下休息，暂时获得摆脱劳作的自由，也是让人愉悦的美事。从字义考察"休"，可见出"休"无论作名词、动词、形容词还是副词，多趋向指人们生命处于一种美好的状态或有向此状态转变的可能，指人类为了基本生存的物质生命活动，也包括精神生命活动，而且偏向指能让人类个体生命达到一种酣畅淋漓的自由状态，当然，这种自由是有自我约束、限制的。

从词源学来看，"休"与"闲"本是两个词，它们从产生时起就已经赋予了与人的美好生存状态相关的内涵。因此，今天将它们连起来使用，如果不脱离其原来的词源意，则休闲应当指人的符合道德、法度的幸福、美好的生活。"休闲"一词在我国古汉语中虽然早已存在，据上海人民出版社文渊阁四库全书电子版检索结果显示有 216 卷共 222 个与"休闲"匹配，如《毛诗古音考》卷二曹植"吁嗟篇"云："吁嗟此转蓬，居世何独然。长去本根逝，夙夜无休闲"，《魏书》卷八十三云："又自夸文章从姨兄，常景笑而不许，每休闲之际恒闭门读书"，《东坡全集》卷三十一云："休闲等一味，妄想生愧赧。"《十五家词》（卷十八）之清·陆求可《月湄词》（上）中的《惜分飞（春半）》云："燕燕莺莺，啼向我满院柳眠花醒，昼夜寻花卧春光，一半休闲过。"但是，把它作为一门学问进行研究，"却是一件非常晚近的事情，是当代科学技术高度发达的产物，是人类文明真正走向反省自我，达到人的自律性发展的重要标志之一，是文明社会高度发展的必然选择"。

"朝吟风雅颂，暮唱赋比兴；秋看鱼虫乐，春观草木情"。古人如此称颂《诗经》，就可知道休闲思想在其中占有多么重要的位置。《小雅·六月》云："比物四骊，闲之维则。维此六月，既成我服。"《国风·汉广》云："南有乔木，不可休思。"《国风》中的许多诗篇，便是人们在辛苦的劳作之余从自然世界中探寻乐趣而获得的休闲。《诗经》除了在歌颂自然、赞美生活的篇章中表达了大量的休闲文化、休闲思想和休闲方式外，尤其值得今人关注的是周朝大夫们认为休闲是治国安邦的重要谋略和准则，据此作为智慧向周王进谏。《大雅·民劳》云："民亦老止，汔可小康。惠此中国，以绥四方……以定我王……以为王休……以近有德……国无有残。"直接阐述了休闲对于国家兴盛安定、对于百姓的小康之重要。经过两千多年时光的沉淀，我们仍然可以想象远古人们的那一份休闲的美好与雅致。

孔子的"一箪食，一瓢饮，在陋巷。人不堪其忧，回也不改其乐。贤哉！回也。"（《论语·雍也第六》）让人们真切地意识到即便是在物质极其匮乏的环境中，不以贫穷为苦，泰然处之，从而以获得精神的安宁和平静为快乐，在短暂的生命中追求无限的生命价值。

《庄子》是体现道家休闲思想的经典之作，对后世产生了深远的影响。《庄子·齐物论》云："大知闲闲，小知间间；大言炎炎，小言詹詹。"言具有大知大言的人心胸广博，气度不凡，进退有度，身心从容。《庄子·天地》云："天下有道，则与物皆昌；天下无道，则修德就闲。"《庄子·天道》："夫虚静恬淡寂寞无为者，天地之平而道德之至，故帝王圣人休焉。休则虚，虚则实，实则伦矣。虚则静，静则动，动则得矣。……以此退居而闲游，则江海山林之士服。"《庄子·刻意》云："就薮泽，处闲旷，钓鱼闲处，无为而已矣；此江湖之士，避世之人，闲暇者之所好也。"《人间世》云："颜回曰：敢问心斋？仲尼曰：若一志；无听之以耳，而听之以心；无听之以心，而听之以气；听止於耳，心止於符。气也者，虚而待物者也，唯道集虚，虚者心斋也。"庄子提出了"心斋"的重要概念。"心斋"指人的心志专一，不用耳去听而用心去体会，并进一步做到不用心去体会而用气去感应，达到如此空明的心境，自然便可与道相合。庄子哲学中蕴含追求精神自由的休闲思想。

西汉时期统治者皆实行休养生息政策，使得社会安定，经济空前繁荣，人们的休闲意识亦随之产生。《史记·司马相如列传》称司马相如"称病闲居，不慕官爵。"休闲意识已植根于文人的心间。《后汉书·严光传》载："严光字子陵，一名遵，会稽余姚人也。少有高名，与光武同游学。及光武即位，乃变名姓，隐身不见。帝思其贤，乃令以物色访之。……除为谏议大夫，不屈，乃耕于富春山，后人名其钓处为严陵濑焉。"博学能干的严光与皇帝同学且"帝思其贤"而再三请他辅佐其政，严光有机遇有能力实现"治国平天下"之所有读书人的梦想，但是视富贵如浮云的严光拒绝了皇帝的聘请而归隐垂钓。他这种不趋世俗、坚守节操而固守自我真性的超然性情是向庄子休闲思想的彻底回归。

陶渊明是魏晋隐逸文化的代表人物，其休闲思想体现在《归去来兮辞》《饮酒》《桃花源记》等作品中（第二章将详述之）。唐宋为中国封建社会最兴盛的历史时期，中国的经济、文化在这一时期皆呈现出生机蓬勃的发展趋势，在其基础上亦形成了灿若星河的休闲文化。唐诗中体现着士大夫们闲适从容、淡泊名利的休闲心境的诗篇比比皆是："闲中好，尽日松为侣。此趣人不知，轻风度僧语。""闲中好，尘务不萦心。坐对当窗木，看移三面阴。""闲中好，幽磬度声迟。卷上论题肇。画中僧姓支。"词以应歌的文体特征，决定词从产生时起便是以享乐文学、休闲文学的面貌出现。唐宋的大量词论表述了词体娱宾遣兴的休闲文化功能，如欧阳炯《花间集序》云其集目的乃在于"绣幌佳人……举纤纤之玉指，拍按香檀。不无清绝之词，用助妖娆之态"；"西园英哲……用资羽盖之欢"；陈世修《阳春集序》云："公（冯延巳）以金陵盛时，内外无事，朋僚亲旧，或当燕集，多运藻思，为乐府新词，俾歌者倚丝竹而歌之，所以娱宾而遣兴者也"；欧阳修《西湖念语》云："虽美景良辰，固多于高会。而清风明月，幸属于闲人。……因翻旧阕之辞，写以新声之调，敢陈薄伎，聊佐清欢"等。原本便诞生于花间樽前私生活环境之中的词，以个人娱乐、消遣为主要目的，在发展过程中有许多文化精英、才智之士在词中投注了有关休闲的人生智慧，映现了他们热爱生命、热爱自然及在逆境中犹能保持泰然心境的休闲精神和休闲情趣，很值得玩味和借鉴。两宋是中国古代文化最繁荣的时代，尤其宋词的辉煌成就乃是有目共睹的。宋代词人们深深体悟到休闲的妙处："素月分辉，明河共影，表里俱澄澈。悠然心会，妙处难与君说。"（张孝祥《念奴娇·过洞庭》）可见，两宋休闲词中便蕴含了现代休闲理念的广泛内容，我们徜徉于两宋休闲词，觉得在坎坷的人生旅途中，每一个人都应该关爱自己，善待生命，享受休闲的生活。

明清的小说开始描写人物细腻的内心世界和人们的处世态度，体现多样娴雅的生活情趣，而在其他文学样式中，如笔记、小品文、戏曲等亦时有休闲思想体现。如洪应明《菜根谭》云："此身常放在闲处，荣辱得失谁能差遣我？此心常安在静中，是非利害谁能瞒昧我？""宠辱不惊，闲看庭前花开花落；去留无意，漫随天外云卷云舒。"人的心灵在宁静的时候，思路就会变得开阔，思想就会变得通透，而且世事的是非曲直、利害得失亦能够了然于心，它们亦如花开花谢、云卷云舒一样自然。有如此超俗之心境，人自然活得休闲自在。清人张潮《幽梦影》云："人莫若于闲，非无所事事之谓也。闲则能读书，闲则能游名胜，闲则能交友，闲则能饮酒，闲则能著书，天下之乐，孰大于是。"明末清初戏曲理论家李渔是自唐宋以来有意识地从理论层面探讨并论述休闲活动的第一人，其代表作《闲情偶寄》是当时最负盛名的畅销书。作者在该书卷首《凡例七则·四期三戒》中自述："风俗之靡，犹于人心之坏，正俗必先正心。近日人情喜读闲书，畏听庄论，有心劝世者正告则不足，旁引曲譬则有余。是集也，纯以劝惩为心，而又不标劝惩之目，名曰《闲情偶寄》者，虑人目为庄论而避之也。……劝惩之意，绝不明言，或假草木昆虫之微、或借活命养生之大以寓之者，即所谓正告不足，旁引曲譬则有余也。"李渔的著作文章在当时已经受到某些人的指责，李渔的友人余澹心（怀）在为《闲情偶寄》作序时就说："而世之腐儒，犹谓李子不为经国之大业，而为破道之小言者。"李渔预先就表白此书虽名为"闲情"，可并不是胡扯，也无半点"犯规"行为；表面看说的虽是些戏曲、园林、饮食、男女，可里面所包含的是微言大义，有益"世道人心"。其中，"居室部""器玩部""饮馔部""种植部""颐养部"等分别论述休闲环境、休闲活动和休闲方法等问题，"声容部"则阐述了女性休闲观，强调女性的内在美、气质美、自然美可通过休闲培养。李渔的休闲思想和今天的休闲理论基本一致。

第二节　中国古代文学作品中生态思想的演变

　　文学作品承载时代思想，中国古代生态思想两千多年的发展历史在许多文学作品中留下了痕迹。其中先秦时期的《诗经》、魏晋时期的《世说新语》、明清时期的《徐霞客游记》深刻体现了中国古代生态思想发展史的三个重要时期。汲取这些文学作品中的生态智慧，有助于推动我国生态文明建设事业的发展。

　　中国古代生态思想的发展经历了从先秦到明清两千多年的沉淀与绵延，形成了独特的思想内涵。其根植于中国古代哲学体系，深刻阐述了人与自然这一哲学命题。不同的时期由于其自然、社会等因素形成了不同的生态思想，其中先秦时期、魏晋时期和明清时期是中国古代生态思想发展的重要时期，其时代背景下的文学作品对当时的生态思想进行了深刻阐述。

一、先秦时期以《诗经》为代表的文学作品体现的生态思想

（一）自然界之间和谐共生

　　《诗经》是我国第一部诗歌总集，在我国的诗歌史上拥有举足轻重的地位。《诗经》中记载了大量阐述自然界之间、人与自然之间关系的诗歌，充分体现出先秦人民当时生活的生态环境与生态观念。《诗经》中记载了自然界之间和谐共生的诗歌，例如，《小雅·鹿鸣》中的"呦呦鹿鸣，食野之苹"，描写了鹿与同伴共同分享苹草，悠然自得地在自然中生存的场景。《魏风·伐檀》中的"河水清且涟漪"体现出河水清澈、蜿蜒流淌，自然界一派欣欣向荣的景象。以上可以说明，在先秦时期，我国的自然环境较好，河流草地树林密布，为人类的生存发展提供了基本的物质资源。

（二）人类在摸索与自然相处的方式

　　《诗经》中也记载了许多人与自然关系的诗歌。例如，讲自然灾害的《大雅·桑柔》中的"降此蟊贼，稼穑卒痒"，体现出广大百姓对虫灾的痛恨，并努力寻找解决的办法，说明当时的人们已经初步形成了用自己的方式去对抗天灾的意识。也有讲人对自然界的破坏，如《周南·兔罝》中的"肃肃兔罝，施于中逵"就体现出当时的人们对于动物打捕杀是没有节制意识的，《齐风·还》中的"焚林而田"，用焚烧树林的方式来进行田猎，不仅烧毁树林田地，而且对生态环境有长期性的伤害。诸如此类的诗歌在《诗经》中不在少数，体现出在先秦时期人们普遍还没有生态保护的意识，这也是时代的局限性。除此之外，《诗经》中也有许多体现出人对自然的崇拜以及对自然规律的遵循。先民们将山川河流拟人化以寄托情感，如《天作》中"天作高山，大王荒之"就是将岐山与贤明的君主相结合，寄托人们对美好生活的向往。中国古代先民们对于遵循自然规律的生活十分重视，春耕夏耘

秋收冬藏是人们普遍遵循的生活作息。

《诗经》中的诗歌给我们展现了先秦人民丰富多彩的生活画卷，他们拥有大量的生态资源，所以对自然是崇拜和感恩的。虽然由于时代的局限性，他们对生态环境产生了破坏，但是为了追求美好的生活，他们遵循自然规律，日出而作日落而息，初步有了生态环境保护的意识，努力寻求自身的发展与生态环境保护之间的平衡，是中国古代生态观的源头，这个时期的生态学是传统的自然生态学。

二、魏晋时期以《世说新语》为代表的文学作品体现的生态思想

人与自然和谐共生，一直是中国古代传统哲学的基本思想。人类社会早期由于对自然的认知不够，先民们对自然都抱有敬畏之心，将人与自然放在平等共生的位置。从先秦开始形成的生态观，在发展了近一千年后，结合《老子》《庄子》《周易》等玄学经典，以及当时战乱频发，人们消极避世的生活现状，对于生态的观念从有实际含义的自然规律向虚无缥缈的"道"和"无"发展。当然，人与自然的普遍联系和尊重自然规律的核心思想并未改变，继承发展中国古代传统的生态观。《世说新语》一书展现了魏晋时期文人士大夫的日常生活和精神风貌，魏晋时期的主流生态思想也在其中有所体现。

（一）尊重原生自然，感受自然之美

《世说新语》中提到的生态观大致可以分为两类，一是尊重原生态自然，从整体感受自然之美，二是与自然和谐相处，核心就是道家的"无为"。魏晋人士对原生态自然的欣赏之情可以在《世说新语·言语》中体现：司马太傅斋中夜坐，于时天月明净，都无纤黔，太傅叹为佳。谢景重在坐，答曰："意谓乃不如微云点缀。"太傅因戏谢曰："居心不静，乃复强欲滓秽太清邪？"这段话是司马道子与谢景重在庭中夜观天象所言。司马道子看到月朗星稀，感怀于天地之美、自然之美。而谢景重之所以被嘲笑是在于他认为添加一些景色所没有的"微云"才是美，而在崇尚原生态自然的魏晋时期，人们认为人应该主动去欣赏自然界本身的景色，而不应该以自我的意志为转移，想要通过人去改变自然。同时，《世说新语》中的人认为自然界是一个整体，要从整体的角度去发现自然之美。《世说新语·言语》中记载：王子敬云："从山阴道上行，山川自相映发，使人应接不暇。"山川河流是魏晋名士寄情之处，怪石奇松、薄雾流水或许单看都只是普通景色，但"山川自相映发"将其作为一个整体，就是美不胜收的自然景观。在魏晋人士眼中，自然界各组成部分相对静止，却又相互平衡彼此，不受人的控制，人也应该欣赏最原始的大自然，尊重自然界最原始的状态。

（二）人与自然融为一体

《世说新语》中同样体现了魏晋士大夫希望与自然和谐共处的生态观。魏晋时期是我

国古代大动乱的时期之一，战争和分裂是那个时代的主题，社会的失控和人口的迁徙使得人们更加愿意亲近自然、顺应自然，将自然置于人的自我之上。在自然中，他们可以暂时离开战乱纷争的社会现实，可以放纵自我，通过自然的本真追求自我的本真。《世说新语·栖逸》中写到"康僧渊在豫章，去郭数十里立精舍，旁连岭，带长川，芳林列于轩庭，清流激于堂宇"。康僧渊在离城几十里的地方修建住处，连着山岭河流，屋旁花草树木遍布。他避开众人潜心修炼，后来当他拥有名气之后便离开了这个地方。魏晋时期的士大夫很注重居住地的自然生态环境，且多数愿意避世，与自然亲近，将自己与大自然融为一体。除了居住，士大夫们大多偏爱在自然环境中进行各种活动。《世说新语·雅量》中写道"谢太傅盘桓东山，时与孙兴公诸人泛海戏"，谢安在东山期间，经常和好友们去海上游玩。

《世说新语》中体现的生态观已经从对自然的无知和敬畏逐渐转向对自然的尊重和融合，这一时期人们对自然的认识逐渐加深，开始愿意主动去亲近自然，自然在乱世中成为当时士大夫阶层的慰藉。

三、明清时期以《徐霞客游记》为代表的文学作品体现的生态思想

（一）出现超前的生态意识

徐霞客是我国明朝伟大的科学家，一生致力于对地理、水文、地质、植物等方面的研究，著有地理巨著《徐霞客游记》。该书问世以来，不同领域的专家学者都对其不同方面的价值进行了研究。在考察明清时期生态思想方面，《徐霞客游记》也有着较高的理论价值。书中记载，明清时期是我国古代生态环境退化的时期，由于生产力低下，人们为了满足自身发展的需求，大面积地乱砍滥伐，造成了水土流失，捕杀野生动物，造成了生态失衡。在十七世纪，生态的破坏还远不会对人类的生存造成威胁，但徐霞客已经在书中开始对这种生态破坏进行批判，初步拥有现代的生态学意识，这是十分超前的。例如，他在书中写到"抛石聚垢，池为半塞，影遂不耀，觅之无可观也"，他意识到人与自然密不可分的关系，对为了满足人的需求而破坏生态环境的做法表示反对，人类应该恢复与自然和谐相处的状态。

（二）拥有理性的生态观

《徐霞客游记》中展现了理性的生态观。徐霞客不信封建迷信，他的书中所记录的多是客观存在的真实事物。他曾经说过"余行山中，不喜语怪"，当他看见比较奇特的景观时，一般会去寻找形成的原因，而不以鬼怪论之。他常常进入各种山洞探寻奇观，来到麻叶洞，有传言"此中有精怪，非有法术者，不能慑服"，徐霞客不理会传言，亲自进入洞中探险。在鬼神之说大行其道的封建时期，他已经建立了朴素的唯物观。除此之外，他还理性地分析自然界的各种现象。如在广西一带相传"鬼门关，十人去，九不还"，徐霞客则指出是

因为热带树林中有大量的瘴气，这种瘴气会造成人的死亡，和鬼神无关。例如，有在水面上浮光的现象，道士以为是神使得光浮于水面，徐霞客则指出是由于洞穴中的光的折射所导致的，并不是神迹。徐霞客在书中以理性客观的眼光去看待自然界的各种现象，解释自然规律，已经初步拥有现代科学精神，这说明在明清时期，虽然中国还处于封建社会，但科学精神的萌芽已经出现，生态思想也更加偏于理性客观。

（三）出现生态保护的教育意识

徐霞客同时也十分注重生态保护教育。他用人的理论道德和他们的需求，教化人们要保护环境。《徐霞客游记》中记载"下海子鱼可捕，上海子鱼不可捕，岂其言今不验耶？"徐霞客指出上游不可捕鱼，是因为对于当地人来说，这个时节是用于插秧的，捕鱼会妨碍农事，因为农事而耽误了捕鱼。他还在所到之处倡导用舆论、法律等方式保护生态："安得司世道者一厉禁之"，改造浙江金华的烧石方式，改进江西鱼洞的造纸程序，抛弃原有的会破坏自然生态环境的生产方式，实现人的需求和生态环境保护之间的平衡。在《徐霞客游记》中我们可以看到，在明清时期，已经出现了具有现代意义的生态观的萌芽，能够理性地意识到人的活动对自然界造成的破坏，并且开始有意识地通过加强对人的教育和提高生产率去减少对自然的破坏，这个时期的生态思想已经与现代生态思想较为接近。

中国古代生态思想的演变随着人类社会的发展而进步，文学作品是一个时代思想的载体，承载的生态思想对我国现代的生态保护有着积极的作用。在汲取古代优秀文学作品中的生态智慧的同时，结合我国当前的发展需求，这对推动我国新时代生态文明建设具有重要的意义。

第三节　中国古代文学作品中的忠义观

忠这个词在中国古代传统文化之中有着非常深刻的含义，其本以为忠心，尽心竭力之义，而忠义在《三国演义》这本古代小说中有着非常明显的体现，千里走单骑，桃园结义，过五关斩六将都是其重要的体现，即为上报国家，下安黎庶，在我们现在社会之中，所谓忠义就是忠于国家，忠于人民，可是在我国古代，忠就是忠于君主，忠于君主上，义就是不忘故主，有恩必报，在《三国演义》之中，关羽为了往日曹操的情义在华容道义释曹操，而在《水浒传》之中，宋江在108将聚义之后最终招安于宋朝，虽然最后宋江、卢俊义等为奸人所害，但是也千古流芳，被人民记住，而在现代的社会生活之中，我们的忠是忠于党，忠于国家，在本质上与古代的忠义观有着很大程度的不同，我们一定要加以甄别，区别的去看待，不要等量齐观，虽然说现在来看我们认为其中一些忠心比如，宋江的忠心只是愚忠，但是其文学作品之中的忠心对我国古代社会的发展，对拓展中华民族精神思想境界内容有着非常重要的作用，非常值得为我们去借鉴吸收。

一、中国古代文化之中对于"忠义"的认识

忠义一方面指的是忠贞义烈，在《后汉书恒典传》之中写到献帝即位，三公奏前与何进某诛阉官，功虽不遂，忠义炳著。在我国古代唐朝时期崔融的《西征军行遇风》之中，他言道，夙龄慕忠义，雅尚存孤直。忠义另一方面指的忠臣义士，在《后汉书臧洪传》之中曾写道将军举大事，欲为天下除暴，而专先诛忠义，岂合天意？明·无名氏《鸣凤记·拜谒忠灵》中曾经写道"忠义关心，奸邪触目，莫非感慨。"明朝的钱谦益在《袁可立父淮加赠奉直大夫尚宝司少卿》曾说过"以忠义勉其子，过庭多长者之言"的话，虽然钱谦益违背了忠心，投向了清朝，受到人们的唾弃，但是其话语确实真正描写了忠心的含义，郭沫若在《甲申三百年祭》中曾写道："明朝国政，误在重制科，循资格。是以国破君亡，鲜见忠义。"这里面指的是明朝末期，政治腐败，在当时社会的大臣已经缺少了对皇朝的忠心，以至危局，政权丧失在李自成的大顺起义军与满清的铁骑之中，导致覆灭，从另一角度上来说，也说明了忠义思想在维护皇权统治中的重要性与必要性，在《明史》之中我们可以清晰地看到明太祖朱元璋在建立明朝之后大肆屠杀功臣，就是怀疑手底下诸将，如徐达、李文忠、冯胜、蓝玉、傅友德等人对皇权的忠心，最终导致杀戮，历朝历代的封建皇朝也不免这样狡兔死，走狗烹的悲惨局面。

而在其中，我们应该清醒地认识到在古代文学作品之中，如《三国演义》《水浒传》等小说之中，忠心也有着另一面反面的作用，比如，在《水浒传》之中，虽然宋江等梁山好汉把行动宗旨立为替天行道，并立下了聚义厅的牌匾，但是却仅仅局限在了愚忠的范围之内，虽然宋江最后的招安得到了历朝历代的封建统治者认可，但是他却给梁山众好汉带了死亡，虽然忠心在一定程度上能维持封建统治者的统治，但是在当时的条件下，宋江却对当时宋朝末期奸臣当道、乌烟瘴气的朝堂环境缺少清醒的认识，最后把梁山众好汉带向了失败，在小说后期，宋江已经完全的沦为朝廷的鹰犬，他不惜牺牲广大梁山兄弟，比如，林冲、扈三娘、孙立等人，也要征服同时农民起义军的方腊、田虎、王庆等人。最终变成了愚忠，导致了悲剧的发生，最后宋江也没有意识到他所谓忠心的局限性，他过于相信朝廷，相信皇帝，但是宋徽宗及蔡京、高俅、童贯等人却仍把他认为是盗匪，最终以毒酒的这种稍微仁慈的方式将他杀害，而可怜又可恨的宋江就是到临死前也没有醒悟过来，竟然将一生忠于他的李逵杀死，可见愚忠之害人，但是在梁山之中也不乏"聪明者"，李逵和鲁智深虽然都被大家认为是粗汉的存在，并且都不存在像宋江那样所谓的对宋皇朝的忠心耿耿，但是鲁智深却与李逵的命运不相同，他在认清之后，毅然做出了选择，选择了就算出家再次当和尚，也要远离那种他认为恶心的高官厚禄，荣华富贵，忠于本心，这是非常重要的。也是它不同于常人的，他在征方腊之前认识到了本是农民起义军却在互相残杀，最终收渔翁之利的却还是腐败的朝廷与贪官。可以说，从这一方面来讲，鲁智深拥有着现代人的思维，做到了思想上的"穿越"。

所以说，忠心既有优点，也有弊端，值得我们从古代史籍以及文学小说之中体会出其经典思想"忠心"的真正含义，并加之以自己的观点，分析品味。

二、从古代著名经典小说《三国演义》之中细析"忠心"的涵义

在《三国演义》之中，关羽是"义"之人，他作为忠心的代表，也无时不刻不在感染着其他人，关羽为什么要有如此的忠心，我们可以细究这个问题，从西汉初年以来，受儒家思想的影响，当时社会上这种忠义的思想就被人们所称颂，汉武帝时期，著名儒学思想家董仲舒即提出了以"三纲五常"为核心的仁义礼智信为主体的新儒学，经过汉朝时期封建统治者的历代推崇宣扬，忠君思想已成为当时社会思想的核心主流，而私学的创办也为其提供了基础，在这里，我们无法去探究关羽受到了多少私学的影响，但是我们可以在小说之中看出，关羽自幼熟读《春秋》，素知忠义，他在桃园与刘备、张飞义结为三兄弟，并在以后他们三个人互相扶持，虽然事业受到挫折，但是其情感其忠义却为历代所敬仰，被人们崇拜。

但是，在这本书中，在后来的叙事描写之中，也创造了忠义的最高境界，刘备与关羽因为与曹操作战失败而分散，关羽沦落曹营，但曹操却给之以厚待，关羽为了感谢曹操的厚待，既是出于义气，他为曹操诛颜良，斩文丑，立下奇功，算是报答了曹操，但是在得知故主刘备的消息之后，关羽毅然决然地选择了冒着生命危险与曹营其他将领对他的有色眼镜去投奔故主，带着刘备的两位夫人，加以照顾，并抛开曹操给的锦衣玉食，投奔实力弱小的故主刘备，真正做到了忠义，虽然这本小说的作者罗贯中是明代人，但是在当时封建的环境下，我认为这种忠义的思想得到了很大程度上的传承，虽然"忠"中有很大的愚忠成分，这点在之前我们已经讨论过，但是他却从古至今塑造了中华民族的优秀精神，即对现在社会的忠于祖国、忠于人民思想的铺垫作用，虽然古代之精神与现在与很多地方不相符，但在这里，我要借鉴鲁迅先生的一句话，"我们从古以来，就有埋头苦干的人，有拼命硬干的人，有为民请命的人，有舍身求法的人"，虽是等于为帝王将相作家谱的所谓"正史"，也往往掩不住他们的光耀，这就是中国的脊梁。故忠义在古代不可或缺。

而在小说之中，整部小说都以曹操为反面，刘备为正面，但是其实，文章以另一种角度以关羽与曹操的另一细节描述出关羽的忠义，在华容道，曹军大败，关于为了往日曹操对自己的情义而释放了曹操，释放了曹操，却又是仍然忠心耿耿于刘备，使读者感觉到忠义的最高境界，而在其他人物的渲染之中，其他人物也似乎被关羽所感染，比如，张飞的义释严颜，刘备的为了兴复汉室而讨伐曹操，诸葛亮为了忠于蜀汉而六出祁山最终客死五丈原，甚至在孙权团队，周泰、太史慈、吕蒙等人也是对主公肝脑涂地，舍生忘死，这在另一种角度上烘托出文章的忠义，三国演"义"，在演什么，演的就是义，即忠义，而这个忠义，则是咱们在之前说的那个古代的忠君，忠友，而不是现在的忠于人民，这就是时代的局限。

而本书我认为最能体现忠义的，而且富有现代忠义和古代忠义双重含义的，我认为应该是在《三国演义》后半段，就是《出师表》的那一章节，文章在开头写道：臣亮言：先帝创业未半而中道崩殂，今天下三分，益州疲弊，此诚危急存亡之秋也。然侍卫之臣不懈于内，忠志之士忘身于外者，盖追先帝之殊遇，欲报之于陛下也。诚宜开张圣听，以光先帝遗德，恢宏志士之气，不宜妄自菲薄，引喻失义，以塞忠谏之路也。文章中诸葛亮几乎以一个国师的角度来针对时弊，上述请奏，其实其中，所表达的不仅仅是一个臣子对国家、对皇帝刘禅的忠心，而其中的军事、经济、政治、人事等措施也是为了国家考虑，人民考虑，因为它不仅是刘禅的臣子，同时他也是国家的宰相，而且他也是为了报答先主刘备三顾茅庐的情义，我认为在文章这里，忠义已经超出了君臣的界限，诸葛亮、刘备父子的君臣关系与情义虽然有情感的原因，但我认为，这已经成了古代君臣和谐关系的典范，可以说，在这里文章又将忠义推向了一个新高潮，为人民所传颂。所以，依我之见，这里的忠义是与以往古代帝王将相的正史小说中非常不同的一个地方，在其他小说如《水浒传》，以及《汉书》《史记》《明史》等史书中虽然强调了忠义，但多有君叫臣死臣不得不死的味道，但我为什么要强调《三国演义》的不同呢，就是在这里，忠义达到了一个境界，就是几近达到了相互信任，相互支持，相互鼓励，相互扶持的地步。即达到了一个比较和谐的地步，这在高度集权的中国古代封建君主专制中也是非常难得与少见的。

为什么许多作品之中凸显出忠义的作用呢？在其中虽然有一部分原因是封建君主的推崇，但是另一方面，这已经成为中华民族的传统精神内核，即与"仁""德"等并列的"忠"思想，在现在看来，谈起这些虽然有些老土，但是在当时这是符合社会发展的浪潮的。出师表中写道："先帝知臣谨慎，故临崩寄臣以大事也。受命以来，夙夜忧叹，恐托付不效，以伤先帝之明；故五月渡泸，深入不毛。今南方已定，兵甲已足，当奖率三军，北定中原，庶竭驽钝，攘除奸凶，兴复汉室，还于旧都。此臣所以报先帝而忠陛下之职分也。至于斟酌损益，进尽忠言，则攸之、祎、允之任也……愿陛下托臣以讨贼兴复之效，不效，则治臣之罪，以告先帝之灵。若无兴德之言，则责攸之、祎、允等之慢，以彰其咎；陛下亦宜自谋，以咨诹善道，察纳雅言，深追先帝遗诏。臣不胜受恩感激。今当远离，临表涕零，不知所言。"在其中，我们主要是看到了诸葛亮忠君为民的一面，但是受了时代的限制，这也跑不了有一丝愚忠的色彩，诸葛亮的政治军事建议固然是好的，固然是符合蜀国的发展的，但如果刘禅是个庸君，不是那么一个听话的人，他就会在一定程度上抵制诸葛亮的主张，或者出于其他的原因与诸葛亮产生激烈的矛盾，相比这个情景又是另一种局面吧。

"忠"这个词在古今之所以有着解释含义上的非常大的不同，这里存在的根本原因在于时代的局限性，时代的局限性影响到了社会上的主流思想意识。而主流的社会意识同时也决定了人们的思想。它影响到了人们以及作家的思想方面上的不同，故而形成了作品上忠义观本质含义的不同。在现代生活中，我们要树立自己独特的思想角度来分析这个事情，既要从中借鉴，也要学会加以分析，取之糟粕，这才是我们应该做的，现在有一些人全盘去否定古代所谓的忠义情结，这其实是一种不太明智的表现，从古代的文献中淘出我们现代人需要借鉴的思想，这也是我们需要做到的，去完成的，我们要借鉴的思想是去用忠的思想去维护自己的朋友的正当利益，这也是处理朋友间关系的基本准则，忠诚乃人之根本，其思想内涵我认为永远不会腐烂，落后，过时。这是从小的角度上来说的，从大的角度上来理解，如果我们在未来工作的时候，我们要时时刻刻忠于国家，现在我们可能会意识不到其中的重要性，这可能使我们的社会经验所限，但是我们要时时刻刻将它悬于心中，无国即无家，这是永恒不变的真理。这也是最需要我们做到的。

在古代的文学作品之中，我们不免会看到体现着"忠义"的思想，这种思想在阅读之时，我们要加以领会，加以辨别，加以分析，分析出古今思想上忠义观的相同与不同之处，来体会其思想，体会之时，也要在我们未来的为人处世、学习工作之用到，这才是我们阅读这类思想作品之后，得到的最大价值所在。

第四节　中国古代文学的人文精神

中国文化的人文精神是中国文化最显著的特征之一，体现在中国古代文学上，具有特别鲜明的人文色彩和理性精神。作为中国传统文化基本特征之一的人文主义，具有中国自己的独特内容，它基本上是指礼乐之教与礼乐之治。正是因为中国文化关注的是现实世界是社会人生而不是天堂地狱，反映在文学上，作家都关注现实与人生，社会现实生活是作品的主要题材，即使是神话题材，也寄托着作家关注社会和人生的理想。

中国文化以"人"为核心，它表现在哲学、史学、教育、文学、科学、艺术等各个领域，乐以成德，文以载道，追求人的完善，追求人的理想，追求人与自然的和谐，表现了鲜明的重人文、重人伦的特色。中国文化的人文色彩体现在中国古代文学上，至少有下述几个方面：

一、孝亲忠君的伦理精神

伦理，指人与人之间合理关系，既包括家庭关系，也包括社会关系。家庭关系包括父子、兄弟、夫妇关系，社会关系包括君臣、朋友关系。家庭伦理的基础在情，社会伦理的基础在义，这五种人际关系，儒家称为五伦。《孟子·滕文公上》述五伦：父子有亲，君臣有义，夫妇有别，长幼有序，朋友有信。五伦中最根本的是父子、君臣关系。中国伦理以家族为本位，所有一切社会组织皆以家庭为中心，人与人的关系亦由家庭关系扩大而成。以维系家族血缘和群体感情的孝悌观念是最具有普遍性的伦理模式和最高的道德价值。由"孝"的道德价值推衍下去，便是"忠"，"孝慈则忠"。忠、孝二者经封建统治者提倡，合为一体，成为传统道德的重要组成部分和核心内容。以忠孝为核心的道德价值之系统化，便是所谓五伦、三纲。中国古代文学深刻体现着儒家伦理精神，以忠君孝亲为重要内容。

歌颂孝的,如《诗经·邶风·凯风》,这是歌颂母爱或赞美孝子的著名诗篇,首章云:"凯风自南,吹彼棘心。棘心夭夭,母氏劬劳。"意思是:和风吹自南方,吹拂那枣树的幼苗。幼苗长势苗壮,出自母亲的辛劳。这里以长养万物的南风比喻温馨的母爱,以稚弱柔嫩的枣芽喻婴儿稚嫩的生命,歌颂伟大的母爱,也表达了孝子的孝心。后世文学表现孝思孝行的作品更不乏其例。《木兰诗》叙述花木兰因父年迈,又无兄弟,遂女扮男装,代父从军。这里既表现了木兰的孝行,也表现了其为国尽忠的思想。唐人孟郊有《游子吟》之脍炙人口的诗篇:"慈母手中线,游子身上衣。临行密密缝,意恐迟迟归。谁言寸草心,报得三春晖。"言简意长,写尽了母爱的浓挚、细密、温暖。散文如李密《陈情表》更是千古传诵、感人至深的歌颂孝道的名篇。以孝为主题的文学作品,几乎普遍出现在各种体裁的文学中,成为一种文化精神的自然表露。至于君臣间的伦理关系,也是文学作品的重要内容。最为典型的如屈原的《离骚》、诸葛亮的《出师表》等。在屈原的文学作品中,有炽烈的忠君、爱国情感,他关心国家和人民,直到今天仍作为坚定的爱国者受到高度评价。他把爱国和忠君联系在一起,体现了儒家基本道德原则的深刻影响。同时他又有较为强烈的自我意识、有为追求自己的政治理想和人生理想而献身的意志,作为理想的殉难者,后人从他身上受到巨大感召,他的立身处世方式,也被后世正直的文人引为仿效榜样。中国古代文学渗透着儒家孝亲忠君的伦理精神,它是中华文化伦理精神的具体化、形象化。

二、民胞物与的仁爱精神

孟子说:"亲亲而仁民,仁民而爱物。"以仁爱之心处理人际关系,而且从人际道德关系推衍到人与宇宙万物的关系,提出"爱物"观念。《易传》把孟子爱物的思想概括成"君子以厚德载物"的命题,认为人类应该效法大地,把仁爱精神推广到大自然中,以宽厚仁德包容与爱护宇宙万物,使人类与自然之间建立起一种和谐的关系。宋儒张载进一步提出"天地万物一体"之说,指出:"民吾同胞,物吾与也。"这种民胞物与的仁爱精神也充分反映在中国古代文学作品中。

杜甫在《茅屋为秋风所破歌》中,描绘全家在流亡中,屋破又遭夜雨的狼狈处境,但他推己及人,而且有人无己,唱道:"安得广厦千万间,大庇天下寒士俱欢颜,风雨不动安如山。呜呼!何时眼前突兀见此屋?吾庐独破受冻死亦足!"其爱民之心何等高尚,何等深刻!这是杜甫思想道德境界的体现,是孔子仁爱思想的艺术化。杜甫不但仁民,而且爱物。安史之乱中,他颠沛流离,穷厄困苦,但对病马、颓树都寄情放歌,一洒同情之泪。

这种民胞物与的仁爱精神,可以说反映在自《诗经》《离骚》以来的文学作品中,比如,《诗经·召南·甘棠》一诗,因为深爱召伯,遂对召伯曾休憩于下的甘棠保护有加,告诫人们不得剪枝伐干,让它枝繁叶茂,欣欣向荣。诗云:"蔽芾甘棠,勿翦勿伐,召伯所茇。蔽芾甘棠,勿翦勿败,召伯所憩。蔽芾甘棠,勿翦勿拜,召伯所说。"这种由对人的敬爱转移到对物的关爱,正是民胞物与的体现。

诗人陆游有七律《露望》，写他夜间散步河边，见到商人为争早市、农民为车水灌田而彻夜不眠的景象而发出"齐民一饱勤如许，望食官仓每惕然"的感叹。其实，诗人当时壮志难伸，被主和派排挤回乡，诗句却仍体现了诗人的爱人肃己的情怀。

三、忧世嫉时的忧患意识

中国历史上的忧患意识源远流长，自古及今，连绵不断，它逐渐演化为中国传统文化的一种普遍品格，特别是成为古代知识分子的一种优良的传统意识。古代知识分子，大多是生活在动荡不安的社会背景之中，他们饱经沧桑，满怀悲忧感愤的情怀，因而创作了许多震撼人心的千古不朽之作。忧患意识是他们创造和传播文化的内在动力之一，他们的著作，充满浓郁的忧患情调，充分展现了中华民族的忧患史。众所周知，中华文明特别是先秦儒家文化的出现，实际上是一种忧患意识，是对周代文明危机的忧患和反省。此后多次兴起的儒学复兴运动，都发端于对儒家文化的忧患感以及强烈的文化振兴意识。儒学发展史在一定程度上体现了忧患意识发展的历史。知识分子的忧患意识体现了民族主义的爱国热情及其献身精神，体现了对社会现实和政治的批判精神，也体现了刚健有为，自强不息的奋斗精神。这方面的例证不胜枚举。范仲淹那篇《岳阳楼记》在当时和后世都有很大影响，成为千古不朽的名篇，正是因为他身处北宋积贫积弱的景况之下，满怀深沉的忧患意识，唱出了广大士大夫的心声："居庙堂之高，则忧其民；处江湖之远，则忧其君；是进亦忧，退亦忧。然则何时而乐耶？其必曰：先天下之忧而忧，后天下之乐而乐乎！"再如陆游的诗，悲愤激昂，表达了他要为国家报仇雪耻，收复疆土，解放沦陷人民的爱国热情和忧患意识。《书愤》一诗可为代表。儒家文化培养和滋润的忧患意识，是一种社会历史责任感、民族自信心以及爱国热情的反映，体现了乐观进取、奋斗开拓的精神。这种精神非常明显地体现在我国古代优秀的文学作品中，成为文学作品的灵魂。

第五节　中国古代文学的中和之美

"中和"思想是我国传统文化的重要精神内涵，同时也是中国古代文学的重要创作指导思想。中和思想源于儒家中庸的哲学思想，儒家把"中和"作为文学等艺术审美的理想和原则，它的中和观也对中国古代文学文学的产生、发展有巨大的影响。本节着重以《诗经》和《论语》等儒家经典为例，从传统审美的角度来探讨中国古代文学作品里的中和之美。

一、概述

文学是社会的产物，也是作家在一定的思想指导下创作的产物。文学反映社会生活，也反映作家的创作思想。中国古代文学，可以说是在中国漫长的封建社会中产生的，而统治中国两千多年的封建社会的主要思想是儒家思想，因此，儒家思想对中国古代文学的影响是巨大而深刻的，其中儒家思想的中和观尤为突出。

作为审美范畴的"中"，指内心情感的不偏不倚；"和"，是矛盾对立面和谐统一、相济相成、相反相成的外在表现的美的形态。所谓"中和之美"，就是不偏不倚的内在质，外现为一个既不过分、又非不足的矛盾对立、和谐统一的美。

二、儒家"中和之美"思想

"中和之美"的观点是儒家的核心观点，"中和"一体不可分。"中和"一词，出于儒家经典《礼记中庸》"喜怒哀乐之未发，谓之中；发而皆中节，谓之和。中也者，天下之大本也；和也者，天下之达道也。致中和，天地位焉，万物育焉"。喜怒哀乐之情尚未表现出来时，谓之为中；表现出来后又能顺应自然，符合节度，则称之为和。中，是天下的根本；和，是天下人追求的最高理想。若能达到不偏不倚，尽善尽美的中和之境，天地就会各得其所，万物也会生生不息。"中"与"和"在这里成了宇宙的最高秩序与法则，因此把握住了"中和"，也就把握住了道。

"中和观"作为人格理想、社会理想的范式进入审美领域，奠定了中国古代美学的基本形态—"中和之美"。所谓中和之美是指符合无过无不及、适中原则的和谐美。作为一种审美理想和普遍和谐观，"中和之美"以"中"为正确的审美方法，以"和"为辩证法的合理内核，在一种动态平衡的"中和"状态中调节和指导着古代中国人的人生实践和艺术创造。对中和之美的追求奠定了中国古代美学的整体走向和艺术追求的整体风格。中和之美是中国人生活实践和社会创作的最高理想。

三、中和之美在古代文学作品中的体现

（一）文与质的和谐统一

"中和之美"的标准具体到作品的内容与形式上，便是文与质的和谐统一。孔子说："质胜文则野，文胜质则史，文质彬彬，然后君子。"无论是质实无文，还是浮华无质，都不是好作品。只有质与文达到和谐统一的程度，才是上品。后世的作家和文论家都遵奉这一标准去创作、去衡量作品的成败，鉴别作品的优劣。汉代"调墨弄笔，为美丽之观"的虚妄文风盛行，许多作品片面追求文丽辞巧，而无真情实感。王充起而斥之："人之有文，犹禽之有毛也。毛有五色，皆生于体。苟有文无实，是则五色之禽，毛妄生也。"要求作品文质相称。齐梁时，刘勰丰富发展了"文质彬彬"的内涵，指出："文附质""质待文"的辩证关系，并进一步将"文质彬彬"的要求划为有主次的四个方面："以情志为神明，事义为骨髓，辞采为肌肤，宫商为声气"。"文质彬彬"的要求对文学创作产生了积极作用。杜甫一方面表示以《诗经》、屈原等为学习榜样，继承风骚传统，但同时又不排斥向六朝和初唐在艺术上有成就的士人学习，说"不薄今人爱古人，清词丽句必为邻"，转益多师，

吸取各家之长。正是由于杜甫既重视诗歌言志抒情、反映现实的功能，又注意艺术形式方面的完美，所以才取得了辉煌的成就，"贯穿古今，尔见缕格律，尽工尽善"。历代优秀的作品无不具备"文质彬彬"的美学特征。

（二）感性与理性的适度

长期以来，以诗文为教化的文学功用论成为中国古代一个最为重要的文学观念。这也是受儒家思想影响的结果，儒家提倡以"修身齐家治国平天下"为核心的入世思想；以"仁、义、礼、智、信"为标准的道德观念；以"天、地、君、亲、师"为次序的伦理观念；以及以"允执厥中"为规范的中庸哲学。受这种统治思想的支配，中国古代文学所展示的世界，经常是一个现实的政教伦理世界，在内容上偏重于表现政治主题和伦理道德主题，国家的兴亡、君臣的遇合、民生的苦乐、战争的胜败和人生的聚散以及纲常的序乱、伦理的向背等，一直是中国文学的主旋律，大凡作品表现这些主题、抒发情感，都忌过、求和。"乐不至淫，哀不至伤，言其和也。"朱熹也说："淫者，乐之过而失其正者也；伤者，哀之过而害和者也"，要求作品中节有度。汉代淮南王刘安和司马迁都对屈原的《离骚》评价极高，就是因为他们认为："《国风》好色而不淫，《小雅》怨悱而不乱，若《离骚》者，可谓兼之。"再如，苏轼的作品有时好以时事为讥消，表情有伤于"和"，因而受到批评。黄庭坚就不客气地说："东坡文章妙天下，其短处在好骂，慎勿袭其轨也"；严羽也说："其末流诗者，叫噪怒张，殊乖忠厚之风，殆以骂詈为诗。诗而至此，可谓一厄也，可谓不幸也。"以理节情，性理统一，才能符合"中和之美"的标准。

（三）美与善的兼容并包

美善相兼的本质，在古代文学创作中得到了深刻的反映。"我们的诗歌大多限于颂美、批评社会政治或抒写与政教伦理有关的个人怀抱，小说、戏曲作品每每喜欢表现善人与恶人所体现的道德势力的冲突，这跟西方文学不拘守人伦道德的境界，而向宗教、哲学、心理、历史等领域作多方面的开拓，显然有别。"在中国，文学是"经国之大业，不朽之盛事"，担负着"经夫妇，成孝敬，厚人伦、美教化、移风俗"的重任。儒家的入世思想和教化观念，给文学带来了政治热情、进取精神和社会使命感，使之蒙上了一层理性主义的色彩，抑制了自我情欲的释放、自由个性的进发，虽然也可以"发乎情"，但必须"止乎礼义"。

当然，强调美善相兼，并不是说古代文学不重视写真。其实，传统文学观也有要求反映生活真实性的一面。如晋代左思认为"美物者，贵依其本；赞事者，宜本其实"。南朝刘勰主张，"酌奇而不失其真，玩华而不坠其实"。不过，这种写真写实是与"美刺"的观念紧密相连的，最终还是为了扬善抑恶，起到文学的教化作用，真从属于善，与西方"为艺术而艺术"的路线是相异的。

"中和之美"这一美学思想，是孔子中庸哲学在美学思想上的反映，是对中国后世影响最大、最深远的美学思想。孔子留给后人的这份思想遗产，世代相传，积淀为超个性的民族审美心理。由此就不难理解为什么中国古典戏剧（特别是才子佳人的爱情婚姻剧）经常出现大团圆的结局了。中国古代的艺术家们不论人生多么坎坷，也不论穷与达，总是怨而不怒地对待社会与人生，故而他们的戏剧作品也就缺少西方戏剧那种震撼人心的悲剧意蕴，常常是才子佳人历尽悲欢，最后大团圆，其实是转了个圈，又回到了封建规范的轨道上，以求得心灵的慰藉与平和。我们试以高明的南戏《琵琶记》进行分析：其中认妻是剧中的重要关目。历尽磨难的赵五娘找到了考中状元、入赘牛丞相府的丈夫蔡伯喈。此时的蔡伯喈心境两难：撇下美貌新妻感情上不能割舍，不要糟糠旧妻良心上又不安。怎么办？最好的办法是新妻旧妻都要，这样既满足了情爱需要，良心也得到了安慰，达到情爱与道德的心理平衡。最后蔡伯喈被皇帝封为中郎将，两个妻子被封为郡夫人。蔡伯喈的功名、官场、美女、家庭无不美满。在《琵琶记》中，高明让男主人公停妻再娶，明显流露出了创作个体情欲的躁动，但又高扬儒家人伦美德，让男主人公不弃旧妻，这样的大团圆结局，正是按照着发乎情而止乎礼义的原则而进行，也正是儒家"中和之美"的完满体现。"中和"观和中和之美具有积极向上的历史与现实意义。儒家思想对中国古代文学的影响至深，成就斐然。

第六节　中国古代文学作品与儒家的中庸之道

中庸之道是儒家的核心思想内容，也贯穿了多个封建君主的统治时代。文学是反映文化的代表。儒家思想对于古代或者现代社会都有重要影响，儒学的发展历经数千年，封建统治者一度将儒学视为正统思想，在当时特定的社会背景下，很大部分的文学创作也包含并体现着儒学的思想内容。儒家文化在不同程度上对中国古代文学作品的体裁、主题、思想和感情等都产生影响，儒家的中庸思想也始终贯穿古代文学的创作过程。古代文学创作和儒学精神有着无法分割的联系。

儒家文化出现在春秋战国，历经漫长的历史，是历史的产物。近几年市场经济的快速发展促进了我国在文学方面的探索与分析。儒家文化是我国历史中重要的思想体系，在其核心思想影响下进行的文学作品创作不计其数，为了继承、发扬国家优秀传统文化，彰显民族气质，我们应当对古典文学加以深入分析。中庸之道是儒家的核心思想内容，也贯穿了多个封建君主的统治时代。文学是反映文化的代表。儒家思想对于古代或者现代社会都有重要影响，儒学的发展过程历经数千年，独领风骚数百年，封建统治者一度将儒学视为正统思想，在历史的社会背景下，大部分的文学创作包含并体现儒学的思想内容。我们要想通过中国古代文学作品来看儒家的中庸之道，必须重视儒家思想体系的长远影响，结合实际，从古代文学作品中去探索分析儒家中庸之道的内容。本文试着就儒家中庸之道的思想文化与文学作品之间的关系进行简要分析。

一、儒家文化的基本内涵及其发展历程

（一）儒家文化的内涵

儒家思想的核心内容是仁、义、礼、智、信，儒家文化所处时代背景不同，其主要思想主张也不尽相同。孔子在春秋时期主张仁与礼，"克己复礼""为政以德""因材施教，有教无类"，其文化内容涵盖国家治理、个人修养、社会三个方面。战国时期的孟子提出性善论，相信人的本性都是善良的，同时对于国家治理方面提出"民贵君轻""仁政天下"等思想理论。孔孟思想的发展为儒学文化奠定了基础。在国家、社会、个人三个方面，儒学倡导天人合一。个人要通过自身的修养提升价值，效力于国家和社会，实现个人的社会价值，这才是天人合一的正确理念。

第一，在国家治理方面，儒学主张施行仁政。国家在治理过程中需要用道德和礼教来施之以民，实际上这也打破了当时"礼不下庶人"的传统规则。仁政即人道精神，注重以人为本，就现代社会而言，人道主义一直被广泛重视以及运用，重视百姓的民生问题才是社会、国家稳定发展的基础。

第二，在个人修养方面，主张人性本善，克己复礼。儒学代表孟子提出人生来就是善良而美好的，只是需要加以修养历练，通过自身的求与学，展现个人的成长修养，达到儒学的"修身"思想。

第三，在社会方面，主张教育教学应因材施教，有教无类；在社会思想上面提倡道德感化，实行人治。

纵观历史的发展，儒学能够独领风骚数千年，究其原因还是儒学在不同的社会背景下，结合实际情况进行发展，其核心思想不变，对应不同的社会政治背景有新的思想主张。在近现代和当今社会，儒学思想文化都一直对社会和国家有着重要影响。

（二）儒家文化的发展历程

公元前 770 年的春秋时期，奴隶制度崩溃，诸子百家纷纷登上历史舞台，孔子创立儒家学派，收众多信奉儒学的弟子，游走各国进行思想传播，儒家思想在春秋时期产生了很大的社会影响。战国时期，儒家代表人物孟子将儒学进一步提升，把孔子主张的儒家思想由"礼"上升为"仁"，主张性善论、仁政学说，之后又有荀子的性恶论之谈。后来，儒学在秦朝焚书坑儒的悲惨社会背景下几近消亡，在汉武帝统治时期又得到发展，真真正正地成为当时的正统思想。汉武帝时期儒家代表人物董仲舒吸取其他各家的有益思想，将儒学推上政治舞台。汉朝以后儒学的社会地位又慢慢下降了，魏晋南北朝时期崇尚玄学，儒学并未得到重视。在明末清初，儒学思想达到了巅峰，程朱理学、陆王心学都是以儒家思想为基础发展起来的，清代封建统治将儒学奉为正统思想，借儒学的核心思想内容统治封建社会。在近现代的企业管理、教学教育中，儒学思想也被广泛应用其中，其现在的社会影响亦不可估量。

二、古代文学与儒家文化的关系

儒学在一定程度上涉及"用世"的精神，换言之就是"修身齐家治国平天下"精神理论的延伸。孔子作为儒学代表人物之一，是古代文学的代表人物中产生影响较大的一位。面对春秋时期奴隶制崩溃，各方势力动荡不安的社会局面，孔子积极承担起社会责任，试图找寻合理有效的制度去帮助统治者实现大一统局面，让百姓能够稳定生活。孔子虽然一直保持积极入世的态度并没有表露出要归隐山林、逃避战乱纷争的想法，但是他所处的社会环境并没有进行革命运动或者民主选举，如果他想要实现从政的愿望，最有可能的途径就是得到君主的信任及任用。所以孔子周游列国，试图劝说各国诸侯听取并采纳他的治国之道，并重用他进行政治方面的政策实施。然而天不遂人愿，能够接待孔子的国君诸侯很少，更别说采纳他的治国理念了。

孔子始终保持积极入世的态度，对古代文学作品的创作产生了深远的影响。文学是社会意识形态的重要组成部分，文化是社会意识形态的凝聚力。儒家文化的发展有其阶段性的特点，所以儒家文化对古代文学的影响因儒家文化的不同阶段而不同，其影响主要表现在以下几个方面：

（一）文学体裁

中国古代文学的表现形式多种多样，其发展历程也经历了数千年。在春秋战国时期，先秦散文和楚辞是主要的文学体裁，先秦散文有历史和诸子两种形式，例如，著名的《春秋》《左传》等，它们是记述历史事件的文学类著作；而《论语》《韩非子》等则是诸子百家对于自身思想学说进行阐述的文学作品。先秦散文的文学风格呈现出多样化的特点，有的气势磅礴，有的浪漫奇幻。楚辞最开始的定义具有局限性，单指楚地的歌辞，后来逐渐演变为诗歌体裁或诗歌总集的名称。楚辞的文学作品多偏向浪漫，感情奔放，想象力丰富奇特。到了汉代，汉赋是常见的文学体裁，汉赋有大赋和小赋，它们大多歌颂礼乐文化，借用事物来抒发内心情感。唐朝社会稳定，经济开放，诗歌盛行，由此涌现大批的诗歌名人。此外，诗歌的表现形式也很多，有古体诗、绝句、律诗，其中又有五言和七言之分。唐诗内容简短，但表达的感情是直观、强烈的。

无论是汉代的赋或者是南北朝的民歌、乐府诗还是唐朝的诗歌，都是受儒学文化的影响而进行创作的。汉代经历了儒学文化的兴盛和衰亡，儒家教条的短时衰弱，促进了文学本位的回归，而唐朝诗歌多是关注庙堂的作品，容易受到君王喜爱，也表现唐朝时期的儒学正在慢慢走向庙堂之高的道路。

（二）文学主题

儒家文化的核心思想自始至终都是主张"仁"的思想，古代文学作品很多都是从民生关注、君王的爱戴等主题去进行相关创作的，所以其文学作品大多有关心百姓疾苦、渴望得到君王的赏识而报效国家的感情流露，古代文学作品很多都是把对国家的热爱和君王的爱戴与怜惜百姓生活在水深火热中联系在一起。但是如果继续深入研究就会发现，很多文学作品都会将关注百姓疾苦、痛斥社会民生问题和忠君思想融合在一起，好比屈原的楚辞，他通过浪漫、奇幻的表现手法去表达自身想要入世，为人民和国家做出贡献的激情，主观意识和情绪都很高涨，但是对于入世的行动又有点退缩，没有充分发挥主人公的主体性优势。这在一定程度上表明屈原在文学创作方面感情无法实现，爱和恨的相对独立、分离始终交杂缠绕着，所以文学作品会有两面性的特点。甚至对后来的文学创作也产生了一些影响，陆游、范仲淹等文学大家的文学作品都具有这种两面性的相似特征。从根本上来说，还是儒学思想文化中的理念，在民生和君权这两个方向体现出两面性。在封建统治社会，君王决定文学大家们的前途，在一定程度上表现为文学创作精神的领袖。这从侧面反映了创作者们受儒家文化影响，典型作品有陆游的《长歌行》《书愤》，范仲淹的《岳阳楼记》，充分证明了儒学文化与文学创作有着紧密的联系，都在文学作品中直接或间接地表达了出来。

（三）文学作品

儒家文化注重伦理纲常，即"三纲五常"方面的秩序，三纲是指"君为臣纲，父为子纲，夫为妻纲"，五常是"礼义仁智信"，提出人的关系和秩序维护的重要性。这些都对当时社会发展起到了推动作用。王勃的《送杜少府之任蜀州》、王维的《九月九日忆山东兄弟》等都体现了儒家思想文化中对于"三纲五常"的释义，反映了儒家思想在追求人生理想目标的实现和完善自我方面都有深层次的表现。

（四）文学作品的创作思想转变

儒家思想在文学作品创作中发挥了重要作用。站在儒学中庸精神的角度来说，从文学创作的言志思想发展到情态思想阶段、写意思想和传神思想，上述思想模式的转变发展都在一定程度上突出表现了古代文学家在创作文学作品时的心理活动，杜甫的《新安吏》《石壕吏》《潼关吏》《新婚别》《垂老别》《无家别》，这"三吏""三别"也没有对现实的细节描写，属于写实类的抒情，抒发了主观情感。这反映出文学作品的创作多是基于主观思想的抒情，依据一些实际事件，建立在积极入世的态度之上。

三、儒家忧患意识的建构与作品创作

儒学从血缘关系和情感层面建构了人生的苦难感，突出了人生的历史使命感和严肃性。这种建构对后世文人产生了深远的影响，也反映在后世文人的作品中。唐宋文人众多，具有代表性。李白在《行路难其二》中写道："弹剑作歌奏苦声，曳裾王门不称情。淮阴市井笑韩信，汉朝公卿忌贾生。君不见昔时燕家重郭隗，拥篲折节无嫌猜。"表达了诗人对自己怀才不遇、没有得到朝廷重用的感叹。《行路难其一》中"长风破浪会有时，直挂云帆济沧海"，表达了诗人对未来充满信心，显示了诗人的雄心壮志。杜甫的"三吏"和"三别"形象生动地描述了当时人民生活于战乱的社会现实，一方面，显示了作者对战争的无奈之情和对人民生活于困境之中的关怀与感叹；另一方面，它真实地描述了战争带来的无尽灾难。《蜀相》中"出师未捷身先死，长使英雄泪满襟"，借诸葛亮对刘氏的忠心来表达诗人非常想要获得为国家而战的机会的心情。北宋文学大家苏轼在政党斗争中屡遭排挤和流放，其文学作品对后世学者产生了深远的影响。在《水调歌头》（明月几时有）中，诗人通过中秋节赏月来表达自己对生活的感慨，反映了他在政治上经受挫折后所产生的关于出世、入世的矛盾感情。范仲淹《岳阳楼记》中"先天下之忧而忧，后天下之乐而乐"，它表达了诗人对社会穷苦百姓的关怀和他以天下为己任的人生精神，"不以物喜，不以己悲"，这是诗人乐观开朗的精神境界。在封建社会的末期，儒家的这种忧患意识在文学作品中得到了体现。

四、文学创作中贯穿中庸哲学思想

儒家的中庸思想始终贯穿古代文学创作过程。儒学的中庸思想在中国古代文学，特别是构思悲剧人物的故事情节方面有着突出的影响。悲剧故事往往都是以正派胜利落幕，使人在精神上得到安慰，将悲剧感大大削弱。不论是古代的文学小说还是现代的文学影视作品，在文学情节的构造上都具有典型的悲剧平和感，不过分追求表现悲剧主人公的人格，用理性约束自己使得社会群体得到平衡。儒家思想对古代小说情节结构的影响，主要表现在忠义与叛国之争或君子与恶棍之争中，小说最后往往都是正派战胜反派，正派拿下胜利的果实，反派接受应有的惩罚。例如，在英雄小说中，大多数正派的英雄可以报仇雪恨，建立伟大的成就，甚至得到朝廷重用，位至高官。

在公案侠义小说中，大多数都是好官和侠义之士成为最终赢家，奸臣被施以应有的重罚，这种故事结尾也是非常普遍的。在情节安排上，古代小说往往在紧张情节的后面接上更为轻松的情节内容，使得二者和谐统一，而不是单方面发展剧情。这一思想与中庸儒学的美学理想非常吻合。在小说中，为了解决悲剧因素，人们常常用预言式的神话为小说埋下伏笔。例如，在《水浒传》的开头，"洪太尉误走妖魔"，预示着凉山英雄的最终命运。《红楼梦》前几章中贾宝玉的梦境也昭示着金陵十二钗的结局。但《岳飞传》中将奸臣秦桧及其妻子陷害岳飞致其死亡的悲剧结局归结为大鹏鸟与蝙蝠之间的前世冤仇，进一步削弱了岳飞之死的悲剧意义，似乎岳飞罪有应得。古代小说家为减轻悲痛所做的努力与儒家的"中和观"有着不可分割的联系。

儒家思想在文学创作的很多层面都有对美好生活的向往之情，像清朝蒲松龄的《聊斋志异》里面有很多对于牛鬼蛇神之间的美好感情、很多人物死而复生的故事情节的创作；《梁山伯与祝英台》里面，梁山伯虽然因病亡故，但是最后祝英台追随他化蝶而去，最终双宿双飞。这些小说的创作从某种程度上都表达了对美好生活的期待。

综上所述，在中国数千年的历史长河中，儒家思想文化一直都影响着中国的文学意识和思想。古代文学创作和儒学精神有着无法分割的联系，从儒学的中庸角度出发深入分析和研究古代文学作品，所有的文学作品都会有不同人从不同角度、用不同方式去研究，尤其是那些经历了数百年甚至千年的历史考验保留下来的优秀的文学作品。很多文学作者认为深入往一个点去钻研能把它研究到一个极致的境界，其实这是与之背道而驰的，会离其真实价值更远，即丧失作品应当具有的真实用途。所以，只有立足全局，了解其内在内容意义和外在结构、主客观价值体系的建构、传统历史和现实需求的矛盾，严格遵守儒家中庸之道的思想，才能够真正得到符合历史时代和文学家创作实际的思想感情或观点，文学作品才能够得以流传千古。

第六章 中国古代文学的实际应用研究

第一节 戏剧影视文学专业"古代文学"的应用

结合高校戏剧影视文学专业的培养要求，对该专业的古代文学应用型教学改革进行了探索。提出应围绕古代文学与戏剧影视文学之间的契合点、共通点展开，以发挥古代文学作为有生命力的文化资源的功效。并指出具体应从三个方面着手：第一，文学语言表达上，重视古典词汇的积累和运用；第二，作品创作的题材上，注意古典题材的延伸和再创作；第三，文学创作的方法上，把握画面构图、意境营造及时空处理等技巧上的共通性和可借鉴性。通过有针对性的课堂教学，以增强学生影视剧写作和文化创新的能力，同时也为应用型专业的古代文学教学改革提供一些思路。

中国古代文学长期以来都是本科院校中文专业的主干课程，其重要性自然毋庸置疑。然而，随着"建设应用型高校，培养应用型人才"理念的提出，地方高校中一些市场前景较好的专业不断增设，戏剧影视文学专业就是其中之一。该专业以培养影视剧编导为主导方向，要求学生具有一定的剧本写作和文化创新能力。为适应这类应用性较强专业的需求，作为基础课的古代文学教学也必须有相应的革新。这需要教师转变固有的观念，改变过去那种简单的知识传授、知识堆砌的填鸭式灌输，或者那种曲高和寡、令人望而生畏的学术研讨，而要把古代文学看作有生命力的文化资源灵活地运用。那么在教学中该如何发挥这种文化资源的优势呢？这就需要深入挖掘古代文学与戏剧影视文学之间的契合点、共通点，在教学中作为重点加以强调和突出。比如，词汇的积累和运用，文学素材的挖掘和创新，某些创作技巧的相似等，都可以给戏剧影视文学专业的学习提供资料和借鉴。下面就从这三个方面来详细论述。

一、语言：时代性

进入有声时代以来，声音（语言、音响和音乐）就成了电影不可缺少的组成部分。声音中的语言即台词（包括对白、独白和旁白），具有一定的时代性，因此在历史剧中需要有所区分。除了做到人物语言充分个性化外，还要尽可能符合古人的用语习惯，以凸显历史剧的文化韵味。要达到这一点，即使是专业编剧人员也是有相当大的难度。

以近几年收视率较高、制作较为精良的电视剧作品《神探狄仁杰》系列为例。剧作主要讲述的是唐武周时期元老大臣神探狄仁杰、武将李元芳携手合作，屡破惊天大案的传奇故事。该剧在语言方面既有文言，也有白话。编剧有意加入了诸如“夤夜”“查察”“迁延”“小厮”“仵作”“卑职”“元凶”“便宜行事”等现在已很少使用的词语；采用了如“求大人宽恕则个”等古代口语的习惯表达，以上这些词语的使用都使该剧颇具古典意味。但剧中也有个别语言运用不当，留下了让人诟病的瑕疵。比如，“巧言令色”一词，出自《论语·学而》“子曰：巧言令色，鲜矣仁”，这句的意思是花言巧语，伪善的面貌，这种人，仁德是不会多的。狄仁杰本意是斥责犯罪嫌疑人巧舌如簧，证据已然确凿仍犹自强辩，剧中却说“事到如今，你还在这里巧言令色”（拍惊堂木）。这里“巧言令色”显然是用词不准确了。再如《神探狄仁杰 4》中如燕对凤凰说：“大阁领，这可让如燕讳莫如深了。”“讳莫如深”原指事件重大，讳而不言，后指把事情隐瞒得很深，泛指把事情的真相紧紧隐瞒。从上下文来看，如燕想表达的意思是因为凤凰前后言语不一致而感到不理解，此处用“讳莫如深”纯属语病。还有“斟酌”一词，意思是反复考虑以决定取舍，常见的组合有“字斟句酌”“浅斟低酌”等，但没有“斟而酌之”的用法。而剧中狄仁杰回复武则天却说：“此事需斟而酌之。”这就是明显的病句。“惜言如金”一词，在剧中运用也不准确。《神探狄仁杰》第一部狄仁杰放走虎敬晖，并要虎敬晖遵守承诺，但台词中却说“希望你惜言如金”。这里显然是望文生义。除此之外，剧中还出现了朝廷诏令、官员的奏折等较长的文字，这些篇章语句文白夹杂，结构不甚整齐，文气不够连贯，文字风格也不够统一，剧作者在处理这个部分时古文功底的欠缺就表现得更为明显。

历史剧对语言要求比较高。语言运用合宜，会有古色古香的效果；而运用不当，则会弄巧成拙，显得不伦不类。戏剧影视文学专业既然以编剧为主导方向，那么就必须在语言方面进行积累和锤炼。这就需要学习经典作品，来提高学生的语言运用能力。能够进入教材的除了诗词曲赋等韵文以外，还有大量的史传散文、说理散文、山水游记、志怪传奇、白话小说。这些作品不仅时代有别，且风格各异，值得带领学生仔细研读、体会。通过熟读文言和白话作品大量积累词汇，熟悉古汉语的习惯用法，唯有如此，才能在语言运用方面驾轻就熟、游刃有余；才不至于捉襟见肘、乱用误用。

二、素材：延伸性

古代文学从时间断限来说，上自先秦下止近代；从叙事文学的体裁来看，既有上古神话和传说，也有叙事诗，杂剧、南戏，明清传奇，文言和白话小说等。这里面积累的各种类型和母题，在今天依然具有延伸性。比如，当代文学作品贾平凹的《五魁》《白朗》《美穴地》等匪行小说从类型源头上可追溯到英雄传奇之鼻祖《水浒传》；武侠小说可以溯源到唐传奇中的豪侠小说；而仙游小说这一新类型，其实也是从武侠小说演变而来的。因此可以说，每一部通俗作品都是对文学史上的一部经典作品的模仿与翻新。

进入新媒介时代后，对经典作品的模仿与翻新并未停止。诸如《三国演义》《水浒传》《西游记》《红楼梦》《聊斋志异》等古典文学作品仍然占据着大众的视野。除了电视剧集外，长篇小说中的精彩篇章也被搬上大银幕，如《三国演义》之《赤壁》上下，《聊斋志异》之《画皮》《画壁》，《西游记》之《大闹天宫》等；还有水浒人物谱系列作品，如《入云龙公孙胜》《鬼脸杜兴》《金毛犬段景柱》《金大坚与萧让》《金枪手徐宁》等。这些作品有的以小说原有情节为主要内容，有些则借小说中的只言片语敷衍开来，但依然继承了原著的精髓。还有些经典素材则在后现代文化语境下被重新解读和阐释。如《大话西游》之《月光宝盒》《仙履奇缘》等，对《西游记》中师徒四人的形象、性格进行颠覆性的改造，使传统题材焕发出新的生命力。还有李碧华的《青蛇》《潘金莲之前世今生》，则从女性主义的角度为传统题材的再创作提供了新视角，等等。这都证明了一点，即"所有以往的文学同时又都是现代的，都可以为我们所用"。

因此，在教学中，教师不应只满足于按时间顺序梳理各种文体发展史，介绍文学观念的嬗变，文学流派的兴替，文学理论的演进等；也不应过多涉及学术性较强的考证、索隐等问题，而应结合当前影视圈的热点，引导学生去搜集有潜在市场价值的素材，选取可行的角度进行文学创新。比如，《水浒传》的教学，对于小说的成书、版本等略作介绍即可；对于小说的主题、人物、影响等与剧本写作有关的部分，应结合作品进行分析、讲解；此外，更多地还要强调对原著深入阅读，从中撷取有价值、有意味的素材资料进行再创作，从而以传统题材表达当代意义。

三、创作：共通性

戏剧影视文学与古代文学存在着一定的差别。传统文学主要通过文字、语言传达给读者以间接印象，而影视文学则主要凭借画面、声音所建立的直观视听感受与观众交流。但两者又同属文学大类，因而在创作上仍有明显的共通之处。苏联蒙太奇学派的代表人物之一爱森斯坦曾说："就其对事件的纯情节性的蒙太奇而言，与电影本质最为接近的仍是东方艺术。"之所以这样说，是因为东方艺术能够将时空和谐统一。就拿中国古典诗词来说，它不仅是时间的艺术，同时还是时间率领空间的艺术。它特别重视画面的构图、意境以及时空关系的处理等；作为视听艺术，影视剧也主要借助画面和画面的组接来叙事抒情以及实现时空的转移。因而，古代诗词在建构画面美感、营造画面意境和自由转移时空方面甚为成熟的技巧，同样值得专业的影视剧编剧借鉴和模仿。

（一）诗词：诗画结合

影视作品尤其是电影，非常注重画面的构图，往往借助画框中的线条形状、位置、色彩、光线等来营造丰富的层次和视觉的美感。中国古典诗词也同样关注画面的美感，苏轼在《书摩诘蓝田烟雨诗》中评价王维山水诗曰："味摩诘之诗，诗中有画。"诗与画虽不同，但古人却能以画法入诗，实现诗与画的结合。于是诗成了有声画，画则为无声诗。以杜甫

《绝句》为例："两个黄鹂鸣翠柳，一行白鹭上青天。窗含西岭千秋雪，门泊东吴万里船。"前两句诗，将能够体现早春特色的景物纳入了画面，不仅有色彩黄、绿、白、青，显得明丽清新；有数字的变化，两个、一行，横纵相对；还有位置的不同，青天、翠柳高低错落，远近合宜。后两句诗中，不仅点出早春的季节特征——未融之雪，还以下东吴之船含蓄表达了思归之情；更重要的是，在构图上以门和窗为画框，以窗外之雪山、门外水上之舟构成借景、隔景来形成画面的景深效果，以增加画面的造型之美。如果教师在讲解此类诗词作品时，能更多地与影视的画面构图规则联系起来进行分析，可能会给学生带来更深的体会和更多的启发。

（二）诗词：意境之美

意境是中国古典诗词美学的重要概念，在创作中主要通过景、情的合一来实现。诗词中富有意境的佳句不胜枚举，这里举两个简单例子稍做说明。如范仲淹的边塞词《渔家傲》："塞下秋来风景异，衡阳雁去无留意。四面边声连角起。千嶂里，长烟落日孤城闭。浊酒一杯家万里，燕然未勒归无计。羌管悠悠霜满地。人不寐，将军白发征夫泪。"词的上阕，以边塞秋季特殊的风物、特别的黄昏时刻营造了孤苦凄清的氛围，与下阕抒发戍边将士悲壮心酸的心绪极其吻合。元曲大家马致远的《天净沙·秋思》被视为言愁之佳作，主要是以意境取胜。"枯藤老树昏鸦，小桥流水人家，古道西风瘦马。夕阳西下，断肠人在天涯。"曲中的这几组意象不但极具画面感，而且共同构成了衰飒之秋景，很好地烘托出天涯游子的羁旅之恨、乡思之愁，引起了历代读者的共鸣。富有意境的画面在电影中，能够承载更多的意义。如苏联诗电影流派的代表作之一《雁南飞》，影片结尾部分有一只大雁又一次南飞的空镜头，饱含着感人至深的情思。它引导着观众思考法西斯战争的罪恶，呼唤人们珍惜美好的情感，学会坚强面对生活。我国第五代电影导演的作品也重视画面意境的营造。比如，陈凯歌执导的《黄土地》，剧中八路军的文艺工作者顾青来到陕北采风，与翠巧一家人在耕作间隙休憩的画面，就颇具诗的意境：一边是绵延广袤、厚重朴实的黄土地，一边是缓缓流淌、亘古不变的黄河水。这一刻壮阔而宁静，似乎联系着过去，又孕育着美好的未来，很好地体现了影片关注民族命运的主题。因此，教师在教学中可以较多地关注古典诗词的经典意境，引导学生借鉴这些技巧来处理影视剧画面。这样，不仅可以提升画面的感染力，也可以使作品具有某种独特的风格。

（三）诗词：时空转移

中国古典诗词善于处理时空关系，往往借助独特情景营造的特殊情境来打通不同的时空，以深切表达主体对客体的感受。例如，崔护的《题都城南庄》："去年今日此门中，桃花人面相映红。人面不知何处去，桃花依旧笑春风。"诗中通过桃花、庄院门户等相同的景物，将去年今日和今年今日构成对比，不但拓展了时空，而且还委婉地传达出作者寻访不遇的惆怅惋惜之情。再来看南朝诗人萧绎的《咏梅》："梅含今春树，还临先日池。人怀前岁忆，花发故年枝。"诗歌以梅、池两个物象将过去和现在两个时空连接起来，将梅的再次盛开与人的感慨流年作了比较，在变与不变中抒发了时光流逝、物是人非的感叹之情。再有柳永的《雨霖铃》："寒蝉凄切，对长亭晚，骤雨初歇。都门账饮无绪，留恋处，兰州催发。执手相看泪眼，竟无语凝噎。念去去千里烟波，暮霭沉沉楚天阔。多情自古伤离别，更那堪冷落清秋节。今宵酒醒何处，杨柳岸晓风残月。此去经年，应是良辰好景虚设。便纵有千种风情，更与何人说。"在此词中存在着三个时空：现在的离别之际、离别之后的今夜酒醒之时、离别几年之后，由现在的伤感不已悬想离别以后无人倾诉的孤独寂寞，借三个时空浓浓铺展开来，荡漾开去，造成余韵悠长的效果。古典诗词处理时空的技巧，对影视剧本的写作、分镜头的设置、电影的剪辑都有所启发。特别是在不同时空的转换上，如何做到"无缝"连接？就可以采用诗词中特殊情境等作为剪辑点进行巧妙的转场，以保持画面的流畅和叙事、抒情的连贯。

综上，根据影视剧本创作的实际需要，古代文学教学应以语言的积累与运用、素材的延伸与创新和创作技巧的共通与借鉴三个方面作为教学重点，这既可以加强戏剧影视文学专业学生应用能力的培养，同时也可以较好地实现古代文学应用型教学改革的目标。这既是传承传统文化的需要，同时也是提高培养戏剧影视文学专业素养的需要。经典文学只有不断地被接受、被阐释，才能保持旺盛的生命力，才能不断自我更新、与时俱进；而具有深厚的古典文学修养的编剧，才能创做出既符合当代精神又具有东方美学神韵的好作品。以上是笔者对古代文学应用型教学改革的一些粗浅看法，不成熟之处还请大家不吝赐教。

第二节　文献学在古代文学教学中的应用

社会科学的各个学科都是紧密联系的，古代文学也是如此。文献学作为中国一门古老的学科，和古代文学有着千丝万缕的联系，是一种传统的治学方法，在古代文学研究中占有重要地位。因此，在日常的古代文学教学中应该有意识地给学生渗透文献学的相关知识，这样，不仅可以加深学生对古代文学作品本身的认识，也可以提高学生的研究能力。

我们知道，社会科学的各个学科都不是孤立的，都与周边的学科有着不可分割的联系。在研究和教学中，如果仅仅单一地就某一学科本身进行解读，必然会陷入单向、一元、狭隘的境地。中国古代文学更是这样一门学科，它源远流长、包罗万象，所以在研究过程中呈现出多学科渗透的态势，与此相关，在古代文学教学中，在解读本学科知识的同时将周边学科知识进行有效渗透，不仅会加深学生对古代文学作品本身的认识，了解古人无所不包的思维方式；更会培养学生的多向思维能力，培养他们研究古代文学的能力；同时也有利于学生系统化的知识体系的建构，有利于学生对社会科学的多学科知识的综合运用。一般说来，中国古代文学中渗透着文献学、哲学、文化学、历史学、美学等各个学科的知识，本节拟就文献学在中国古代文学教学中的应用进行论述。

一、文献学在中国古代文学研究中的重要性

文献学是研究古今中外文献材料的理论和应用的基础课程。古今中外文献卷帙浩繁、无法穷读，现代社会信息技术发展迅猛，信息量空前增长，如何利用较短的时间、有限的精力阅读自己最需要的书，选择最需要的信息，网罗最必要的文献资料，文献学无疑是事半功倍的一把钥匙。

文献学学科的特点和功用决定了它在中国古代文学研究中的重要地位，我国很多学者，如王国维、姜亮夫、程千帆、曹道衡、刘跃进等都十分注重文献学这门根底之学。王国维先生在《人间词话》中说"昨夜西风凋碧树，独上高楼，望尽天涯路"，是治学的第一种境界，这第一种境界，是知道天外有天，山外有山，要知道每一门学问都和相关的学科有着千丝万缕的联系，不是研究文学就单独搞文学就可以了。要真正进入这种境界的前提就是经过传统文献学的训练，这是从事传统文化研究的基本技能的训练。王国维先生让他的学生们通读《四库全书总目提要》，让他们从目录学入手，打通文史界限，走出狭隘观念中的文学。

程千帆先生也始终强调，中国古代文学的研究必须非常重视文献学的基础，他常讲，要把批评建立在考据的基础上，当进行古代文学的研究的时候，首先要把研究的对象，也就是材料本身先搞清楚，这个材料是完整的，还是残缺不全的？是真实可靠的，还是虚假的？他首先是强调这一点，接下来才是最基本的文学史实、作家的生平等等。这些属于考据学、文献学的工作搞清楚以后，我们才能进入文艺学的研究，才能对这个作品进行判断、解读、评判，然后提升到理论，得出一些结论来。

曹道衡先生认为，文学史的研究正像其他历史部门一样，要做好这种研究必须兼具古人所说"才""学""识"三个方面，过去的研究者，往往说到对"义理""辞章"和"考据"三者应该并重而不能偏废。这里所谓的"义理"，用现代的话说就是作理论方面的探讨；"辞章"是指艺术成就的分析；而"考据"，则指历史事实、文字、声韵、训诂以及版本、校勘等一系列文献学方面的研究。这三种方法各不相同，却又相互为用，相辅相成，缺一不可。文献学的研究其实是文学史研究中不可忽视的一种重要环节，而目前有些研究者，似乎对版本、考据等方面的研究有某种程度上的忽视。

刘跃进先生将古代文学研究明确分为文学文献学和文学阐释学两大阵地，并说自己的研究方法是文献学方法，对文学史的把握更多地依靠于文献的清理，同时，对文献的整理与研究又充满了"史"的意识。他认为文献学不是一门独立的学问，而是我们中国传统的治学方法、治学途径而已。这样看更能突出文献学在古代文学研究中不可或缺的重要作用，更能明确文献学和古代文学两者之间的关系。刘跃进先生还总结了最近几年学术界的变化：第一，由过去的那种单纯追求艺术感受逐渐演变成对中国文化历史感的总体把握，就是强调综合性；第二，由过去单纯地追求理论，慢慢地开始向传统文献回归。从中我们可以看出，当文学研究没有新的理论来拯救的时候，向文献回归也是我们沉淀

学术的一种方式。

二、文献学在古代文学教学中的应用

张崇琛先生在《研究型大学的中国古代文学教学改革与实践》的成果总结中提到：古代文学的教学指导思想，首先是对中华民族优秀文化的弘扬，其次是培养学生的"三种能力"，一是驾驭文献的能力，所谓驾驭文献，就是要知道有哪一些书可读，怎样去读，遇到什么问题去翻哪一类书，二是理论思辨的能力，三是实际写作的能力。这里面把驾驭文献的能力放在了首位，可以看出当今学者充分认识到文献学在古代文学研究中的基础地位，并把它糅合到了教学中。

高校中国古代文学教学的目的除了让学生了解基本的文学发展演变过程和作家作品之外，更主要的目的是培养学生感受和研究古代文学的能力。因此，在古代文学的教学中，我们也应该有意识地把文献学渗透进去，让学生了解两者密切的关系，这不仅有助于加深学生对文学史本身的了解，也教给学生一种传统的治学方法，让他们把前人优秀的传统继承下去。

下面笔者将自己在元明清古代文学教学中总结出来的应用论述一二：

（一）文献学在课堂教学中的应用

中国古代文学史的教学任务是研究中国古代文学的创作与发展的历史，研究中国古代文学在各个历史时期的主要内容及其繁荣发展的情况和艺术规律，在教学中，首先涉及的就是对古代文学史的基本认知，在给学生介绍作者、作品的详细情况时，往往要从文献入手，这就涉及文献学分支学科中的目录学和版本学等知识。如介绍《三国演义》的成书过程时，要引用明代高儒《百川书志》中的这段话："据正史，采小说，证文辞，通好尚，非俗非虚，易观易入。"介绍《水浒传》作者的时候也要引用这本书中的一句话："《忠义水浒传》一百卷。钱塘施耐庵的本，罗贯中编次。"这里就有必要为学生介绍一下《百川书志》这部私家目录书。目录学则被称为"学中第一紧要事，必从此问途，方能得其门而入。"中国的通俗小说一直地位比较低下，所以也一直没有一个完整正式的通俗小说目录书。《百川书志》多年以来一直被学者奉为拱璧，高儒把罗贯中的《三国志通俗演义》和施耐庵的《忠义水浒传》列入了史部的野史类，王实甫、关汉卿等的戏曲列入了史部的外史类，瞿佑的《剪灯新话》列入了史部的小史类。这些在封建时代士大夫所视为不登大雅之堂的作品，不收入子部小说类而收入了史部，这是他的独特的看法，对研究元明清文学有很大的指导性。在介绍这部目录书的体例时，要涉及这是本有解题的目录书，那什么是解题，还要给学生简单介绍目录的结构，让他们明确有书名、类序、解题的目录书是结构完整的，对治学指导性也最强，其中解题又称序录，是专门介绍图书的内容主旨、价值得失、作者生平事迹、学术源流及该书的版本、校勘和流传情况的，为学生选择使用书籍和进一步做研究打下了坚实的基础。

由此可以引发出，让学生关注目录书，学会使用目录书，治学可以起到事半功倍的效果，推荐他们去阅读《四库全书总目提要》，让他们明确提要就是目录书的别称，读了这部目录书可以了解从先秦到清代中国三千多部书的内容、优劣和得失，在短时间内就能找到自己需要的资料。

还有，在讲到一些大部头的长篇小说时，首先要介绍的就是小说的版本，如《三国演义》的罗本、李评本和毛本，《水浒传》的嘉靖年间的坊刻残页本，《西游记》的最早的版本金陵世德堂刊本等，这里就要涉及版本学的知识，要讲解什么是坊刻本，世德堂是什么地方，要介绍刻本和写本的区别，要介绍明代出版业的发展，让学生了解坊刻本就是书店刻印的有商业性质的书籍，书坊就是书店的别称等，都要用到文献学的知识，如果不加渗透，学生就不会理解，也不会了解各种版本之间的区别，在做研究的时候就会遇到障碍。

（二）文献学在论文指导中的应用

毕业论文在本科教育中是非常重要的，它是对本科学生四年来掌握和运用所学基础理论、基本知识、基本技能以及从事科学研究能力的综合考核，是实现本科培养目标的重要教学环节，在训练本科生进行科学研究、提高综合能力与素质等方面，都具有不可替代的作用。因此在日常的教学中，有必要渗透一些选题、写作学术论文的方法和技巧。那么，作为中国传统治学方法的文献学此时就应该派上用场。

中国社会科学院的刘跃进先生总结出：中国文学的研究，总要涉猎三个方面的内容，第一是艺术感受或文学感受；第二是文学的理论，没有理论的研究，总是达不到应有的层次；第三是基本节献。最近几年，我们学术界正发生着变化，由过去的那种单纯追求理论，慢慢地开始向传统文献回归。这样看来，在古代文学的教学中，渗透给学生文献学的知识，教给他们这种古老而传统的治学方法，让他们运用到毕业论文的写作中，是迎合了当今学术界的总趋势。

举例说明，在讲《三国演义》的版本时，如果想让学生深入了解三个版本的区别，就需要运用校勘学中的对校法，首先找出两个版本的不同，做完这项最基本的工作，才能展开研究，明确两个版本各自的优劣。陈垣先生在《校勘学释例》卷6之《校法四例》中总结出四种方法：对校法、本校法、他校法和理校法四种，虽然是校勘《元典章》一书所用的方法，但基本上是对历代校勘方法的归纳和总结，因此一经提出，很快为学术界所接受和认可。陈垣先生说："对校法，即以同书之祖本或别本对读，遇不同之处，则注于其旁。"教给学生这种方法之后，学生可以运用它比照罗本、李本和毛本的不同，从中分析一些人物形象的演变，如逐渐淡化曹操的雄才伟略，丑化司马懿等，以及拥刘反曹倾向的强化，并分析这种变化后面的诸多原因。这样就为学生的论文选题提供了很多选择。

在这个研究过程中，不仅可以利用传统文献资源，还可以利用比较先进的电子文献资源，二十一世纪，随着信息化步伐的不断加快，古籍数字化对中国古代文献研究的影响渐趋显著，近几年，古代小说版本数字化工作已进入《三国演义》《水浒传》《红楼梦》等古典名著的研究领域，为高等学校的古代文学教学提供了便利，在教学中，可以借助小说数字化软件对各种版本进行检索和比对，提高教学的效率，在学生写作毕业论文的时候也提供了一个既广博又便利的资源。

综上所述，在古代文学教学中应用文献学的各分支学科知识，既让学生掌握了一种回归传统的治学方法，也让他们注意到了文献学在古代文学研究中的基础性和重要性，避免了没掌握好充足的文献就盲目研究，得到片面结论的做法。要实现文献学和古代文学两个学科的融合，就应该从本科生的教学开始。

第三节　中国古代文学在当今文化中的应用

传承并弘扬古代文化文明，明确古代文化形成机理。通过诵读古代文学经典，感受先贤的思想与心境，重温他们的志向与情感，让学生的精神得以提升，让古代文学发挥应有的时代价值。我国古代文学作品蕴含着丰富的人生哲理及人文内涵，能够通过文化传承的方式，培养学生深厚的人文素养、道德品质及价值理念。因此，为推动我国人才培养质量，挖掘古代文学价值，本节结合古代文学的内涵，探析古代文学的时代价值，提出古代文学的应用策略。

古代文学主要指我国秦汉、魏晋、唐宋、元明清时期的文学作品。其中秦汉时期的文学作品主要包括孔子、孟子等儒家学派经典著作；而唐宋时期的文学经典主要有诗词歌赋等诗歌作品；在元明清时期则以杂剧、小说最为代表，可以说我国古代文化的发展过程，是中国古代文学的形成与演变过程，同时也是在文化与思想形成的过程中，形成内容丰富、形式多样的古代文学体系的文化形态。因此在文化形态上，古代文学作品与现代文化拥有着紧密的内在联系，能够通过文化的传承与发展，完善当前的现代文化体系，使社会大众及学生的思想理念及人文素养得到显著的提升。

根据历史发展的脉络，可将中国古代文学划分为元明清文学、唐宋文学、魏晋文学及秦汉文学等多个文学体系。然而从文化研究的角度可以发现，中国古代不同时期的文学作品对当时的思想理念及文化环境进行一定程度的剖析及重塑，从而使历史学家、人文学家、社会学家能够通过对中国古代文学作品的研究，有效地探析到我国古代各时期的精神风貌及文化环境。法国文化人类学家斯科特·贝尔曾在相关著作中指出，物质世界是文化形成的客观因素，同时也是推动文化不断发展，不断进化的原动力。人类文明在形成与发展的过程中，不断受物质世界及经济活动的影响，从而形成内涵深邃的文化体系。而文学作品正是对这种文化体系的解构与重塑，使文化成为先贤思想的有效载体。在秦汉文学作品中，孔子根据鲁国的文化环境，提出了以"仁"为核心的思想理念（《孔子》）。而在魏晋南北朝时期，中原大地正遭受战火洗礼，人民苦不堪言，因此在文学创作上以诗词歌赋为代表，以此抒发先贤归隐田园，远离纷争的理想抱负；在思想层面，则受"儒家文化"与

"历史环境"的影响，呈现出对"君子"思想的追求。刘义庆的《世说新语》、范晔《后汉书》便是通过记录君子言行举止的方式，呈现出创作者的抱负。而元明清文学在受时代文化影响的同时，也对不同体系的文化进行全面的阐述。其中吴承恩的《西游记》、刘鹗的《老残游记》都对我国儒家文化、道家文化进行了有效的阐述与呈现。因此可以说，历史文化是影响古代文学形成与发展重要因素，是推动人类文明快速发展的重要媒介。

一、古代文学的时代价值

（一）古代文学是道德素质的载体

从理论层面来分析，民族精神是古代文学作品的主体内容，通过诵读大量古代文学经典，能够发现古代圣贤鲜明的道德素养及人文关照。譬如"舍生取义"的精神，"物之始终"的诚信精神等及《过零丁洋》中的爱国精神等。在悠久的历史文化传承下，古代文学经典中的民族精神、道德素质历久弥新，值得国民思考与追问。在现代科技文化中，底线的缺失、道德的沦丧，严重影响了中华民族的发展进程，制约着现代文明的传承与延续，而将古代文学应用到现代文化中，能够有效提升国民的道德素养，形成良好的文化氛围，进而推进我国社会主义核心价值观的有效落实。

（二）能够提升国民的人文素养

我国古代文学作品拥有较强的审美功能，能够从韵律优美的诗词歌赋、情节曲折的章回小说中，呈现出丰富多彩的人文美。国民及学生不仅可以感受《楚辞》的语言美，《三国演绎》的人性美，更能体会到蕴含在古典文学作品中的地域美与内涵美。古典文学以其独有的审美特征，吸引广大读者深入到文学作品的思想层面，进而在与作者实现情感共鸣或思想共鸣的过程中，提升自身的人文素养及价值理念。在现代网络文化体系中，社会大众及青年学生难以从纷繁复杂的娱乐信息中，获得提升人生感悟的文化信息，致使其在社会交流及文字表达的过程中，难以全面而有效地表达自身的思想情感，同时也难以正确地应对现实生活所带来的压力与困难。而古典文学作品能够在帮助社会大众及青年学生全面理解先贤思想的同时，形成正确的价值观体系、提升文化涵养，从而为我国社会主义精神文明的建设奠定坚实的基础。

二、现代文化应用古代文学的策略

（一）辩证地看待文学作品的思想理念

为有效将古代文学作品应用到现代文化环境中，提升社会大众及青年学生的人文素养、道德品质及价值观念，需要辩证地看待古代文学中所蕴含的思想理念，取其精华、去其糟粕，甄别出有利于我国社会主义现代化建设及精神文明构建的文化体系。首先将古代文学作品置于特定的历史环境中，深入分析历史文化的表现形式及思想内容。譬如，《三侠五义》

中的夫为妻纲的思想理念便与现代文化中的男女平等的思想相背离，因此，在传承古代文学作品中的"传统文化"时，需要做到辩证地对待，即将文学作品中所反映的文化传统与现代社会理念相结合，从而确定哪种思想文化值得学习，哪种文化思想必须舍弃。

（二）构建基于精神文明建设的文学资源

深入挖掘古典文学中有利于推动我国社会主义现代化建设、提升国民及青年学生道德品质及人文素养的文学资源。通过出版发行、网络宣传等手段，逐渐实现传承并弘扬蕴含在古代文学作品中的优秀思想理念的目的。首先，利用实体出版的手段，提升古代文学的传播质量，可以通过市场营销的手段，激发社会大众对古代文学作品的兴趣，从而在提升图书销量的过程中，提高古代文学作品在图书市场中的地位。其次，利用教育体系，鼓励学生阅读古代文学作品，以此推进素质教育的有效落实。最后，根据已构建的古典文学资源库，规划网络教育平台及资源推荐体系，使社会大众或青年学生在网络活动中，能够有效地接触到古典文学作品，从而深入地感受到古典文学作品所独有的审美特征及思想理念。

（三）将古典文学作为精神文明建设的媒介

古典文学作品拥有诸多思想深厚、意境幽远的人文哲理，能够帮助社会大众形成正确的价值观体系，提升人文素养与道德品质。而我国社会主义精神文明建设的主题是和谐、诚信、爱国、友爱，与古典文学中所蕴含的思想理念具有不谋而合之处。因此在构建精神文明的过程中，应将古典文学作为精神文明的重要组成部分，从而使社会大众及青年学生提升对古典文学的重视程度，促使相关学者及专家将古典文学作为重塑现代文化的关键媒介，提升我国现代文化的构建质量，推动社会主义现代化的建设进程。此外，在价值观教育层面，也可将古典文学作品作为价值观教育的重要途径，挖掘古典文学作品中的思想教育功能，从而完善高校原有的价值观教育体系。

古典文学作品蕴含着悠久的历史文化，是在特定文化背景下形成的思想结晶，因此将古代文学应用到现代文化体系的构建中，具有极高的可行性。然而为有效发挥古代文学中的教育功能、文化塑造功能，相关学者及专家必须以社会主义主流价值观及和谐社会思想为引导，挖掘古代文学作品中的优质文化与思想，以此推动我国社会主义现代化的健康发展。

第四节　古代文学作品教学中多媒体技术应用

多媒体技术的课堂应用改变了传统课堂教学模式与教学思维，开发了课程资源，丰富了教学内容与教学手段。由于多媒体在中小学课堂教学应用中没有统一的标准，学科特点不同，课程理论及教师个人知识经验的差异，所以多媒体课堂教学质量参差不齐。再加上古代文学作品具有丰富的美学意蕴及相应的时代气息，迫切需要学生的形象逻辑思维，而多媒体技术具有直接直白的特点，因此两者完美衔接的过程中就产生了许多问题，本节就这些问题进行些许探讨。

一、多媒体技术在课堂上的应用

多媒体教学是指在教学过程中，根据教学目标和教学对象的特点，通过教学设计合理选择和应用现代教学媒体，并与传统教学模式有机结合，共同参与教学全过程。自20世纪80年代多媒体技术被引入课堂教学以来，中小学课堂教学得到了极大的发展。传统的课堂教学以教师讲授为主，稍有不慎就会趋向"满堂灌""填鸭式"教学。它极大地抑制了学生学习的主动性和积极性，不利于学生创造才能及综合素质的发展。

首先，多媒体技术创设了一个丰富多彩趣味横生的学习环境，有利于提高学生的学习兴趣及课堂参与度。研究表明，人类获取信息80%来自视觉，11%来自听觉。多媒体根据教学需要呈现相应的教学资源，在一定程度上将人的视觉听觉相结合，有利于帮助学生识记信息。运用多媒体教学可以集声像图片为一体，将枯燥无味的教学内容转变为动态字幕或者视频，能大幅度提高学生的学习兴趣，为课堂教学带来新的生机。

其次，多媒体为课堂带来了新的教学方法，扩展了课程资源。在以往的教学模式中，学生的学习大都由教师事先安排好，结合板书一步步传授给学生，整个教学过程呈现出静态化、单层面的特点。多媒体课件具有动静结合，声像并茂多层次等特点。苏霍姆林斯基曾说过："学生来到这里不仅是为了取得知识的一份行囊，更重要的是为了变得更聪明。"换句话说就是："授人以鱼，不如授人以渔"。传统的教学模式难以达到三维目标。多媒体教学方式可以化抽象为具体，更容易培养学生的情感态度价值观。

最后，目前一些教育专家根据多媒体普及的特点也提出了新颖的课堂教学模式，比如，说"翻转课堂""微课"等。由此可见多媒体技术不仅促进了课堂教学的发展，在一定程度上为教育教学方式的转变提供了凭借。任何技术的发展都是一把双刃剑，多媒体技术为课堂教学的发展带来了很多可能性的同时，也衍生出很多问题，在接下来的论述中笔者会对这些问题具体阐述，并提出相应对策。

二、多媒体技术与古代文学作品课堂教学的契合点

古代文学作品拥有浓厚的时代气息，以文言为主。中小学生因缺乏相应的实践经历，或者背景知识，所以在学习过程中难以感同身受，化抽象为具体。运用多媒体技术就可以避免出现学生"空想""乱想"的状态，以视频或相应考证资料为参考，可以促进学生对于文本的理解能力。古代文学课堂是"艺术生产"的课堂。多媒体技术的应用可以提升学生的艺术体验。

第一，运用多媒体技术促进学生对文学作品形象的理解。古代文学作品中的人物形象大多具有浓郁的时代气息、鲜明的性格特点，在现实生活中很难找到原型。所以学生理解

起来就很困难，更不必谈对于人物性格特点的深层剖析。运用多媒体技术可以化抽象为具体，通过播放影视片段使人物形象更加明确鲜活，有利于辅助学生进行联想想象。比如，《范进中举》，因为学生们没有经历过科举的时代，而如今却是三百六十行，行行出状元，倡导全面发展的一个时代。学生理解范进这一形象上会出现偏差，这时运用多媒体技术能达到意想不到的效果。

第二，运用多媒体技术演绎古代文学作品的艺术思维。运用多媒体技术可以综合调动舞台、音乐、灯光等，运用舞台技术、影视表现技术结合读者的心理活动规律，为读者带来一场视听盛宴。李渔《闲情偶寄·词曲部》所说的"作者神魂飞越，如在梦中，不至终篇，不能返魂追魄，谈真则易，说梦为难，非不欲传，不能传也"。在传统的教学中很难表达这些，运用多媒体技术相对简单许多，只需要将意象进行叠加转换，就可实现。这种"羚羊挂角，无处可寻"等类似理论在古代文学作品教学中永远是一笔糊涂账，然而运用多媒体技术可以促进学生客观感性形象的思考，从而提升学生的艺术审美能力，达到美学体验的最优化。

二、多媒体技术在古代文学作品教学中运用优势

提高学生对古代文学的鉴赏能力。多媒体技术在古代文学作品教育中起到辅助作用，教学课件中添加的音乐和图片使文字表达具有了动态的美感，文字、插图、配乐以及色彩调配和谐统一的课件使文学作品更具感染力和生命力，表达效果更强烈。完整且综合性的艺术感受有助于提高学生对古代文学作品的鉴赏能力，立体感的作品呈现让学生耳目一新充满兴趣，通过运用多媒体技术对教学环境的营造，让学生感受古代作者对作品的情思，从而逐步完成对作品的审美过程，达到提升自身审美能力和文化素养的目的。

激发学生学习兴趣。通过多媒体技术教学可以提高学生的学习兴趣。古代文学作品多为文言文所著，晦涩难懂且难以代入日常生活之中，学习过程中容易出现"假大空"的状态。多媒体技术借助生动活泼的动画和鲜艳明亮的色彩等多种表现形式让文字表达更具立体性，化抽象为具体，通过视觉听觉相互结合，让记忆更加准确。使原本枯燥抽象的学习内容变得生动有趣，极大地提高了学习兴趣。兴趣是学习的基础，通过对兴趣的培养达到深入了解及研究的效果。极大地调动了学习的积极性，营造充满新生机的课堂教学氛围。

使抽象文学作品形象化。多媒体技术应用于教学中可使文学作品更加形象化，促进学生对文学作品形象的理解和剖析。古代文学作品因其特有的年代性，刻画的人物形象和环境背景都与现在存在极大差异，使学生们很难将自己代入其中，理解起来也就相对困难。运用多媒体技术可将影视作品穿插在课堂之中。例如，《红楼梦》中描写的精美服饰和恢宏的古代建筑都是日常看不到的，但是通过影视片段可以直观地让学生感受到历史文化的精髓，对提升学生的艺术审美能力有意想不到的效果。

有助于提高教师队伍综合素质。随着科技时代的到来，多媒体技术教学以其能有效提

高教学效率和学生学习兴趣的优点，在教学中的应用也越发广泛，大部分院校也配备了多媒体教学设备用于日常教学，因此多媒体教学设备操作也成了任课教师的必备技能，对提高教师综合素质有推进作用。首先教师通过对多媒体教学设备的认知和理解，逐渐完成从传统应试教学模式到素质教学模式的改变，不仅能提高学生学习古代文学作品的兴趣，还能培养出适合当代社会发展的新型人才。其次对着多媒体教学的推动，学生在学习过程中思维更具发散性，课堂上提出的问题也更具想法和个性，这就要求教师在教学过程中不断充实自己，不仅要加强专业理论知识还要提升计算机应用能力。

三、多媒体技术在古代文学作品教学中存在的问题及对策

中小学课堂中多媒体技术的使用早已普遍，正如上文所说，多媒体为课堂教学带来了更大的可能性的同时也带来诸多问题。比如，说，多媒体成了课堂主导，与教学无关的内容过多分散了学生的注意力等。笔者对于中小学古代文学多媒体教学存在的问题进行归纳，并提出相应解决策略。

问题之一：容易束缚教师和学生。教师在上课前一般会做好多媒体课件，课堂上按部就班地进行讲解。这样的课堂学生和老师都会懒于思考，更不会产生任何思想上的碰撞，更无须谈对于文本的多元解读了。些许古代文学作品晦涩难懂，教师以多媒体为主线进行教学，学生来不及思考，就不会真切体验到自己到底哪些听懂了，哪些还没有理解，这样的课堂是毫无效率可言的。此外运用多媒体在一定情况下会限制学生对于古代文学作品中人物形象的创造性想象。

针对这种情况，教师对于多媒体的选用上要格外注意，一些固定的知识点可以运用多媒体进行展现，对于没有固定答案的问题，教师应该多引导学生，巧妙设问，引导教学中步步深入。同时鼓励学生对于文本进行多元解读，勇于发表自己的看法及见解。运用影视资料辅助教学时教师要提醒学生，不要拘泥于影视作品中所呈现出的人物形象，要贴近文本进行自我创造性联想。比如，人教版节选的《林黛玉进贾府》片段，观看相关影视时，学生可能会发现林黛玉的形象与自己构思的不一样，这时教师就应该鼓励学生按照自己对文本的理解再造人物形象，不要因视频资料而否定自己。

问题之二：放弃板书，不方便学生课堂记忆。中小学古代文学课堂教学中，有太多的老师过分依赖多媒体，只是一味地播放课件，极少或者根本不在黑板上写字，黑板如同虚设。学生上课也是在尽力抄写课件上的知识点，并不能进行拓展延伸。这种情况下，学生分不清重难点，对于课堂也没有一个清晰完整的逻辑框架。

基于这种情况，教师应该理清上课思路及框架，并在黑板上板书出来。学生可以对于板书在黑板上的知识点进行长时间对比思考，反复记忆。此外，对于本节课所涉及的新的知识点、教学重点，教学难点教师也应该进行相应的板书。比如，在讲解《烛之武退秦师》这节课时，大概要讲清楚三大知识点，分别是：烛之武为什么要退秦师，烛之武怎么退秦

师，烛之武退秦师的结果如何。讲解这三个问题时，如果全用板书就显得捉襟见肘，如果全用多媒体就显得杂乱无章。所以教师可以将三大问题的主要思路板书在黑板上，将具体的操作过程用多媒体展现出来。板书与多媒体相结合，可以使课堂张弛有度，既有学生记录的时间，又可以引发学生讨论思考，同时也能取得良好的教学效果。

问题之三：过度依赖课件，口头讲解太少。一些教师上课依赖课件，很少或者不做口头讲解。主要表现有二：一过度依赖视频、音频、动画，很少进行口头讲解。二把全部讲授内容几乎一字不落地全部放在多媒体上，然后按顺序一字不落地读下来，直到课程结束。这种情况不但会造成学生理解困难，而且一旦把握不好还会造成信息量过大，重点不突出的情况。一节课下来，教师虽然尽心尽力，但是学生收效甚微。

这种情况下，教师在讲课中要特别注意重难知识点的口头讲解。比如，《诗经》《左传》等一些古代文学作品时，其书写语言与今通用语言差别过大，加上其古奥难懂的语言，如果不进行详尽的口头讲解，就很难被学生接受理解。

多元文化背景下以视听为主的多媒体教学引入课堂已成必然，多媒体技术作为课堂教学的辅助手段，扩大了信息容量，转变了教学模式，为增加教学手段提供了更多的可能性。但是，任何技术的发展都有利弊，多媒体运用到课堂也引发了很多问题。教学信息容量过大学生难以接受，教师依赖媒体懒于板书，媒体成为课堂主导，填鸭式教学再现课堂等。本节对于这些问题提出了相应的见解及策略，以期改善多媒体课堂教学，增强多媒体与古代文学作品课堂教学的融合，促进古代文学作品课堂教学的发展，同时希望对于后续相关研究起到借鉴作用。

四、多媒体技术在古代文学作品教学中应用注意事项

将多媒体教学与传统教学相结合。传统的授课模式是众多教育工作者通过长期实践和研究得出的成果，是经得起时代推敲的，但是多媒体技术的融入容易造成反客为主的现象，过分依赖多媒体设备而忽略了传统教学模式。多媒体技术只是帮助学生更好地理解和分析古代文学作品，起到的是辅助作用。若是教育过程中一味地追求课件的精美，添加一些不必要的图片和音乐，势必会分散学生的注意力，大大降低对教学内容的理解，将多媒体形声化的优点变成缺点，一节课下来难以掌握重点，教师费心讲解却发现收效甚微。这就要求教师不仅能熟练操作现代化教学设备还要从学生学习的实际需要出发，将传统教学模式与多媒体技术相结合，一方面准备板书加强知识点的重点记忆，一方面制作课件对非重点问题大略讲解。多媒体技术与板书相结合可以使教学课堂变得张弛有度，既能让学生清晰准确地记录知识点，方便日后理解消化，又能创造思考讨论的空间，培养了学生的自主学习和创新探索能力。

注意师生之间的有效沟通。教学过程是教师传道授业解惑的过程，也是一个信息传输的过程。多媒体辅助教学以其容量大、速度快、操纵简单等优点受到学生和教师的青睐，

但若运用不好，使其无限制地向学生传递教学信息就与原有的教育理念背道而驰。教师在教学过程中起主导作用，若完全放弃了传统板书而采用课件讲解的模式，势必会因为画面切换过快，重要知识点标注不明确而影响学生对知识的理解，填鸭式的信息填充更是忽略了以往教学的互动性，学生大部分时间都是在被动地接受知识，教师失去了引导作用，使学习要点当堂难以消化，增重了放学后的课业负担，久而久之会磨灭学生的学习兴趣，教学效果适得其反。因此要准确掌握学生的可接受程度，适当运用多媒体教学进行课堂演示，避免变换频繁，知识冗长烦琐的现象。将重点知识进行口头讲解，加大学生的理解程度，非重点知识可以通过课件一带而过，注意适度性，这样不仅提高了学习效率也让学生更好地接受和吸收知识。

在运用多媒体资源的基础上加强教师引导。多媒体教学对教学环境、器材设施要求较高，教学过程中受外界因素影响大，网络连接、教室采光问题，甚至教师操作技术的熟练与否都会影响到教学进程和质量，这就失去了以往教学方式的灵活性，同时增大了教学的经济投入，使其难以全面快速地推广到基层教育系统。此时教师的引导就显得极其重要，学生作为学习的主体不能一味地依靠多媒体资源进行学习，也需要适当地沟通讨论，一味地自己钻研可能会出现理解偏差的现象，久而久之难以改正。若通过教师引导学生参与教学过程中的各个环节，学生自主学习的同时将其中产生的问题反馈给教师，教师通过产生的相应问题来调整教学进程和教学重点帮助同学解除疑惑，这是一个互相交流不断调控的过程，双方都在这一过程中得到了学习和成长。由此可见教师引导的重要性，如果过分依赖多媒体软件将达不到预期的教育效果。

注重培养学生个性化学习方式。现代教学模式总体是以教师为主导、学生为主体的，但学生也因兴趣爱好，成长环境的不同而个性千差万别，这就使教师在文代文学作品教学中要做到因人而异因材施教。多媒体技术的应用可以提升学生学习古代文学作品的兴趣，通过因材施教的教学方法让学生找到自己喜爱的文学作品，在此基础上引导学生深入了解更多同类型作品，逐步深层次了解从而全面地掌握各项知识点。古代文学作品因其特有的艺术魅力，越发钻研兴趣越浓，学生在运用多媒体技术学习的过程中逐渐融入古代文学作品的魅力中，因此教师在教学过程中注重因材施教十分必要。

古代文学作品的教育现状使其必然需要改革创新，多媒体技术与传统教育模式相结合的教育方式是顺应时代变化和科技发展的新型产物。多媒体技术的应用不仅能拓展学生视野，增加学习乐趣，也能减轻教师备课负担，增加多种教学手段，营造轻松自主的课堂氛围，激发学生兴趣和学习力。但是多媒体技术在应用中存在的弊端也显而易见，过分依赖多媒体设备可能导致教师惰性增加，疏于备课，过快的课件展示导致一节课讲述内容过多，填鸭式教学使学生难以消化理解，以及其对教室环境、设备性能的超高要求等需要注意的事项也都显而易见。本节通过对这些问题进行了相关探讨并提出了见解及意见，希望能提高古代文学作品教学与多媒体技术的深入融合，促进古代文学作品课堂教学的发展。

第五节　师生互动模式在古代文学教学中的应用

　　师生互动行为的具体实施必须考虑到相应学科的目的与性质。中国古代文学课程具有一定的独特性，其师生互动应当以原典为核心。围绕文学作品的阅读，发现问题，并通过教师课堂问答、学生课堂展示、课程作业等具体形式形成良好的互动氛围，有利于解决当前古代文学教学中存在的诸多问题。

　　在教学过程中，师生之间的关系直接影响到授课效果，良好的互动能够对学生的学习起到促进作用，从而成为教学过程中备受关注的环节。分析师生互动的价值、基本形态和具体应用时，也需注意，不同的科目具有不同的课程性质和教学目的，故师生互动的设置与运用也会应具体学科（课程）而异。在大学院校汉语言文学专业的众多课程中，中国古代文学具有一定的独特性。该门课程同时担负着文学史讲授和文学作品解读两重教学内容，除了传授文学史知识，还承担着提升学生写作能力、阅读能力、文学鉴赏能力，以至于传承中国古代优秀传统文化的重要任务。当前的古代文学教学面临着不少问题，有限的课时难以容纳如此长时段的教学内容；文学史讲授和文学作品解读之间的平衡不好把握；课堂容易变成教师的单方向灌输，学生对文学史的了解过于概念化、片面化等等。将授课重心从文学史转向原典，是改进当前教学方法的必由之路。于此前提下，如何结合当前古代文学的课程性质、教学中的种种问题，通过安排师生互动这一教学行为，来提升上课的效率与效果，是不得不考虑的重要问题。对此，本节将依据以往的教学经验，探讨古代文学教学中师生互动的几种模式及其具体实现路径。

一、以教师为主导的问题式互动

　　在传统的教学模式中，教师处于绝对核心的地位。所有学生围绕着教师的指挥棒转，填鸭式的授课也就不可避免地形成。由于古代文学时段极长，作品极为丰富，学生很难在短时间内进行整体把握和全面认知，所以教师的主导作用至关重要，以教师为核心也是理所当然。对此，应当尽量避免单方面的填鸭式灌输，而合理地运用师生互动可在一定程度上解决这一问题。"问答"被认为是最常见的互动方式，但僵化的、没有延展性的问答并不能构成真正的互动。诸如《诗经》有多少篇""三曹是哪三位"这样简单的问题或许会引发学生异口同声地回答，造成师生互动的表象，但它本身并未推动学生的思考与探究。只有"当问与答的过程与经验、知识、探究、理解融为一体时，'问答'才是互动"。对于古代文学课程，以问答为基础的互动可以从以下路径展开：

　　设置引导式问题，引发学生思考。互动的效果主要取决于问题的设置是否成功。教师设置问题的形式一般有两种，一是课堂上随问随答，一是下课前提出问题，供学生课后思考，并作为下节课内容的引子。不论何种形式，问题应当具有一定的引导性和延展性，因而教师必须精心安排。比如，在讲到司马迁《史记》"本纪"的特点时，可以问学生两个问题：第一个问题是："本纪写的什么内容？"一般学生会回答"天子（或帝王）的传记"。那第二个问题随之而来："如果让你来写本纪，你要写哪些人物？"待学生讨论回答之后，列出《史记》"本纪"的目录，让学生自己找不同之处并说明原因。这样，学生对司马迁的历史观，《史记》创作中的精心安排都会有直观的理解。通过问题，先设想，再印证，是设置引导式问题的典型方式，问题设置得好，完全可以吸引学生的注意力，推动学生对授课内容的不断思考，达到师生互动的效果。

通过启发式言论，引导学生自己发现问题。由上可以看出，问题的设置要能引起学生探寻答案的兴趣，否则学生只是为了完成课堂任务而刻意去搜索答案，如此，问答也就形同虚设，起不到应有的作用。换言之，通过课程讲授或启发式言论，引导学生自己发现问题，并以此为线索，激发学生不断思考，并解决问题，这也是达成师生有效互动的一种方式。比如，讲授屈原生平，先带领学生阅读《屈原列传》，然后让他们从中找出《离骚》创作年代的文字依据。学生就很容易发现《屈原列传》中相互矛盾的地方，甚至察觉到《屈原列传》称谓混乱等其他问题。接下来的授课就可以围绕这些问题逐步展开。只要学生自主发现并意识到了这个问题，就会跟着老师的思路，全身心融入课程的分析和讨论中来，即便没有与老师发生言语上的交流，但互动的教学行为是实实在在地贯彻到位了的。

3.收集学生的问题，带领学生讨论。以教师为主导的课堂容易带来一个弊端，即教师不考虑学生内心的疑问而自说自话。师生问答的理想效果就是要将学生内心的疑问和求知欲激发出来。以上两点在一定程度上都能做到这一步。此外，收集并听取学生的问题，并以此为核心带领学生讨论，也是可行的办法。此法有先例可循，如吕思勉先生在无锡国专讲授史学讲座课，就要求学生在每节课后准备几个问题，上课时把问题转达给他，他再择要进行答问式的讲授。该举措完全可以借鉴，这既能考查学生的课后准备，对相关问题的思考，又能拉近师生之间的距离，促成课堂上的良好互动。

二、以学生为主体的展示式互动

由于教师处于课堂的主导的地位，师生问答如果处理不好，很容易造成单方面的压制和灌输，从而失去互动应有的效果。师生问答往往还会造成一个弊端，即水平较高的、表现主动的学生时常与教师产生互动、交流，同时也存在相当一部分学生课上一言不发，即便叫他回答问题，也都是勉强应付。因而，需要转变以教师为核心的授课方式，在合理的时间安排下将讲台让给学生，充分发挥他们的自主能动性。学生展示一方面能够改变教师满堂灌的情况，给课堂教学带来灵活的氛围，另一方面能够充分突显学生的关注点、问题点，有利于教师把握其学习动向。此外，还带来教师与学生、学生与学生之间的多维互动，增加课堂活跃度。但需注意，并不是任何展示都可达到上述理想的效果，如果展示仅仅是学生为完成任务而走走过场，不但无益于课堂教学，还会浪费有限的教学时间。所以在学生展示这一互动模式下，需要探索的是，如何通过展示内容和具体环节的设置，使其具有应有的效果。

对于古代文学教学，教师们时常会处理文学史讲授和文学作品解读之间关系问题。有限的课堂时间内如何安排二者的比例，不同的教师有不同的设计。但无论如何，脱离了作品的文学史终究是僵化的知识点和框架，印在学生头脑中的，也是概念化的甚至片面的文学史结论。因此，重视文学作品、回归原典是古代文学教学的必然选择。这也为学生的课堂展示指示了一条路径。整体而言，学生的课堂展示内容可以分为两类，即文学史梳理和文学作品解读。文学史建立于大量文学作品基础之上，只有在深入阅读大量文学作品的前提下，才会对文学史知识有深刻体会，头脑中的古代文学世界才会是有血有肉的。然而，大部分学生在古代文学原典阅读方面没有太多的积累，对文学史的理解与梳理往往是从概念到概念，比较生硬。在教学实践中，如果安排学生展示文学史的内容，就会发现他们所讲述的东西大都是从教材或别的研究论著中复制过来的，内容非常详细，甚至面面俱到。但由于没有在结合大量作品基础上进行深入理解，展示过程就成了照PPT或笔纪念。比如，学生讲解《楚辞》时，在二十分钟内会将屈原生平、楚辞含义、思想内容、文学特色、后世意义等逐一讲解；讲解《汉书》时，甚至会提到"汉书学"这一他们根本没有接触过的内容。对此此类展示，学生只是做了搬运的工作，其他人听之无味，展示者也觉得难熬。

之所以会出现上述情况，就是因为没有处理好文学史与文学作品的关系。在课程设计中，文学史的讲授需要调动丰富的学识，引用大量文学作品作支撑，所以必须由教师来把握。对于文学作品，则可充分发挥学生的理解力与想象力，把他们最想说的话激发出来。因此，课堂展示应当以作品为中心，让学生展示作品，比展示文学史知识更容易达到教学效果。比如，在讲解《诗经》之前，指定学生（或学生自荐）课后阅读《诗经》原典，挑自己觉得有意思的作品准备课堂展示。这既能让学生接触作品选之外的大量原典，加深他们对文学史的理解，同时又激发了他们的独特见解。有的学生会在展示过程中，绘声绘色地讲解文学视教材、作品选都未提及的诗歌，让大家耳目一新。再如，学生在讲解《论语》时指出后人对孔子诸多表述存在误解；讲解《战国策》时，会说这本书是"策士脑洞大全"；讲解汉乐府时，认为《上邪》被放在《鼓吹曲辞》中，不应该被理解为男女之间的情歌。这些话题既引发了学生的兴趣，又带来了教师与学生之间的交流。当然，为了增强互动效果，可以安排特定的同学预先准备点评，促使学生之间围绕特定话题形成讨论的氛围，而教师则游走其中，着重引导。总之，学生展示式互动必须考虑到古代文学课程的性质，才能得到很好的效果。

三、以原典为核心的课程作业式互动

以教师为导向的问答式互动、以学生为主的展示式互动主要都是在课堂上进行。除此之外，依靠课程作业，师生之间一对一的互动可以得到有效的开展。当前古代文学教学普遍存在作业少的问题，一两次平时作业，一次期中作业，再加上期末小论文（以考试结课的则不需要此环节），并且对于大部分作业，教师一般都不会将评阅意见回馈给学生。由此，课程作业仅仅是教师考查学生学习状况的凭据，尚未成为学生反观自己学习疏漏的平台。实际上，课程作业完全能在教师与学生之间起到良好的沟通作用，其效果是双向，甚至是多向的。合理地安排课程作业，形成较好的反馈和互动机制，极为重要。因此，教师应当对课程作业的设置花一番心思。原典是教学的重心，课程作业的安排也必须围绕原典，主要包括以下两种形式：

一是小论文或读书笔记、读后感的形式。这是古代文学期中和期末考查中最为常见的形式，可反映学生在阅读、思考、表达等方面的能力。其问题也极为明显，很多学生选择的题目往往会过大，如"春秋战国时候的忠孝观念""古代文学中的悲秋情结"等等，他们的知识积累远不足以支撑这样的题目，其结果只会是写一些常识性的内容，虚浮不实。教师也难以进行切实的反馈。所以平时作业不宜写长篇论文，论文题目宜小不宜大，宜从原典阅读中发现具体而微的问题，而不宜在文学史教材中寻找大而无当的话题。比如，学生阅读了《诗经》之后，发现"鸟兽草木"在"风""雅""颂"各部分中的表现和内涵是有差异的，将此写成小论文，就显得切实有据。教师也便于围绕这一问题进行反馈、交流。再如，通过课程作业看到不同的学生对同一个问题有各自的见解，就可以让他们互相阅读对方的文章，形成有针对性的对话，加深对该问题的认识。读书笔记所起到的作用与小论文相似，但它更适合作为平时作业，可以直接反映学生课后阅读情况。教师可据此对授课内容进行弹性调整，师生之间也能围绕特定作品展开讨论。

二是古诗文创作。当前的古代文学教学不太注重文言写作的训练，导致"读"与"写"相分离，教学效果大打折扣。对学生而言，这降低了"学"与"用"之间的联系，使得他们对古代文学作品产生距离感。在课程作业中掺入古诗文写作训练，益处颇多，其互动效果也不亚于小论文或读书笔记。比如，安排学生创作文言自传、诗词，互相点评，最后交由老师批阅并反馈，优秀的作品可以当堂展示。通过这一形式，学生对古代文言传记的结构特点、表达方式，对格律诗的平仄要求等都有了切身体会，其写作能力与鉴赏能力均得到提升。在有条件的情况下，可采取无锡国专教师"下水"示范的方式，围绕诗文写作形成轻松活泼的交流氛围。当然，这对教师的写作水平与前期准备也提出了较高的要求。再如，选择一段白话文，让学生课后翻译成文言，互相评阅。以这些方式拉近学生与古诗文之间的距离，其间所产生的不只是师生之间的互动，也有学生之间的互动，甚至在学生创作实践与阅读鉴赏之间也能产生良性的互动。

综上，古代文学课程中师生互动的具体形式可以多种多样，不论是师生问答、课堂展示，还是课程作业，互动的本质都不在于师生交流这个表象，而在于通过语言交流或作业交流，促进学生阅读原典，思考具体问题，由此带来对丰富的古代文学世界的深刻理解。进最后还需注意，良好的互动必须建立在融洽和睦的师生关系基础上，"教师的淡漠与批评"会导致师生关系的疏远。对于古代文学的教师，非但要建立和睦的师生关系，还要通过自己的言传身教，让学生切实感受到古代文学以至于古代文学的现实魅力，如此，师生互动也就增加了一份人文色彩。

第六节 审美教育在"中国古代文学"教学中的应用

"中国古代文学"的课程特性决定了审美教育是不可或缺的、最重要的教学目标之一。本节从勤于诵读、积累知识、大胆创作三个方面入手，探讨审美教育在该学科教学中的应用，引导学生正确地感知美、欣赏美、创造美，实现学科价值的当代化，具有典型的时代意义。

审美教育（aesthetic edueation）是通过社会生活和自然界中各种美的事物给人以潜在的审美影响，从而提高人的审美素养，陶冶性情，培养高尚情操，最终实现人性的全面和谐发展，达到人的解放。最早提出这一概念的德国哲学家席勒曾在《美育书简》中提到，在美的艺术中，感性和理性能在不知不觉中达到融洽，他把理性与感性的自由结合状态称为"美的心灵"。

"中国古代文学"是中国语言文学学科的核心课程，其课程特性决定了审美教育不仅是不可或缺的，还是最重要的教学目标之一。从学科性质看，属于文学艺术类的人文学科，人文学科关注的是人类社会发展的客观规律及人们的思想、情感，与审美教育有着必然的内在联系。从学科内容看，包括对文学作品、作家、文学观念及文学创作发展历史等的描述和阐释，不论是感性的文学作品本身，还是由文学作品延伸而来的理性的历史规律，都以凝聚审美因素、体现人类审美意识的"作品"为中心。从学科目的看，应当涉及以下四个方面：①传授文学知识，了解古代文学发展状况；②培养专业技能，具备古代文学作品的阅读、鉴赏、分析、批评能力；③进行思想道德教育，弘扬民族文化，培养文化自信和爱国情操；④提高审美能力，了解文学作品的古典美学精神和艺术价值，树立正确的审美意识和标准，以促进人全面、和谐发展。除第四点明确提出培养审美能力以外，培养专业技能实质上包含审美鉴赏、审美创造等能力的培养，传授文学知识和进行思想道德教育则需要在审美教育过程中完成。

可见在高校古代文学教学中，审美教育有着举足轻重的地位。尤其在当下科学技术和工业文明迅速发展、人普遍被工具化的现代社会，如何发挥古代文学的审美教育功能，引导学生正确地欣赏美、感受美，提高审美趣味，进而创造美，实现席勒所说的"美的心灵"，同时实现古代文学学科价值的当代化，就具有典型的时代意义。

一、勤于诵读，强化审美感知力

在审美活动中，审美主体首先会依据自身的审美观念、审美经验，对审美对象的各项特征进行直观、感性的体会。中国古代的文学作品，不论是"关关雎鸠，在河之洲。窈窕淑女，君子好逑"的纯真，"但使相思莫相负，牡丹亭上三生路"的执着，还是"安能摧眉折腰事权贵，使我不得开心颜"的桀骜，"纵一苇之所如，凌万顷之茫然"的飘逸，不论是汉赋唐诗宋词元曲还是诸子散文、明清小说，都充分体现出中国文字与文学音韵和谐、节奏铿锵、言简意丰之美感。但这种种典型而丰富的艺术之美光用眼睛"看"、在心中默默地"念"是远远不能领会其全貌的。因此，古有曾国藩主张："先之以高声朗诵，以昌其气；继之以密咏恬吟，以玩其味"(《谕纪泽》)，今有南怀瑾提出"非诵之于口，得之于耳，不能传授于心也"，"什么叫读书？'读'书是用嘴巴念的"(《南怀瑾讲演录（2004—2006）》)。

在古代文学具体课程教学中，教师不妨结合实际作品特点带领学生在声情并茂、反反复复的诵读中，感知作品的音节韵律美，如《诗经·周南·关雎》中四字句式的整齐和谐，《道德经》中韵散结合语体的错落有致，楚辞中"兮"字句的悠扬婉转，唐诗声调的抑扬顿挫、节奏的简明有力。同时，还可通过诵读体会作品的情感内涵，例如，长篇诗歌《长恨歌》的课堂教学，如果教师用一般文本解读法介绍创作背景，解释疑难字句，最后分析作品的艺术特征和思想情感，不但费时费力，而且长时间进行知识讲授会令学生感到疲惫和厌倦，未必能取得较好的学习效果。因此，笔者曾尝试在这堂课中主要运用诵读法进行教学，选择名家朗诵《长恨歌》的视频，让学生从感受这首诗歌的声音变化（包括音高、节奏）入手，体会诗中李杨结合之初的美满、马嵬坡事件的矛盾和无奈、玄宗入蜀后的悲凉、玄宗回宫后的思念、道士寻访的执着、蓬莱遇太真的惊喜、临别寄词的恳切这一系列情感转变；但是光听并不够，学生还需要诵读，只有在张口发出声音的那一刻，才能真正领悟到每一个音节的抑扬交错、节奏的张弛起伏之美，才能进一步把握"春宵苦短日高起，从此君王不早朝"隐藏的危机、"遂令天下父母心，不重生男重生女"包含的讽意、"黄埃散漫风萧索，云栈萦纡登剑阁"中的乱世景象及末句"此恨绵绵无绝期"中对往事不可再来的无穷遗憾。

二、积累知识，提高审美鉴赏力

在古代文学教学中提高学生的审美鉴赏力，简单地说，就是让他们在正确审美观的指导下分辨文学作品的美丑，鉴别优劣，并欣赏领会其精妙之处。

与审美感知力相比，审美鉴赏力更积极主动，在思维过程中不仅停留在感知的层面，还深入审美对象意蕴之中，令审美主体产生精神上的愉悦，即审美享受。审美享受的产生，一方面取决于鉴赏对象具备的审美特征，另一方面会因不同审美主体的性格、爱好、文化艺术修养等方面的差异而导致区别。古代文学教学中同样需要注意到这一规律，我们现在读到的绝大多数古典文学作品都是历经时间考验、筛选后留存下来的精品，但不能忽略混杂其中的低级审美趣味及相对于当代社会更消极、落后的审美观念，像唐人元稹的《莺莺传》，作品虽然成功地塑造了崔莺莺这一经典形象，并为后世创作提供了素材，但作者为张生始乱终弃的薄幸行为进行辩护，甚至称赞他的变心是"善于补过"，既向读者传递了扭曲的婚恋观念，又造成了作品前后主题思想的矛盾，正如鲁迅先生在《中国小说史略》中所说："篇末文过饰非，遂堕恶趣。"此外，还有著名戏曲作品《西厢记》和《牡丹亭》中大段较为露骨的唱词、《诗经·鄘风·蝃蝀》中对追求自由恋爱的女子的讽刺、"三言"中部分纯为猎奇而作的篇章，等等。如果学生缺乏一定的审美鉴别能力，在欣赏作品时就很容易被其中不健康的"恶趣"（虽然不多）误导或产生疑惑。因此，教师在教学过程中进行有效的审美教育，培养学生的审美鉴赏能力是十分必要的。

就目前以"95后"为主的在校本科生而言，他们生活在经济、网络迅速发展的时期，物质欲望受到强烈刺激，爆炸式的信息和粗制滥造的快餐文化令他们眼花缭乱、美丑不分、是非难辨，从根本上解决这些问题，需要广泛、深入地接触、积累文化艺术知识，缺乏必要的艺术、文化知识的审美鉴赏必定是盲目的、低水平的，人的知识体系越完善越成熟，就越能准确、深刻地展开审美鉴赏。在教学中，笔者曾尝试从这方面入手引导学生学习备受争议的"明代四大奇书之一"《金瓶梅词话》。在正式学习之前，学生纷纷表示虽没有读过原著，但听说过很多有关《金瓶梅词话》是"黄书""淫书"的结论。为此，笔者先列出了张天杰的《明朝思想》（南京出版社）、赵伯陶的《市井文化与市民心态》（湖北教育出版社）、熊召政的《张居正》（长江文艺出版社）等书目让学生先行阅读，虽然课外阅读时间不长，但已经能够基本了解明代的个性解放思潮、官场文化、城市生活、晚明朝廷的内部斗争等知识，再加上对前期已经学过的《三国志通俗演义》《水浒传》等作品的回顾，一些学生在课堂发言中提出"西门庆家的妻妾争宠就像朝廷斗争"，"西门庆的发家之路暴露了官场的腐败和黑暗"，"潘金莲是一个可恨而又可怜之人"，"《三国演义》《水浒传》里的英雄形象高大而不够真实，《金》的描写琐碎而真实"等观点，对于其中低俗片段，他们的认识是"可能是为了迎合小市民的趣味""个性解放得过了头"。可见，他们的理解在大致方向上没有偏差，文化知识的储备与人的审美鉴赏能力是成正比的。

三、大胆创作，培养审美创造力

创造性是审美能力的又一重要特征，事实上它一直贯穿主体的审美感知、审美鉴赏等一系列审美活动之中，只不过审美创造力更突出主体在审美活动中的选择、补充、阐释等创造性特征，在主体创造出超越物质的、自由的精神世界时，他的情感得以释放，生命体验得以延伸，与此同时，"创造着具有人的本质的全部丰富性的人，创造着具有深刻的感受力的丰富的、全面的人"。

中国古代文学作品本身包含优美的语言、旋律，优雅空灵的情思、意境，以及华夏民族独特、深刻的人生智慧，如何在感知、鉴赏中国古典文学之美的基础上引导、启发学生进一步思考与创造美的精神境界，正是古代文学课程中审美教育需要重点关注的问题。

在古代文学课程中，审美创造力可以体现在古诗文吟诵、古典诗词文创作、口头表达及书面写作中对古典文学语言或艺术样式的借鉴与运用等方面，因此，教师应给予学生更多参与创作实践的机会，可以根据学生在各阶段感受到的作品特征、艺术成就设计不同的课堂及课外创作活动，如学习《诗经》、楚辞时，可以开展吟诵活动；学习格律诗词时，可以开展古诗词创作、古诗词演唱等活动，像李清照的《一剪梅》(红藕香残)、李之仪的《卜算子》(我住长江头)、蒋捷的《一剪梅·舟过吴江》等作品都有今人配乐演唱的音乐作品，学生可模仿、借鉴和点评，这是提高其审美感知、鉴赏能力的途径之一；学习戏曲时，可以开展古典戏曲剧本改编、表演等活动，如笔者曾让学生将《窦娥冤》《救风尘》《西厢记》中的经典片段译成白话文后自导自演、自评互评，不但能让他们充分读懂作品，而且能在演出和点评中感受戏曲这一"场上文学"与诗文等"案头文学"的区别，领略优秀戏曲作品在冲突设计、人物塑造、语言艺术等方面的成就和魅力；学习小说时，可以开展小说改写、续写等活动，如《红楼梦》八十回之后故事的发展，可布置以"还原曹雪芹的《红楼梦》"为主题的作业，让学生边学习边创作，在创作实践中更加切实、深入地领略古典文学艺术之美。当然，由于学生审美水平参差不齐，在自由创作过程中，教师需引导他们展示出有较高审美情趣的作品，避免低俗趣味，并有效开展点评活动，从而让学生在创作与再创作过程中不断提高审美能力。

第七节　论地域文化在古代文学教学中的应用

2014 年 3 月的一次论坛上，教育部副部长鲁昕在谈及中国教育结构调整和现代职业教育时，透露了这样一条消息：2000 年后近 700 所"专升本"的地方本科院校将逐步转型，做现代职业教育，重点培养工程师、高级技工、高素质劳动者等。作为 2002 年才正式升格合并为本科院校的闽江学院来说，这样的消息对我们来说无疑是意义重大的，这意味着，强调职业化教育将是我们学校未来发展的一个方向。对我们一线教职员工来说，这个信息也是值得我们关注的。本人长期从事的教学工作方向是古代文学专业的教学，这个专业一方面属于传统的专业，与许多显得现代、时尚、实用的专业相比，对学生的吸引力似乎没那么大，从就业上看起来，也没有什么特别优势，从某种角度看，我们的古代文学教学甚至面临着某种程度的边缘化；但是另一方面，习总书记上台以来，对于传统文化表现出了相当重视的态度，中小学教科书中对于古代文学作品比例的增加就是一个很好的证明。而当前职业化教育目标的提出对我们古代文学教学意味着什么呢？它将对我们的学科建设产生什么样的影响？在具体的教学实践中，我们的教学是否应针对此发生相应的改变呢？我想这些是我们应该思考的问题。笔者认为，闽江学院作为一所新办的地方本科院校，"闽"字应该是我们可以大做文章的一个关键要素。

福建的地理位置是比较特殊的，它位于台湾海峡的西岸，在两岸阻隔的岁月里，它是对敌前线，当两岸恢复交流的时候，它又成了两岸交流的一个重要基地。所谓的"台语"，其实就是闽南语。在语言文化的交流上，福建与其他省份相比，在与台胞的交流过程中具备天然的优势。闽台文化同根同源，这是为世人所公认的。近年来，在闽文化与闽台文化交流等问题的研究上，学者们取得了很多成绩，相关的论著也发表了许多。但对于闽文化与古代文学教学两者间关系的研究，笔者感觉学者们的关注度还是不够的。笔者认为，其实对于古代文学教学而言，地域文化真是不可忽视的一个重要环节。关于地域文化与古代文学教学的关系，之前也有些学者已经取得了一定的研究成果：比如，《浅论当前中国古代文学教学改革的一种思路：让地方文化进入古代文学》《论引入地方文化资源改革古代文学教学的实践意义——以泰州地区为例》《论地域文化因素在高校古代文学教学中的应用问题——以常州地区为例》等等。笔者试图沿着前人开拓的路，也对闽文化与古代文学教学的关系进行一番探索研究。

首先，就古代文学的教学目标来说，了解并掌握我国优秀灿烂的古代文化是古代文学教学的重要目标，了解闽地杰出的历史文化也应该被列入我们的教学目标。能够被选入古代文学教材的文学作品无疑属于我国古代文化中积淀下来的精华，但其观照范围是整个中华民族、整片华夏土地，其中必然有所取舍。在不同的历史时期，不同地域的文化发展水平是有差异的。在我国古代，中原大地、齐鲁大地以及江浙一带，都曾经孕育出众多杰出的文人，他们创作的大量优秀作品流传至今，成为我们民族宝贵的精神文化财富，相对其他地区而言，闽地的杰出文人并不算多。即使作为本乡本土的我们，让我们说出福建历史上几个知名的文人，除了近现代史上为人所熟知的诸如林纾、严复、林徽因等，再要说出更多，大家恐怕也要思索一番，通过查阅资料才能有所收获。在这方面，陈庆元师的《福建文学发展史》可谓筚路蓝缕之作，引领着后来的许多学者走上了关注闽籍作家或曾经入闽作家的研究之路。然而，虽然研究论著越来越多，但这种关注度的更多还是局限于学术研究领域，在古代文学教学领域，对闽籍作家或者曾经入闽的作家作品的学习和研究，并没有被单独纳入教学计划，现有的教学活动中对闽文化的关注仍局限于开展相关选修课，对于选修该门课程的学生来说，由于教学要求不那么严格，所以对于相关课程内容的了解也属于走马观花性质的，而对于其他没有选修课程的学生来说，闽文化里曾经有过的灿烂对他们来说就是比较陌生的存在了。在我们对于那些没有选择这门课程的学生来说，他们对这一部分知识仍旧是缺乏了解。我觉得这对我们古代文学的教学而言，应该算是一种缺憾，经典文化是我们应该学习了解的，而乡土文化也是值得我们去关注的。尤其在当前两岸不断加深交流的情况下，如果我们连在闽地古代文学史上取得一定成就、有过一定影响的文人都缺乏了解，所谓的闽台同源的"源"就是缺乏根基的。笔者认为，在我们的古代文学教学中，完全应该把对闽籍作家或与闽地相关作家作品的研究成果的了解和把握列入教学目标中，不管我们的学生是来自闽地还是祖国其他地方，作为一所地方性本科大学，没有能够承担起研究并传播本地优秀古代文化知识的任务，这是说不过去的。让我们的闽籍学子在了解了家乡的古代文化后增加对乡土的热爱，让我们其他省份的学子增加对闽地的了解与认识，这有什么不好呢？更何况，面对未来两岸逐渐走向统一的大趋势，运用同源同宗的中国古代文化软实力来感召海峡对岸的台胞，也不失为一种更加和平更加友爱的手段。

其次，就古代文学的教学过程而言，在学习经典文学作品的同时，增加对闽文化相关内容的传授，可以适当提高学生的学习和研究兴趣，同时也能使他们的学习和研究视野得到拓展和深入。传统的古代文学教学课程包含两部分内容：古代文学史和古代文学作品选。其中涵盖了我们古代文学史上几乎所有重要的作家与作品以及历代相关的研究成果。可以说，在进入教学活动之前，有些知名的古代作家和作品对学生们来说就已经是耳熟能详的了。在学习这些经典古代文学知识的过程中，除了课堂讲授以外，在课外的自主学习中，学生也可以较为容易地获得许多相关参考资料，因为无论从研究角度还是深度来说，前代研究者们研究成果的数量已经是相当可观的了，对于一些作品的解读，能查阅到的资料也是相当丰富的，这自然就使有些学生产生了依赖心理，在学习和研究过程中，倾向直接引用参考前人的研究成果。而对于成就相对没有那么卓著的其他作家和作品，学生们学习研究的热情就没那么高了。在完成平时课堂布置的论文作业时，学生往往也只把目光局限于那些较为知名的作家和作品上，对于那些成就相对不那么卓著的作家和作品，他们很少去关注。四年学习即将结束前，所有的学生都面临着毕业论文的选题问题。从历年来选择古代文学方向学生的选题情况看，学生们往往把研究方向定在大作家或者是比较知名的作品上，这就使他们或者面临资料过多难以全面把握或者是研究成果太丰富难以出新意等困境。我觉得，如果我们能把目光转向闽籍或是曾经入闽的作家，对学生而言，也不失为一种好的选择。把家乡历史上知名的文人作为自己的研究对象，对于一部分学生来说，还是有一定吸引力的，同时，我们还可以鼓励学生在学习和研究的过程中做一些实地考察的工作，比如，参观故居、去当地的文史馆查阅资料、到县志里搜寻当地的有关史料记载，选择这样的研究对象，对他们来说具备了地域便利条件，同时还能借此锻炼提高他们的田野调查能力。同时，通过对本土或者曾经驻足于本土的作家与他们创作作品的研究，也能够提升他们对家乡的亲近感与自豪感。在这样的学习和研究过程中，如果足够用心，他们所能收获到的不会少于他们对经典知名作家作品研究后所得。举个例子，"江郎才尽"这句话可谓人尽皆知，然而说起主角"江郎"与福建的交集，恐怕许多人都不了解。笔者曾经试着在课堂上问过学生，知道江郎是谁么？有部分同学能回答出来，说是江淹，但再问起江淹与福建的关系，基本没有学生能回答出来。实际上，江淹一生中创作上最为辉煌的时期同时也是于他人生最低潮时期，而这正是身处闽地的那个阶段。很遗憾，许多学生甚至来自江淹被贬谪所居的浦城的学生对这些也不了解。这是我们教学过程中的一个缺憾。作为教师，如果能把类似的来自本乡本土的古代知名文人的信息都归纳整理提供给学生，让他们在学习和研究时有所拓展和深入，相信于我们的古代文学教学来说，这是一件好事。

最后，就古代文学的教学成果以及最终的就业来说，古代文学教学对闽文化学习和研究的引入也有利于我们培养更为国家社会适用的应用型人才。我们有一句话叫作学以致用，学习的最终目的就是丰富和充实自己的见解与经历，然后让所学能在工作和生活中得到应用。经过大学四年的学习生活，大多数学生都有了一定的文学知识储备或是其他相关技能，然而，相比那些985、211院校毕业的学生，我们这种地方新办本科院校培养出来的大多数学生在就业竞争时，与前者相比实力差距还是非常大的，在用人单位的眼中，肯定是也被排在靠后的位置。尤其是作为中文系这种相对传统的专业，再具体到我们古代文学学科来说，可以说这是一门大多数高校中文系创设伊始就会设置的学科，也是中文系所有专业中占时最长、最需要积淀的一门课程，可以说，老牌高校在这方面的优势是我们这样新办本科院校如何努力都难以企及的。如果我们能转变思路，结合当前对文化经济思路的倡导，从地域文化这个角度入手，刻意培养学生在与闽文化相关知识方面的储备，在与地方文化经济相结合的这条路上进行探索，或许也是一条可行之路。当前，国家倡导的"一带一路"中的"21世纪海上丝绸之路"的起点正是我们闽地的著名侨乡泉州，联合国教科文组织所认可的海上丝绸之路的起点正是泉州，很早就形成的开放的文化交流环境也为这片土地孕育了不少大人物，比如，出生并成长于泉州被称为"晚明思想启蒙运动旗帜"的李贽，而对于这样一位历史上的知名人物，我们许多学生也并不是特别关注他。再如，2015年福州的三坊七巷历史文化街区获封国家5A级旅游景区，这也是福州获得的第一个国家5A级旅游景区名号，此前三坊七巷还获批"中国十大历史文化名街"，这些荣誉的背后都蕴含着深厚的文化积淀。这个街区早在唐代就已经形成，从这里先后走出了林则徐、沈葆桢、严复等在中国近现代史上颇具影响力的人士。然而，在我们的古文教学中，这些人物的成就并不是我们的教学重点。如果能在我们教师的刻意引导下，让学生主动去探寻隐藏在三坊七巷中的那些人物曾经的文学方面的成就，即使相关的学者已经做了许多工作，然而学生们的加入应该也能为三坊七巷历史人物的研究注入些新生血液，让我们的坊巷文化知识得到传承。身处榕城，当我们作为主人能如数家珍般地向外来游客或是友人介绍福州的三坊七巷景区那段厚重的历史，相信不仅是对我们提升自身文化修养还是对于三坊七巷文化的推广都是很好的加分行为。其他如鼓山上的那些摩崖石刻，从那里我们也可以发掘出许多我们之前并不了解的人物足迹。甚至，我们还可以考虑，我们主动去探寻这块土地上曾经生活过的曾经在史海中翻腾起浪花的人物事迹，还可以去寻觅一些与知名人士相关或是颇具特色的古宅民居，用我们的笔去开发出新的人文景点。对学生而言，把从课堂中学习到的相关文学理论知识与身边的能接触到的文化旅游热点结合起来，或是利用我们的所学去尝试开掘一些不那么知名的人文景观，我想，这于我们培养出更多的应用型人才的教学目标而言，也是相当契合的。

综上所述，面对当前的文化环境，在这门传统古老的文学科目中，我们完全有必要也应该尽力去把地域文化的相关知识融入教学中，使我们的古代文学教学课程焕发出更加闪耀的光芒。